Die kalte Zeit

LEPORELLO
KRIMI

Richard-Wagner-Straße 15 · D-47799 Krefeld
leporellobuch@aol.com
www.leporello-verlag.de

Gestaltung: WerbeAtelier Coelen
Druck und Bindearbeiten: Bercker, Kevelaer
ISBN 978-3-936783-40-7

Susanne Kliem

Die kalte Zeit

TATORT NIEDERRHEIN

Leporello Verlag

Für meine Eltern

1. Teil

4. Dezember

Konrad Verhoeven hielt es im Bett nicht mehr aus. Er schlug die Decke zur Seite und spürte, wie sein schweißnasser Körper abkühlte. Ein Blick zu Anna, die ihm den Rücken zudrehte. Sie atmete gleichmäßig.

Quer über die Wand neben dem Fenster erstreckte sich ein Schatten. Er erinnerte Konrad an einen liegenden Mann, vielleicht sein eigenes dunkles Abbild, das er sich in den vielen durchwachten Nächten geschaffen hatte.

Er zog sich an und öffnete leise die Zimmertür. Der Schatten streckte sich, als wolle er mit ihm hinaus.

Draußen ging ein eisiger Wind. Konrad lief durch seine Tannenkulturen und über die Feldwege. Wolken hetzten über den Nachthimmel. Der Mond tauchte auf und verschwand, ein fernes Lämpchen, das jemand an- und ausknipste. Konrad richtete den Schein seiner Taschenlampe vor sich auf den staubigen Weg und erhöhte sein Tempo. Er erreichte die Straße, die sein Land teilte und überquerte sie. Ein erhabener Anblick! Vor ihm, schemenhaft im Mondlicht, reckten sich seine stolzen, fünfundzwanzig Meter hohen Nordmanntannen in den Himmel. Die Wolkendecke riss auf, silberweiß glitzerten Sterne. Wie damals, in den Nächten im Kaukasus. Tannenwälder, so weit das Auge reichte, schroffes Gebirge erhob sich dahinter, Schneeschimmern im Mondlicht. Luft wie der Atem Gottes. Konrad schloss die Augen und atmete tief ein. Nirgendwo war die Luft so rein wie in den Bergen von Borshomi.

Konrad blinzelte, eine Träne lief seine Wange herab. Er hatte selten geweint in seinem bisherigen Leben. Alles geriet aus den Fugen. Die Erinnerung an früher war übermächtig geworden, sie quälte ihn Tag und Nacht. Mara. Marissa. Bei seinem Abschied hatte sie ein schwarzes Kleid getragen. Sie hatte ihre Hand auf die Wölbung ihres Bauches gelegt. Und ihn angesehen. Immer wieder sah er dieses Bild vor sich, bekam es nicht mehr aus dem Kopf. Die Frage, die ihn seitdem bewegte, hatte er nicht gestellt. Er war so ein Feigling gewesen.

Damals war er nach Deutschland zurückgeflogen. Es war die richtige Entscheidung gewesen. Seine Zweifel hatte er abgeschüttelt, verdrängt. Er hatte nicht anders handeln können. Zuhause hatte Anna mit der kleinen Gesa auf ihn gewartet. Und sein Hof, seine Firma, sein Land.

Konrad hob den Blick zu seinen Tannen, *Abies nordmanniana*, Abkömmlinge ihrer stolzen Ahnen aus Borshomi. Gleich nach der Rückkehr hatte er sie gepflanzt. Marissa zu Ehren. Das war nun dreißig Jahre her. Seitdem war er noch oft nach Borshomi gefahren, aber er hatte Marissa nie wieder getroffen. Natürlich nicht. Weil er ihr Dorf gemieden hatte wie die Pest.

Bald würden die polnischen Erntehelfer kommen, um die wunderbaren alten Tannen zu fällen. Nur Stümpfe würden bleiben, die sein Schwiegersohn Wolf mit der Fräse zerkleinern würde. Und ehe man sich versah, standen hier Doppelhaushälften. Hoffentlich war er dann schon tot.

Er musste Gesa sagen, dass er das Grundstück verkaufen würde. Er sah ihr entsetztes Gesicht vor sich. Sie würde ihm nicht glauben.

Konrads Lider brannten, als enthielte das Wasser in seinen Augen Reizstoffe. Allergisch gegen die eigenen Tränen. Er rieb, bis das Brennen aufhörte.

Lichter blinkten am Himmel, ein nächtliches Flugzeug schwebte auf Düsseldorf zu. Mit dem anschwellenden Geräusch der Triebwerke wuchs in Konrad ein Gedanke, eine unerhörte Idee: Wenn er noch einmal hinfliegen würde, nach Georgien? Seit dem Krieg ist alles anders, hatte Wolf gesagt. Ein Scheißland.

Ob Marissa noch dort lebte, in ihrem Dorf? Konrad hatte den Namen vergessen. Er besaß noch die alten Landkarten, sie lagen auf dem Speicher. Ihm war auf einmal heiß vor Aufregung. Er stellte sich vor, wie er Marissas Haus fand. Er würde klopfen, sie würden sich gegenüber stehen. Was war aus ihr geworden? Wie sah sie heute wohl aus? Würde sie ihn erkennen mit seinen eingefallenen Wangen? Würde sie begreifen, dass er starb? Vielleicht ... konnte sie ihm dann verzeihen.

Gleich morgen früh würde er in ein Reisebüro gehen. Er musste sich beeilen. Der Arzt hatte sich nicht festlegen wollen. Doch Konrad wusste es auch so.

Er lief weiter. Mitten in den alten Tannen wollte er stehen. Abschied nehmen. So klein und unbedeutend war ein Mensch neben ihnen.

Vor ihm erhob sich der Zaun, der die Tannen umschloss. Konrad ging auf das Tor zu und kramte nach dem Schlüssel in seiner Jacke. Wieso stand da ein Wagen? Ein alter, verbeulter Golf. Wieso parkte der hier, am Rand der Tannenkultur, auf seinem Grund und Boden, mitten in der Nacht? Konrad richtete den Lichtstrahl auf das Nummerschild, las das Düsseldorfer Kennzeichen, dann sah er in das Innere des Wagens. Auf der Beifahrerseite lag Müll, zerknüllte Papiertüten und Pappbecher.

Konrad leuchtete die Umgebung ab. Nichts. Kein Mensch zu sehen. Er inspizierte das Tor. Es war offen.

Er lief innen am Zaun entlang, schnappte vor Aufregung nach Luft. Es stach schmerzhaft in der Nierengegend. Nur langsam, nur vorsichtig! Er hielt sich die Seite, stand leicht vorn übergebeugt und wartete, bis sich sein Atem beruhigt hatte. Er knipste die Taschenlampe aus und horchte. Der Wind. Das Gras raschelte. Den ganzen Herbst über war kaum Regen gefallen. Den Tannen schien es noch nicht geschadet zu haben, ihre Nadeln waren saftig grün.

Zwischen den Bäumen blitzte ein Lichtstrahl auf. Konrad erstarrte. Das Licht verschwand, tauchte an anderer Stelle wieder auf. Kein Zweifel, jemand bewegte sich in seine Richtung.

Konrad versteckte sich hinter den dichten Ästen einer Tanne. Wenn der Kerl auf seiner Höhe war, würde er hervorspringen und ihn sich greifen.

Der Fremde kam näher. Konrad konnte nur seine Umrisse erahnen. Der Fremde keuchte leise. Er trug etwas in der rechten Hand, einen viereckigen, offenbar schweren Gegenstand. Ein Sprung, und Konrad könnte sich den Burschen schnappen. Doch die Angst lähmte ihn. Er war nicht stark genug für einen Zweikampf mit einem vermutlich viel jüngeren Mann. Außerdem wollte er wissen, was der Fremde hier vorhatte. Konrad ließ ihn passieren, gab ihm zehn Sekunden Vorsprung, dann nahm er die Verfolgung auf.

Der Fremde blieb stehen und sprach leise vor sich hin.

Konrad verstand nur Wortfetzen, nahm aber einen Akzent wahr, wie er ihn von den polnischen Saisonarbeitern kannte, die jedes Jahr bei der Weihnachtsbaumernte halfen.

»... schon, dass es geht ... trocken wie die Fotze meiner Alten ... Von Westen ... Ja, ich mache ... wo Sie gesagt haben.« Dann Stille.

Konrad sah ein Handydisplay aufleuchten. Der Pole lief weiter, erreichte die Stirnseite der Kultur, nahm seinen Rucksack ab, kramte darin. Er hantierte mit dem viereckigen Gegenstand und bewegte sich dabei langsam seitwärts. Konrad hörte ein Plätschern. In dem Augenblick, in dem Konrad den Benzingeruch roch, sprang der Pole zurück. Flammen loderten empor. Das Feuer breitete sich aus, griff nach dem trockenen Gras. Der Wind trieb die Flammen in die Tannen hinein! Schon züngelten die Flammen um die unteren Zweige der ersten Baumreihe.

Konrad konnte den Polen nicht mehr sehen, der Rauch trennte sie wie eine Mauer. Konrad scherte zur Seite aus und lief am Zaun entlang, bis er hinter die Feuerzone gelangte. Gras und Reisig am Boden nährten die Flammen. Die erste Reihe der Nordmanntannen hielt lange den heißen Rauchgasen stand, dann entflammten die Nadeln der Bäume fast gleichzeitig, es sah aus, als zündeten sie durch wie Streichhölzer. Nach Sekunden standen nur noch die nackten Gerippe aus Stämmen und Ästen, und die Flammen sprangen auf die nächste Baumreihe über.

Dicht an den Zaun gedrückt, näherte sich Konrad dem Polen, der gebannt sein Werk der Zerstörung betrachtete. Die Luft erhitzte sich, doch von Westen blies kalt der Wind. Konrad lief der Schweiß herunter, gleichzeitig fror er. Er würde sich hier den Tod holen. Den Tod! Fast hätte er gelacht, doch aus seiner Kehle entwich nur ein Keuchen. Der Pole fuhr herum, bemerkte ihn und blickte gehetzt um sich. Dann floh er in die einzige Richtung, die ihm blieb, rannte und stolperte, von Konrad weg, am Zaun entlang. Konrad verfolgte ihn. Der Pole hatte das Ende der Stirnseite erreicht und folgte dem Knick des Zauns nach Osten. Manchmal blickte er über die Schulter. Konrad holte nicht auf, fiel aber auch nicht zurück.

Plötzlich war der Pole weg. Er musste in die Kultur hineingelaufen sein, versteckte sich vor Konrad zwischen den Bäumen. Auch Konrad kämpfte sich durch die Tannen. Er stolperte über Steine und Grashügel, ritzte sich die Haut an den Dornen des Brombeerdickichts. Wo war der Pole geblieben? Ein paar Meter irrte Konrad wie blind weiter. Da! Da! Ein schwarzer Umriss. Er würde den Kerl nicht einholen. Der andere war flinker als er. Doch nun blieb der Pole stehen und blickte um sich, als suche er etwas. Ein silbernes Rechteck schimmerte zwischen den Grashalmen, nur einen Meter von Konrad entfernt. Er bückte sich danach. Das Handy! Der Pole hatte es verloren! Nun konnte Konrad ihn laufen lassen. Damit würde man ihn leicht kriegen. Konrad musste nur zur Polizei ... Die Hitze wurde unerträglich. Konrad wandte den Kopf und sah nur noch ... Feuer. Eine gleißende Wand, die hoch bis in die Spitzen seiner Tannen reichte. Wie schnell sie sich vorwärts bewegte, Reihe für Reihe zerstörte. Nichts wie raus hier!

Etwas Schweres prallte gegen ihn. Die Wucht des Stoßes und ein gellender Schmerz in der Seite warfen Konrad zu Boden.

»Kurwa!« Auch der Pole war gestürzt.

Konrad rappelte sich auf, warf sich auf den noch liegenden Mann, der sich mit Armen und Beinen wehrte. Er war längst nicht so kräftig, wie Konrad befürchtet hatte. Konrad kam auf die Knie und presste die Unterarme seines Widersachers mit seinen Beinen in den Boden.

»Cholera jasna!« Das Gesicht des Polen glühte im Licht des Feuers. Schwarze, buschige Augenbrauen. Ein Dreitagebart. Das war keiner ‚seiner' Polen, die jedes Jahr bei ihm jobbten. Diesen Mann hatte Konrad noch nie gesehen. Er konnte nicht mehr denken. Es war heiß, so heiß ... Er musste atmen, weiteratmen. Er schnappte nach Luft. Rauch biss in seine Lungen. Er keuchte, krümmte sich, sein Körper schmerzte. Der Pole bäumte sich auf, bekam einen Arm frei, warf Konrad zur Seite und riss ihm das Handy aus der Hand. Dann griff er nach Konrads Arm, zerrte an ihm und schrie: »Komm! Komm! Weg hier!«

Konrad bekam nur ein Röcheln heraus.

»Schnell, schnell!«, drängte der Pole.

Mit letzter Kraft hievte Konrad sich hoch, der Pole stützte ihn. Konrad stand, wenn auch auf wackeligen Beinen.

»Konrad!«

Jemand rief nach ihm. Eine tiefe Stimme. Nicht die Stimme des Polen. Konrad drehte sich um. Da stand noch ein Mann, Rauch hüllte ihn ein und die Tannen warfen Schatten auf sein Gesicht. Konrad riss die Augen auf. Er konnte das Gesicht nicht erkennen.

Auf dem Boden glühten die Grashalme auf wie Leuchtdrähte. Weg hier! Nur noch Sekunden und alles ging in Flammen auf! Der Pole ließ Konrads Arm los. Er schrie etwas auf Polnisch und sprang durch die Glutherde und die Flammenzungen im Unterholz davon. Konrad wollte atmen. Gottes Atem. Das sanfte, weite Tal und der Fluss. Borshomi. Marissa wartete auf ihn. Er musste zu ihr! Konrad stolperte in das unendliche Grün, auf den kühlenden Fluss zu. Es war nicht mehr weit. Marissa. Marissa!

»Bleib stehen, Konrad!«

Der Schattenmann sprang auf ihn zu und hob den Arm. In seiner Hand sah Konrad einen schwarzen, länglichen Gegenstand, er sauste auf Konrads Kopf hinunter. Dann versank alles in Dunkelheit.

*

Kriminalhauptkommissar Tom Zagrosek beugte sich vor und griff nach der Champagnerflasche auf dem Wohnzimmertisch. Er goss Veras Glas voll. In sein eigenes füllte er nur einen winzigen Schluck zum Anstoßen.

»Auf dich. Alles Liebe zum Geburtstag.«

»Danke dir.« Vera nahm einen tiefen Schluck und stellte das Glas ab.

Sie hatten sich fast drei Monate nicht gesehen. Zwölf Wochen totale Funkstille, nachdem Vera eine Affäre mit Zagroseks Kollegen Hans Nellessen angefangen hatte. Zwölf Wochen keine Berührung. In Zagroseks Fall hieß das: überhaupt keine Berührung einer Frau. Dann gab es Gerüchte im Kommissariat. Es war wohl aus zwischen den beiden. Und heute diese unerwartete Einladung zu Veras Geburtstag. Sie hatte gekocht, Hühnchenspieße mit Erdnusssoße, exotisch und scharf. Nun machten sie Smalltalk auf dem Sofa. Der Sicherheitsabstand von einer Sofakissenbreite wurde streng eingehalten.

Während Vera von ihrer neuen Mitarbeiterin in der Apotheke erzählte, hörte Zagrosek nur mit einem Ohr hin. In den fünf Jahren, die sie sich kannten, hatte Vera ihn mehrmals verlassen, zwischendurch andere Männer gehabt. Sie schien selbst nicht genau zu wissen, was sie suchte. Fakt war, sie war jedes Mal zu ihm zurückgekommen. Aber, dass es diesmal Hans Nellessen gewesen war, darüber kam Zagrosek noch nicht hinweg.

Vera nahm noch einen Schluck. »Entschuldige.« Sie ging ins Bad, nach einer kurzen Weile hörte Zagrosek die Toilettenspülung, dann den Wasserhahn rauschen.

Vera kam zurück und setzte sich. Näher! Sie war ganz eindeutig näher rangerückt.

Zagrosek lehnte sich zurück, versuchte sich zu entspannen. Aber sein gesamter Körper funktionierte wie ein Radar, das jede von Veras Bewegungen in Entfernung umrechnete.

»Schade, dass du nichts trinken darfst«, sagte Vera. »Vielleicht wärst du sonst ein bisschen lockerer.«

»Du weißt doch, ich bin kein Ass in Smalltalk.« Zagrosek grinste. »Aber ich verspreche Besserung.« Er sah sich um, auf der Suche nach einem Thema. »Dein neues Sofa gefällt mir.«

»Ja, es ist ganz bequem, nicht? Man könnte sogar drauf schlafen. Wenn man die Rückenlehnen wegnimmt.«

Zagrosek spürte, wie Veras Blick ihn streifte. »Wirklich? Zeig doch mal.«

Vera stand auf und stellte die fest gepolsterten Kissen auf den Boden.

»Und da soll man zu zweit drauf passen?«, fragte Zagrosek.

»Schwierig. Aber von ‚zu zweit' hab ich ja auch nichts gesagt.«

Beide schwiegen einen Moment, in den Anblick des Sofas vertieft.

»Ich wüsste, wie es gehen könnte«, meinte Zagrosek.

»Aber das musst du selbst raus finden. Ist ja schließlich dein Sofa.«

Vera lächelte. Sie legte sich hin und zog Zagrosek zu sich hinunter, bis er auf ihr lag. Vera schloss die Augen. Zagrosek betrachtete ihr kastanienbraunes Haar und die zarte Haut in ihrer Halsbeuge. Und dann küsste er sie.

Ein störendes Geräusch drang an sein Ohr, wiederholte sich hartnäckig, bis Zagrosek begriff, dass sein Diensthandy klingelte.

Er löste sich aus Veras Armen und ging zu seiner Lederjacke an der Garderobe im Flur. Das Handy machte sich mit ansteigender Lautstärke wichtig. Zagrosek erkannte Wiebke Blessings Nummer und nahm das Gespräch an. »Wiebke. Was gibt's?«

»Tut mir leid, dich zu wecken. Wir haben einen Toten in einer Tannenbaumplantage. Branddelikt.«

Zagrosek war nach sechs Jahren bei der Mordkommission an den Anblick von Toten gewöhnt, aber den ersten verbrannten menschlichen Körper, den er gesehen hatte, hatte er so schnell nicht vergessen können. Besonders die Gerüche ließen sich schwer verdrängen.

»Wo?«, fragte er.

»In Herkenbroich. Das ist nordwestlich von Neuss, irgendwo hinter Büttgen in der Pampa. Ich besorge den Tatortbulli und warte vor dem Präsidium auf dich.«

»Gut. Bis gleich.« Zagrosek drückte die Stopptaste und wandte sich Vera zu um. Sie stützte den Arm auf und sah ihn an. Zagrosek wollte nicht gehen. Er wollte sich zu ihr legen. Sie würde ihn umarmen, ihn den Tod vergessen lassen, der auf ihn wartete. Doch wie von unsichtbaren Fäden geführt, zog er seine Jacke an.

»Das ist nicht dein Ernst«, meinte Vera. »Jetzt, wo ich weiß, wie mein Sofa funktioniert.«

»Du wusstest, dass ich Bereitschaft habe.«

»Verdammt. Es ist mein Geburtstag . . .« Sie drehte ihm den Rücken zu.

Zagrosek trat zu ihr und küsste sie auf den Nacken.

»Kommst du nachher wieder?«, fragte sie.

Zagrosek atmete aus. »Würde ich gern, aber du weißt doch . . . Das wird sehr spät.« Manchmal hasste er seinen Job. »Ich ruf dich morgen an, ja?«

Vera reagierte nicht. Zagrosek ging zur Tür, blickte ein paar mal zurück. Sieh mich wenigstens noch einmal an.

Vera wandte sich um und pustete einen Handkuss in seine Richtung. Dann vergrub sie ihr Gesicht in der Armbeuge.

Zagrosek parkte den Tatortbulli an der Polizeiabsperrung. Hinter einem Metallzaun strahlten Scheinwerfer auf den Fundort. Schwarze Baumgerippe, soweit das Auge reichte.

»Das muss eine Tannenbaumkultur gewesen sein«, sagte Wiebke Blessing auf der Beifahrerseite.

Wie eine Kamera, die Momentaufnahmen schießt, nahm Zagrosek die Szenerie in sich auf: Ein Tanklöschfahrzeug der Feuerwehr. Lennart Hages schwarzer Kombi, der an einen Leichenwagen erinnerte. Ein Bus der Spurensicherung. Rot-weißes Absperrband. Ein Streifenwagen, die Kollegen mit weißen Schutzanzügen vor schwarzem Hintergrund. Zwei Zivilisten, ein Mann und eine Frau, vor dem Zaun. Ein älterer Mann, etwa zwanzig Meter von dem Paar entfernt, die Arme verschränkt. Einsam. Zagrosek wusste selbst nicht, wieso er das dachte. Es musste an der Körperhaltung des Mannes liegen, abweisend und stolz.

Zagrosek öffnete die Wagentür. Die Kälte der Dezembernacht schlug ihm entgegen. Blessing stieg auch aus und wartete, bis er den Kofferraum geöffnet hatte. Zagrosek tauschte seine geliebte Lederjacke gegen einen Anorak. Beide zogen Schutzanzüge über. Blessing stützte sich mit einer Hand an seiner Schulter ab, als sie die Lederschuhe mit den halbhohen Absätzen gegen Gummistiefel tauschte. Dann gingen sie durch das Tor. Zagrosek atmete flach, aus der Plantage stank es unangenehm nach kalter, nasser Asche.

Ein junger Mann mit Wollmütze und Schal kam auf sie zu. »Herbert Kruse. Kriminalwache Neuss.«

»Tom Zagrosek, KK11. Meine Kollegin Wiebke Blessing.«

»Euer Brandsachverständiger ist schon da«, sagte Kruse. »Er geht von Brandstiftung mit Benzin aus. Die Feuerwehr hat beim Löschen einen Kanister gefunden. Und dann die Leiche. Nicht mehr viel zu erkennen.« Er räusperte sich. »Vermisst wird der Besitzer des Grundstücks, Konrad Verhoeven. Da hinten, das sind die Tochter und der Schwiegersohn.«

»Wer ist der Einsatzleiter der Feuerwehr?«, fragte Zagrosek.

»Er heißt Bräuer. Freiwillige Feuerwehr aus Kaarst. Sie bekämpfen noch immer die Glutherde. Die Brandwache soll bis morgen Mittag dauern.«

Zagrosek beobachtete die Männer, die mit einem harten Wasserstrahl den Boden umpflügten. Er beneidete sie nicht um ihren Job. Stinkende Klumpen von Asche und Erde flogen ihnen um die Ohren.

»Wir machen dann Feierabend«, sagte Kruse.

Zagrosek dankte ihm und hauchte eine weiße Kondenswolke in seine Hände. »Mann, ist das kalt. Wieso läuft jemand mitten in der Nacht hier draußen durch die Tannenbäume?«

Blessing zögerte. »Hattest du eigentlich schon geschlafen?«

Ein prüfender Blick von der Seite. Blessing war sicher aufgefallen, wie schnell er nach ihrem Anruf beim Präsidium gewesen war. Von seiner Wohnung in der Tussmannstraße aus hätte er ein paar Minuten länger brauchen müssen.

»Zum Glück nicht, und du?«, fragte er harmlos.

Blessing verzog den Mund. »Konnte nicht einschlafen.«

Zagrosek nickte. »Da kommt so ein Notruf doch gerade recht.«

»Sehr witzig.« Blessing wandte sich ab. »Bringen wir es hinter uns«, sagte sie über die Schulter.

Zagrosek folgte ihr. Blessing musste nicht erfahren, dass er gerade eine rauschende Liebesnacht abgebrochen hatte. Und schon gar nicht, dass es dabei um Vera ging. Niemand im Team musste das mitbekommen.

Bräuer, der Löschzugführer, kam.

»Wer hat denn den Brand gemeldet?«, fragte Zagrosek.

»Herbert Graupner.«

»Ein Anwohner?«

Bräuer nickte. »Sein Haus liegt von hier aus gesehen hinter den Tannen.«

»Wo habt ihr den Benzinkanister gefunden?«

»Da oben, am Rand der Kultur. Durch den konstant starken Westwind hat sich eine Feuerwalze schnell vorgearbeitet. Diese Nordmanntannen sind sehr entzündlich wegen der ätherischen Öle in den Nadeln. Wir konnten nur von der windabgewandten Seite her löschen. Erst in der Mitte der Fläche haben meine Leute den Brand einigermaßen in den Griff gekriegt. Und die Leiche entdeckt.«

»Na, dann zeigen Sie mal.« Zagrosek versuchte, locker zu klingen, aber sein Magen rebellierte. Er wollte diesen Toten nicht sehen.

Die Kollegen vom Regionalkommissariat hatten bereits einen Trampelpfad mit Flatterband abgesteckt. Aber was sich hier an Spuren befunden haben mochte, war von dem Wasserstrahl der Feuerwehr umgepflügt worden. Ein Benzinstromaggregat brummte, mobile Leuchten erhellten den Weg.

Bräuer ging voraus. »Ihre Klamotten können Sie hinterher wegschmeißen.«

Zagrosek warf Wiebke einen Blick zu. Gut denkbar, dass sie ein nagelneues Jil-Sander-Kostüm unter ihrer Schutzkleidung trug, er hatte vorhin nicht darauf geachtet. Aber Blessing zuckte mit keiner Wimper, sie stapfte in ihren Gummistiefeln durch den Morast hinter Bräuer her. Der beißende Gestank der Asche kroch in jede Pore, setzte sich in das Haar. Es würde Tage dauern, bis sie ihn wieder los waren. Doch da drang der andere Geruch in Zagroseks Nase. Der, gegen den er versuchte, sich innerlich zu wapp-nen, seit er die Plantage betreten hatte. Es war der süß-lich-würzige Duft nach gegrilltem Fleisch. Sofort hatte er das Gefühl, als drehe sich sein Magen um. Wie konnte es sein, dass ein toter Mensch, dessen Haut vom Feuer geröstet worden war, nicht anders roch als ein Spanferkel?

Lennart Hage, der Rechtsmediziner, beugte sich über einen Körper, der auf dem schwarzen Boden kaum auszumachen war. Zagrosek zwang sich zu einem Blick. Ein zur Unkenntlichkeit entstelltes Gesicht, rote Stellen wie offene Wunden neben stark verkohlter Haut. Die Arme erhoben und angewinkelt, die Muskeln durch die Hitze zusammenzogen. Ein Mann zu einer Puppe geschrumpft. Regionalkommissar Kruse hatte Recht gehabt: nicht mehr viel zu erkennen.

Lennart Hage nickte ihnen zu.

»Kannst du schon etwas sagen?«, fragte Zagrosek ohne große Erwartungen.

»Ein älterer Mann.« Der Rechtsmediziner richtete sich auf und fasste mit einer Hand in sein Kreuz. »Die Obduktion könnte interessant werden.«

»Wieso?«, fragte Blessing.

Hage blickte auf den Toten herab. „Nehmt mich noch nicht beim Wort, aber es gibt Anzeichen für Fremdeinwirkung. So wie es aussieht, hat er einen Riss in der Schädeldecke.«

»Kein Wort darüber«, sagte Zagrosek. Blessing und er näherten sich den mutmaßlichen Angehörigen, die sich als Wolf und Gesa Hendricks vorstellten.

»Die Identität des Toten wird sich erst durch die Obduktion sicher feststellen lassen«, sagte Zagrosek.

»Sie befürchten, es ist Ihr Vater?«, fragte Blessing die zierliche Frau von Anfang Dreißig. »Wann haben Sie bemerkt, dass er verschwunden ist?«

Gesa Hendricks sah Blessing an, aber die Frage schien sie nicht mitbekommen zu haben.

Wolf Hendricks legte den Arm um seine Frau. »Erst als die Sirenen der Feuerwehr losgingen«, antwortete er für sie. »Wir sind wach geworden und nach draußen gelaufen. Wir alle, bis auf unseren Sohn, Felix. Mein Schwiegervater war nicht im Haus.«

Zagrosek hatte den Eindruck, dass Gesa Hendricks unter Schock stand. Sie wirkte abwesend. Ihr Blick irrte umher. Nur in eine Richtung sah sie nie: zu dem Mann, der mit abweisendem Gesichtsausdruck etwas entfernt von ihnen stand.

»Wer ist das da drüben?«, fragte Zagrosek und nickte in die Richtung des Mannes.

»Graupner«, sagte Wolf Hendricks mit heiserer Stimme. »Herbert Graupner. Er hat die Feuerwehr angerufen.«

»Können wir bei Ihnen zuhause weiter reden?«, fragte Zagrosek. »Wie weit ist das entfernt?«

»Etwa fünf Minuten von hier«, sagte Wolf Hendricks.

»Dann nehmen wir unseren Wagen. Meine Kollegin führt Sie hin; ich komme sofort nach.«

Zagrosek ging auf Herbert Graupner zu. »Mein Name ist Tom Zagrosek, Kripo Düsseldorf.«

»Wenn ich geahnt hätte, was ich mir einbrocke . . . Ich stehe hier seit einer halben Stunde und hole mir den Tod. Eine Unverschämtheit ist das!«

Unter Graupners Mantel schauten die Beine einer Schlafanzughose heraus. Er trug Gummistiefel. Seine Füße mussten sich wie Eisklumpen anfühlen, genau wie die Zagroseks.

Zagrosek entschuldigte sich für die Umstände und

schickte Graupner nach Hause. »Meine Kollegin und ich kommen etwas später noch zu Ihnen.«

Zagrosek lief zu seinem Wagen, während Graupner zu Fuß hinter den verkohlten Bäumen verschwand.

Das Anwesen der Familien Verhoeven und Hendricks lag zwischen weiteren Weihnachtsbaumkulturen. In der Einfahrt sprangen Lichter von Bewegungsmeldern an. Die Vorderfront des Wohnhauses mit einer wuchtigen, kassettenartig verzierten Haustür war von einem gepflegten Garten umgeben. Büsche standen in geraden Reihen, als hätte jemand mit dem Lineal die Abstände nachgemessen.

Soweit Zagrosek es im Dunkeln erkennen konnte, wirkte der Nachbarhof dagegen vernachlässigt. Putz bröckelte von der Außenmauer, und Kletterpflanzen wucherten die Toreinfahrt zu.

»Ist das Anwesen da bewohnt?«, fragte Zagrosek.

»Ja«, sagte Wolf Hendricks. »Man soll's nicht glauben, so wie's da aussieht. Gehört Familie Martini.«

Zagrosek bog in Wolf Hendricks' Hof ein und parkte. In rechtem Winkel zum Wohnhaus lag ein Wirtschaftsgebäude, davor waren Weihnachtsbäume aufgestellt. Viele steckten abholbereit in Netzen, andere standen frei und zeigten ihren Wuchs. Im Erdgeschoss des Wohntrakts brannte Licht. Eine Tür wurde geöffnet und eine ältere Frau trat auf die Schwelle, sah ihnen entgegen, beschienen von dem Strahler über der Hoftür. Sie trug einen Mantel offen über einem Nachthemd. Über ihr, in dem Lichtkegel, blitzten weiße Pünktchen auf. Winzige Schneeflocken wirbelten umher.

Anna Verhoeven führte sie in die Küche, in der ein Holztisch Platz für acht Leute bot. Zagrosek und Blessing saßen auf einer Bank an der holzgetäfelten Wand. Über einem antiquiert wirkenden Gasherd hingen Töpfe und

Pfannen aus Kupfer und Messing. Sie glänzten poliert, und Zagrosek fragte sich, ob sie benutzt wurden oder nur noch als Dekoration dienten.

Die Heizung war abgestellt, doch Wolf Hendricks hatte einen Heizlüfter herein gebracht, der heiße Luft gegen Zagroseks Beine blies.

Zagroseks Großvater hatte einen Bauernhof in der Eifel besessen, und Zagrosek erinnerte sich, dass die Küche der Mittelpunkt des Hauses gewesen war, der Ort, an dem die Familie gemeinsam aß oder kurze Pausen vom Tagewerk machte. Das Wohnzimmer hatten die Großeltern nur Weihnachten, Ostern und zu runden Geburtstagen genutzt, aber einmal in der Woche hatte seine Oma die kostbare Schrankwand entstaubt.

Hier, auf dem Hof der Verhoevens, hatte moderne Technik Einzug gehalten: In der Ecke, wo früher vielleicht eine Marienfigur verehrt worden war, hing ein Fernseher mit Flachbildschirm. Ein schnurloses Telefon lag auf einer Konsole neben der Tür. Und Wolf Hendricks platzierte ein Smartphone vor sich auf dem Tisch.

Zagrosek bat die Hendricks, draußen zu warten.

Anna Verhoeven hatte den Mantel anbehalten und saß aufrecht auf einem der Stühle. Sie trug eine moderne Kurzhaarfrisur, durch das Grau zogen sich schwarz gefärbte Strähnchen.

»Wir können noch nicht sagen, ob es sich bei dem Toten um Ihren Mann handelt«, sagte Blessing. »Seit wann vermissen Sie ihn genau?«

»Seit Mitternacht. Er ist aufgestanden und aus dem Haus gegangen.«

»Wohin? Hat er vielleicht jemanden besuchen wollen?«

»Doch nicht mitten in der Nacht«, sagte Anna Verhoeven.

»Aber was könnte er draußen gemacht haben?«, fragte Blessing.

Anna Verhoevens Hände lagen auf dem Tisch, sie waren groß und kräftig. Arbeitshände. »Konrad liegt oft nachts wach und wandert dann herum. Er denkt immer, ich merke es nicht. Aber ich höre es, wenn er weg geht und wenn er wieder ins Bett kommt.«

»Aber Sie haben heute nicht mit ihm gesprochen?«

Anna Verhoeven schüttelte den Kopf.

»Warum konnte er denn so schlecht schlafen?«, fragte Blessing.

»Ich weiß es nicht. Er redet nicht über so etwas.«

Zagrosek fühlte sich hilflos. Da saß eine Frau, die befürchten musste, ihren Mann verloren zu haben. Wie lange mochten sie ein Paar sein? Hoffte sie noch, dass er lebte? Ihr Gesicht zeigte keine Regung. Sie wirkte wie die Herrscherin einer alten Festung, bereit, ihre steinernen Schutzwälle zu verteidigen. Vor allem gegen unangenehme Fragen, die sie sich selbst nicht stellen mochte.

Zagroseks Handy klingelte. Lennart Hage war dran. »Der Ehering des Toten hat eine Gravur. ‚Anna 12. 5. 1974'. Ein Gebissvergleich wird endgültig beweisen . . .«

»Gut«, unterbrach ihn Zagrosek. »Dann sollten wir davon ausgehen.« Sie legten auf.

Anna Verhoeven sah ihn an. »Er ist es.«

Zagrosek nickte.

Wolf Hendricks' Hände zitterten, als er die offizielle Nachricht vom Tod seines Schwiegervaters erfuhr. Er ging zum Schrank, nahm eine Flasche Kräuterschnaps heraus, schenkte sich einen üppigen Schluck ein. »Den brauch ich jetzt. Möchten Sie auch einen?«

Zagrosek und Blessing verneinten. Irgendetwas Heißes, einen Tee oder Glühwein, hätte Zagrosek gern genommen.

Wolf Hendricks setzte sich an den Tisch. Der Holzstuhl knarrte unter seinem Gewicht. »Es ist so . . . irreal. Ich kann es einfach nicht fassen.«

»Wie war Ihr Verhältnis zu Ihrem Schwiegervater?«, fragte Zagrosek.

»Gut. Im Großen und Ganzen.«

»Was bedeutet ‚Im Großen und Ganzen'?«, fragte Blessing.

Hendricks seufzte. »Sie wissen schon. Ältere Leute sind manchmal ein bisschen . . . na ja, sagen wir unflexibel. Mein Schwiegervater hat den Hof von seinem Vater übernommen und den Jahresumsatz über die Jahrzehnte verdreifacht. Darauf war er zu Recht sehr stolz. Aber heutzutage laufen Geschäfte anders.« Wolf Hendricks ließ den Schnaps im Glas kreisen. »Ich habe ein paar Ideen entwickelt, wie der Betrieb zukunftssicher gemacht werden kann. Ich will zusätzlich Spargel anbauen, vielleicht später mal ganz von den Bäumen weg. Spargel und Erdbeeren. Es wäre noch ein wenig Überzeugungsarbeit nötig gewesen, aber zuletzt hätte Konrad mich unterstützt, da bin ich sicher. Er war froh, dass er mich hatte.« Er prüfte den Sitz seines Scheitels. »Und natürlich Gesa. Gesa und mich.«

Zagrosek betrachtete den kräftigen Mann, der nun das Glas leerte. Eltern, die ihr Lebenswerk bewahrten, Kinder, die auf den Fortschritt setzten. Überzeugungsarbeit. War alles so friedlich verlaufen, wie Wolf Hendricks ihnen weismachen wollte?

»Wer könnte diesen Brand gelegt haben? Gab es jemanden, der Ihrer Familie schaden wollte?«, fragte Zagrosek.

Wolf Hendricks nickte. »Herbert Graupner. Mein Schwiegervater fühlte sich von ihm bedroht.«

»Warum?«

»Ach, da stecken alte Geschichten dahinter, über die Konrad nicht gesprochen hat. Sie haben zeitgleich mit der Weihnachtsbaumproduktion angefangen, waren die einzigen hier in der Umgebung. Auch die ersten Fahrten nach Georgien haben sie gemeinsam gemacht. Das war Pionierarbeit damals.«

»Warum nach Georgien?«

»Samen pflücken. Die Nordmanntanne wurde in

Deutschland immer beliebter. Und die Samen stammen hauptsächlich aus dem Kaukasus.« Er schenkte sich noch mal nach. »Das sind unendliche Tannenwälder da unten. Und man konnte pflücken, wo man wollte.«

»Und wie kam es, dass die beiden sich entzweit hatten?«, fragte Blessing.

»Sie sind Konkurrenten.« Wolf Hendricks zuckte die Schultern. »Und irgendwas muss auch früher in Georgien vorgefallen sein. Konrad hat es nie erwähnt, aber Graupner hat mal so eine Bemerkung zu Konrad gemacht. Das war bei einem Schützenfest. Zehn Jahre ist das sicher schon her. Sie waren wohl beide ziemlich besoffen damals.«

»Was für eine Bemerkung?«

»Es passte gar nicht in den Zusammenhang, deshalb hab ich's mir gemerkt. Irgendwas wie: ‚Du bist ein Schwein, Konrad, wenn du mit dieser Schuld leben kannst'.« Wolf Hendricks hob beide Hände. »Fragen Sie mich nicht, was er gemeint hat. Jedenfalls, seit dem Abend reden die beiden nicht mehr miteinander. Und dann brach letztes Jahr dieser neue Streit aus.«

»Worum ging es?«, fragte Blessing.

»Um den Verkaufsplatz vor dem Rathaus in Büttgen. Eigentlich war das seit Jahrzehnten unser Stammplatz gewesen. Aber auf einmal wurde Konrad die Genehmigung nicht mehr erteilt. Graupner hat aber eine bekommen.« Hendricks grinste und trank einen Schluck. »Dann hat Konrad sich dahinter geklemmt. Er konnte sehr stur sein. Ist denen im Amt für Verkehrsangelegenheiten so lange auf die Bude gerückt, bis sie feststellten, dass Graupners Verkaufsplatz eine Lieferzone versperrt. Das Ende vom Lied: Keiner von beiden darf mehr dort stehen.« Hendricks schenkte noch mal nach. Seine Hände waren jetzt ruhig. »Ein Kindergarten ist nichts dagegen.«

Gesa Hendricks' Blick wurde wie magisch vom Fenster angezogen, vor dem die Schneeflocken immer dichter wirbelten.

»Ihr Mann hat uns von der Feindschaft zwischen Ihrem Vater und Herbert Graupner erzählt. Können Sie sich vorstellen, dass Graupner so weit gehen würde, ein Feuer zu legen?«, fragte Blessing.

Gesa Hendricks schüttelte langsam den Kopf. »Wenn man einen Menschen sein Leben lang kennt, ist es fast unmöglich, sich so etwas vorzustellen. Auch wenn man ihn noch nie besonders mochte.«

Zagrosek fuhr zusammen, als Gesa Hendricks unvermittelt aufstand und ihren Stuhl weg schob.

»Ich hab gebetet, dass es regnet«, sagte sie. »Es blieb trocken. Heute schneit es. Warum nicht gestern? Wenn die Kultur nass gewesen wäre, hätte sie nicht gebrannt. Papa würde noch leben. Und die Bäume . . .«

Die letzten Worte hatte sie fast ausgerufen.

Anna Verhoeven erschien in der Tür, als habe sie direkt dahinter gewartet. »Gesa! Wir müssen uns zusammen nehmen. Es hilft ja nichts.« Sie sah ihre Tochter an.

Gesa wandte sich zum Schrank, sah durch das Glasfensterchen hinein. »Die Tassen stehen immer zu zweit ineinander gestapelt«, murmelte sie. »Wie Paare. Manche gehören zusammen und manche nicht. Eine hat Felix zerbrochen und eine bleibt nun allein übrig.« Ihre Augen füllten sich mit Tränen. »Aber ich konnte nicht schimpfen, es war ja keine Absicht.«

Anna Verhoeven trat zu ihr. Über Gesas Schulter warf sie den Kommissaren einen Blick zu. »Wir fahren in die Stadt und kaufen eine neue Tasse. Das ist doch wirklich kein Problem«, sagte sie schroff.

»Wir müssen es bald machen.« Gesas Stimme war nur noch ein Flüstern. »Sonst geschieht noch mehr Unglück.«

Ein fünf Meter hoher Ballon-Weihnachtsmann, prall aufgeblasen bis in die roten Apfelbacken, schaukelte im Nachtwind und wies Zagrosek die Richtung zu Herbert Graupners Anwesen.

Mauern aus grauem Klinker, drei Garagen, ein schmiedeeisernes Tor mit Kameraüberwachung. Nachdem Blessing ausgestiegen war und auf die Klingel gedrückt hatte, öffneten sich die Torflügel, und Zagrosek parkte auf einem der Gästeparkplätze.

Graupner hatte auf sie gewartet. Obwohl es inzwischen auf zwei Uhr nachts zuging, wirkte er nicht müde. Er hatte den Schlafanzug gegen eine Cordhose und einen Pullover getauscht und führte die Kommissare ins Wohnzimmer. Die Möbel machten einen gediegenen Eindruck. Der Fernseher in der Schrankwand war eingeschaltet. Auf einem Tisch vor dem Sofa stapelten sich Programmzeitschriften, dazwischen lagen Fernbedienungen. Eine halbvolle Pilsflasche, ein Bierglas und eine aufgerissene Tüte Chips ergänzten das Bild.

Graupner bot ihnen einen Platz auf dem Sofa an und setzte sich in einen Sessel. Er schaltete den Fernseher aus.

»Wie haben Sie das Feuer bemerkt?«, begann Zagrosek.

»Ich wollte gerade den Rolladen herunterlassen. Mein Schlafzimmer liegt auf der Seite von Verhoevens Tannenkultur.«

»War jemand bei Ihnen?“

„Na, schön wär's.« Graupner verzog den Mund. »Sie meinen, ob ich ein Alibi habe? Nein.«

»Wohnen Sie allein?«

»Mit meinem Sohn. Meine Frau ist vor zwei Jahren gestorben. Nach längerer Krankheit. Rocco hatte ein Studium in Köln angefangen. Nach Margits Tod kam er nach Hause, um mir auf dem Hof zu helfen. Er soll den Betrieb mal übernehmen.« Graupner fuhr sich mit der Hand über die Augen.

Zagrosek erinnerte sich, was er bei der ersten Begegnung mit Graupner gedacht hatte. Einsam. Der Mann ist einsam.

»Sie klingen da nicht sehr zuversichtlich?«, fragte er.

»Rocco interessiert sich nicht für Tannen. Meistens ist er mit den Kumpels aus seiner Band unterwegs. Und wenn er mal zuhause ist, sitzt er stundenlang am Computer.« Graupner schüttelte den Kopf. »Manchmal bekommt man Lust, alles aufzugeben. Ich habe die Möglichkeit, Land zu verkaufen. Ein lukratives Angebot. Aber verstehen Sie, wenn Sie Ihr Leben in so einen Betrieb gesteckt haben, ist es schwer zu akzeptieren, dass das alles verschwinden wird.«

Zagrosek sah Graupner an. »Warum haben Sie seit Jahren nicht mehr mit Konrad Verhoeven gesprochen?«

»Er hat bei der Polizei behauptet, mein Sohn und ich hätten seine siebentausend Tannenspitzen abgeschlagen. Einfach lächerlich.«

Zagrosek erinnerte sich dunkel an den internen Polizeibericht vor einigen Wochen, der vom Vandalismus in einer Weihnachtsbaumkultur gehandelt hatte.

»Diese zerstörten Tannen gehörten Verhoeven?« Zagrosek wechselte einen Blick mit Blessing.

Graupner nickte. »Und auf seinem Lagerplatz wurden Tannen auf Paletten mit Diesel bespritzt. Gleich am nächsten Tag hatte ich die Kaarster Polizei hier. Da war mir schon klar, wer die auf die Spur gesetzt hatte.« Er lächelte müde. »Aber womit Verhoeven nicht gerechnet hatte: Auch ich bin ein Opfer dieser Verbrecher. Meine Tannen wurden in der gleichen Nacht mit Diesel wertlos gemacht. Ich habe selbst Anzeige erstattet.«

»Was war los zwischen Ihnen und Konrad Verhoeven?«, fragte Blessing.

Graupners Gesicht war abweisend. »Wir sind Konkurrenten. Das ist alles. Jeder muss sehen, wo er bleibt.«

Zagrosek dachte an die Brandnacht. Die zwanzig Meter Abstand zwischen Graupner und Konrads Familie, Graupners Körperhaltung, Wolf Hendricks böse Blicke. Konkurrenz hin oder her, die Familien waren Nachbarn, ein tragischer Todesfall hatte sich ereignet, Graupner hatte die Feuerwehr alarmiert. Unter normalen Umständen würde man doch miteinander reden.

»Wir haben von einem Streit gehört?«, fragte Blessing.

Graupner stützte den Kopf auf und seufzte. »Ja, wir hatten Ärger miteinander, aber die Sache spielt hier keine Rolle. Eine Lappalie.« Er berichtete lustlos von dem Gerangel um den Verkaufsplatz vor dem Rathaus.

Da flog mit einem lauten Knall die Haustür zu. Alle fuhren zusammen.

»Papa? Bist du noch auf?«

Ein Mann um die Dreißig in Motorradkluft erschien und lehnte sich in den Türrahmen. An einem Ohr blinkte silbern ein Totenkopfanhänger. »Is' das ne Party hier? N'Abend zusammen.«

»Das ist die Polizei«, sagte Graupner.

Rocco Graupners Mundwinkel zuckten nervös. »Aber wieso denn, ich . . .?«

»Konrad Verhoeven ist tot.«

»Was?« Rocco Graupner blickte seinen Vater an. «Wie . . . tot?«

»Verbrannt, in den alten Nordmännern. Ich habe die Feuerwehr alarmiert.«

»Du . . . hast . . .?«

»Wo warst du denn? Es kann doch nicht sein, dass du von den Sirenen nichts mitbekommen hast.«

»Ich war bei Fred in der Garage. Der hat Dämmplatten an den Wänden. Wir haben ein bisschen . . . gespielt. Gitarre«, fügte er mit einem Blick auf Zagrosek hinzu.

Zagrosek roch seine Alkoholfahne.

Blessing zückte ihren Block. »Bitte geben Sie uns Name und Adresse Ihres Freundes.« Sie notierte die Angaben. »Ab wann waren Sie dort?«

»So seit Neun.«

»Durchgehend? Oder sind Sie zwischendurch mal weggegangen?«

»Ganz bestimmt nicht.«

Graupner stand auf und fasste seinen Sohn unsanft an der Schulter. »Geh ins Bett. Du hast zuviel getrunken.«

Blessing erhob sich. »Sind Sie in diesem Zustand Motorrad gefahren?«

Graupner stellte sich zwischen sie und Rocco. »Er war nur bei den Nachbarn. Zu Fuß.«

»Warum dann die Klamotten?«

»Die trag ich immer. Na dann, ich hau mich hin.« Er verschwand ins obere Stockwerk.

»Glauben Sie, diese Attacke auf die Tannenspitzen und die Brandstiftung stehen in Zusammenhang?«, fragte Zagrosek.

Graupner und Blessing setzten sich wieder.

»Tja, merkwürdig ist das schon«, meinte Graupner. »Wir haben hier in der Gegend nie solche Vorfälle gehabt. Ich hätte auch nie gedacht, dass man mitten im Dezember eine Kultur anzünden kann! Wenn ich das nicht mit eigenen Augen gesehen hätte, würde ich es nicht glauben. Wenn nun Hochsommer wäre . . . Andererseits war der Herbst extrem trocken, es hat ja wochenlang nicht geregnet. Und wie die Tannen gebrannt haben! Die sind richtig explodiert.« Er versank in Schweigen, dann schüttelte er den Kopf. »Konrad hätte die Nordmänner nicht pflanzen dürfen.«

»Wie meinen Sie das? Warum nich't?«, fragte Zagrosek.

Graupner fuhr sich mit der Hand über die Augen, er sah auf einmal traurig aus. »Konrad hatte die Samen aus Georgien mitgebracht. Aus einer Gegend im Nordkaukasus, Borshomi. Und die Art und Weise, wie er sie sich besorgt hat, war . . . na ja, sagen wir, sie war nicht . . . korrekt."

Zagrosek dachte daran, was Wolf Hendricks auf dem Schützenfest gehört hatte. Da war von einer Schuld die Rede gewesen.

»Was heißt das? Hat er sie gestohlen?«, fragte er.

»Nein, das nicht«, meinte Graupner. »Konrad und ich, wir haben in Borshomi unsere eigenen Pflücker gehabt. Wir haben sie bezahlt und durften die Samen ausführen. Unser bester Mann hieß Lewan Tsiklauri. Wir haben bei der Familie im Haus wohnen können. Er starb bei einem Unfall. Stürzte aus einer Tanne ab, aus vierzig Meter Höhe. Vor unseren Augen.« Graupners Gesichtszüge versteinerten. »Konrad hat Tsiklauri zum Pflücken gezwungen, obwohl es stürmisch war. Kein anderer Pflücker war an diesem Tag in die Bäume gegangen. Aber Konrad hat Druck gemacht. Die Samen waren kurz davor, reif zu werden. Wenn man den richtigen Zeitpunkt verpasst, zerbröseln die Zapfen und sind nicht mehr zu verwenden.«

Blessing sah Graupner ungläubig an. »Sie wollen sagen, Konrad Verhoeven hat aus Profitgier den Tod dieses Pflückers in Kauf genommen?«

Graupner zögerte einen Moment, und Zagrosek hatte das Gefühl, er wolle Blessing widersprechen. Doch dann nickte er. »Ja, das hat er. Und ich für meinen Teil kann auf die Bekanntschaft mit so einem Menschen verzichten.« Er richtete sich auf, atmete hörbar ein. »Aber was soll's. Das sind olle Kamellen. Er hat die Samen wahrhaftig hier eingepflanzt und dreißig Jahre wachsen lassen. Fünfundzwanzig Meter hohe Tannen. Und das in dieser platten Gegend hier.«

»Fällt man die nicht normalerweise mit sieben oder acht Jahren und verkauft sie als Weihnachtsbäume?«, fragte Zagrosek.

»So ist es. Aber diese Tannen durfte niemand antasten. Gesa und Wolf Hendricks konnten nicht mal Schmuckreisig von den unteren Zweigen ernten. Selbst das Unkraut war Konrad heilig. Die Leute haben schon drüber geredet. Aber Konrad hat sich noch nie um die Meinung anderer geschert.« Graupner wandte den Blick ab. »Und nun ist er mit seinen Tannen verbrannt.«

10. November – knapp vier Wochen zuvor . . .

Der Ruf einer Krähe teilte die Nacht in ein Vorher und ein Nachher. Gesa hob den Kopf vom Kissen. Sie hörte ein Rauschen wie von den Schwingen großer Vögel. Der Herbst neigte sich dem Ende zu und Krähen zogen rastlos umher. Morgens sah Gesa ihre glatten Gefieder als schwarz glänzende Punkte auf den Feldern. Abends umwölkten sie die Äste der Buche vor dem Haus.

Felix lag auf der Seite und umarmte seine zusammengerollte Bettdecke. Sein T-Shirt war hoch gerutscht und entblößte seinen Rücken. Wie wenig er seinem Vater ähnelte. Felix war klein und zart, er hatte das dunkelblonde, glatte Haar von Gesa und von seiner Großmutter Anna. Gesa strich leicht über seinen Kopf. Sie rückte näher an ihn heran und deckte ihr Federbett über sie beide.

Raaah-raaah-raaah! Ein ganzer Schwarm Krähen schrie durcheinander, nah vor dem Fenster. Gesa schlug die Decke zurück und spürte die eisige Luft an den nackten Beinen. Sie stand auf und sah hinaus. Die Krähen flatterten im Hof, balgten um die besten Plätze, Schnäbel hackten in etwas hinein, das Gesa nicht erkennen konnte. Das Tageslicht kroch gerade erst über das Scheunendach. Noch mehr Krähen schwärmten herbei, angelockt vom Lärm. Was war das für ein dunkler Fleck in ihrer Mitte? Ein Stück Fleisch?

Gesa stieg die Treppe hinunter, lief durch den Flur und zog an der Hoftür ihre Gummistiefel an. Wolf hörte sicher nichts von dem Radau, das Ehebett stand auf der anderen Seite des Hauses. Gesas Eltern schliefen im Erdgeschoss, ebenfalls zur Straßenseite.

Gesa griff nach dem erstbesten Kleidungsstück an der Garderobe, es war Annas Mantel. Sie zog ihn über und betrat den Hof. Sie näherte sich den kreischenden Krähen, doch erst als sie in die Hände klatschte, stoben sie auseinander und gaben die Beute frei. Gesa schreckte zurück. Es war Hasko. Die Schnauze des Schäferhundes stand offen, Schaum quoll heraus. Die Lefzen zerfetzt, ein Rest Zunge, leere, blutige Augenhöhlen. Sie ging in die Hocke und legte die Hand auf das braune, zerzauste Fell. Haskos Körper war schon kalt.

Gesa blickte hoch zum Fenster des Kinderzimmers. Dort war alles dunkel und still. Felix durfte nichts merken. Er durfte Hasko nicht sehen. Nicht so.

Hasko ist schon alt gewesen, das weißt du doch. Sein Herz war müde und hat aufgehört zu schlagen. Kann mein Herz auch aufhören zu schlagen, Mama? Ja, mein Schatz, das passiert jedem Lebewesen, aber bei dir wird es noch lange, lange, lange nicht so weit sein.

Gesa zog den Mantel aus und warf ihn über den Hund. Die Krähen hatten sich in der Nähe zusammengerottet und beobachteten sie. Gesa kratzte eine Hand voll Steinchen zusammen und ging auf die Vögel zu. Es war schon so hell, dass sie die gierigen Knopfaugen in den kleinen Köpfen erkennen konnte.

»Verschwindet! Los, haut ab!« Sie schleuderte ihnen die Steinchen entgegen, doch fast alle Geschosse gingen ins Leere. Die Vögel schwangen sich auf wie ein einziger Körper, erhoben sich über das Haus und verschwanden.

Gesa lehnte sich an die Hofmauer. Auf der Landstraße fuhr ein Motorrad vorbei. Danach Stille. Als gäbe es kein Leben mehr um sie herum.

Etwas war hier geschehen in der Nacht. Der Schaum vor Haskos Maul. Er war vergiftet worden. Damit er nicht anschlug?

Gesa trat vor das Tor, kalter Wind schlug ihr entgegen. Ein Tannenzweig lag auf dem Weg. Gesa hob ihn auf. Ihre Finger strichen über die weichen Nadeln. Nein, kein Zweig. Es war eine Tannenspitze. Gesa erkannte eine Schnittfläche.

Sie lief um das Wohnhaus herum und stand vor der Kultur mit Nordmanntannen. Heute wollten Wolf und Konrad anfangen, die Bäume zu fällen. Noch sechs Wochen bis Weihnachten, die ersten Kunden, Dekorateure von Warenhäusern und Fußgängerzonen, warteten auf Lieferung. Das Geschäft begann in jedem Jahr früher, der Countdown bis zum Fest lief.

Siebentausend Zöglinge, alles Zweimeterbäume. Fast jede Tanne von ihr selbst mit der Machete in Form geschnitten, gesnippt, gedüngt. Die Arbeit von zehn Jahren: ihre Prachtstücke. Die schönste Tanne hatte sie schon im September geschlagen, um sie auf der Internationalen Weihnachtsbaumbörse vorzuführen. Und sie hatte den ersten Preis im Wettbewerb um den schönsten Weihnachtsbaum Deutschlands gewonnen.

Schutzlos in ihrem Nachthemd schlang Gesa die Arme um den Oberkörper. Sie blickte auf die vordersten Bäume. Es war kein böser Traum, aus dem sie erwachen würde! Die Tannen waren verstümmelt, ihrer Spitze beraubt worden. Die Reihen dahinter: dasselbe Trauerspiel. Gesa hob den Blick. Sie sah auf ein endloses Heer von Weihnachtsbäumen, deren Spitzen brutal abgeschlagen worden waren. Und langsam sickerte ein Wort in ihr Bewusstsein: bankrott.

Gesa lehnte am Küchenfenster und beobachtete das langsame Zurückweichen der Schatten im Hof, die den Kampf gegen die Morgensonne verloren. Den Frühstückstisch abräumen, die Spülmaschine anstellen, ausfegen. Je mehr die Liste im Kopf anwuchs, desto weniger Kraft spürte sie in sich.

Wolf lief vor dem Hofladen hin und her wie ein eingesperrtes Tier. Er telefonierte mit Großkunden. »Blaufichten für elf Euro . . . Nein, Nordmann in der Größe habe ich nicht. Die restlichen haben erst knapp ein Meter fünfzig . . . Ja, was glauben Sie, wie leid es mir selber tut . . . Nein, wir wissen noch gar nichts ... Melden Sie sich einfach ... Danke.«

Konrad setzte seinen Wagen rückwärts aus der Scheune. »Ich fahr zum Lagerplatz«, rief er Wolf aus dem Wagenfenster zu. Wolf gab mit der Hand ein Okayzeichen. Er hatte schon wieder einen Kunden in der Leitung.

Gesa setzte sich an den Küchentisch und legte den Kopf auf die Arme. Sie fühlte sich zu matt, um zu weinen. Sie hörte, wie ein Auto in den Hof einbog, stand wieder auf und blickte hinunter. Ein Polizeiwagen. Ein Mann in Uniform stieg aus, groß, von schmaler Statur. Er griff an seine Mütze, sah sich suchend um und drehte für einen Moment sein Gesicht in ihre Richtung.

Da draußen stand Lars! Gesa wich vom Fenster zurück. Sie rieb sich die Augen, griff zur Küchenrolle, schnäuzte sich die Nase. Wieso Lars? War er geschickt worden, um ‚die Fakten aufzunehmen', wie der Beamte im Streifenwagen angekündigt hatte, der im Morgengrauen hier gewesen war? Ausgerechnet Lars?

Gesa lief hinunter und durchquerte den Flur ihrer Eltern. Vor dem fast blinden Spiegel ordnete sie mit zitternden Fingern ihr Haar. Dann trat sie auf den Hof. Wolf hatte sein Handy weggesteckt und sprach mit Lars. Nun wandten sich ihr beide Männer zu.

»Hallo Gesa«, sagte Lars.

»Guten Morgen.« Gesa streckte ihm ihre Hand entgegen.

Lars ergriff sie, seine Finger waren kalt wie ihre eigenen.

»Was machst du denn hier ... bist du für unsere Gegend zuständig?«

»Ja, ich bin seit kurzem bei der Kripo in Kaarst, im Regionalkommissariat. Tja. Das ist wirklich ein Zufall.«

»Sie kennen meine Frau?«, fragte Wolf.

»Ja, wir sind zusammen zur Schule gegangen. Ich stamme auch aus Büttgen.« Lars trat einen halben Schritt zurück. »Also gut ... Herr Hendricks, erzählen Sie weiter.

Haben Sie was gehört? Ist Ihnen irgendwas aufgefallen?«

Wolf kratzte sich im Nacken. »Wie gesagt, ich selbst hab nichts mitbekommen. Aber Gesa konnte nicht schlafen. Sie hatte sich zu Felix ins Bett gelegt, hier auf der Hofseite und . . .«

»Die Krähen«, sagte Gesa.

»Was?« Nun sah Lars sie an. Sein Gesicht war gerötet von der morgendlichen Kälte.

»Der Hund lag da.« Gesa zeigte auf die Stelle, wo sie Hasko gefunden hatte. »Er hat die Krähen angelockt.«

»Der Hund war tot?«, fragte Lars.

»Ja, vergiftet. Er hatte Schaum vor dem Maul.«

»Wo ist er jetzt?«

»Wolf hat ihn hinter die Scheune gelegt, damit Felix ihn nicht sieht.« Lars' und ihre Augen begegneten sich wieder für einen kurzen Moment. »Felix ist unser Sohn.«

»Der Hund hat vorher nicht angeschlagen?«

»Hasko war stocktaub, das hab ich schon lange gesagt. Sonst hätte er diese Schweine hören müssen«, meinte Wolf. »Die Weihnachtsbaumkultur ist nur ein paar Meter vom Haus entfernt.«

Wolf führte Lars zu den Tannen. Gesa blieb hinter ihnen und hielt den Blick gesenkt. Sie fühlte sich dem Anblick der zerstörten Bäume nicht gewachsen.

»Wie groß ist der Schaden?«, fragte Lars.

Wolf fuhr sich mit der Hand über die Stirn. »In der Kultur stehen siebentausend Nordmänner, Großhandelspreis im Schnitt zwanzig bis fünfundzwanzig Euro; also um die Hundertfünfzigtausend.«

Lars schüttelte den Kopf. »Und was machen Sie jetzt? Ich meine, haben Sie noch andere Nordmanntannen?«

»Nur welche unter einem Meter fünfzig«, sagte Wolf. »Die sind noch zu klein, die will kaum einer. Die Blaufichten und die Coloradotannen haben nichts abbekommen. Aber die reichen nicht. Die meisten Kunden wollen eine Nordmann. Und die holen sie sich jetzt bei der Konkurrenz.«

Er sah sich nach Gesa um. Als sie zu ihm trat, legte er seinen Arm schwer auf ihre Schulter. »Das Weihnachtsgeschäft ist für uns gelaufen.«

»Zahlt denn die Versicherung?« Lars taxierte mit zusammen gekniffenen Augen die Front des Wohnhauses, als wolle er den Wert des Gebäudes abschätzen.

Wolf schüttelte den Kopf. »Nur bei Feuer- oder Hagelschäden. Vandalismus ist in unserer Branche kein Thema.«

»Was ist mit Diebstahl?«, fragte Lars.

Wolf wehrte mit einer Handbewegung ab. »Vielleicht hundert Bäume insgesamt jedes Jahr, mal aus den Kulturen raus geschnitten, mal bei den Verkaufsstellen übern Zaun geworfen. Kunden, die ein paar Kröten sparen wollen. Das passiert überall. Aber so was wie das hier . . .« Er zeigte in die Richtung der Tannen, ». . . das hier ist neu.«

Gesa betrachtete die Atemwolken, die sich bei jedem Wort vor Wolfs Mund bildeten. Sie zog ihre Strickjacke enger um den Körper.

»Das waren Profis«, sagte sie. »Fast siebentausend Bäume auf einen Schlag. Da brauchst du mindestens drei, vier Leute. Sie müssen Felcoscheren oder Macheten gehabt haben.«

Lars Schäffer bückte sich und hob eine Tannenspitze auf. Die Schnittstelle war schräg, eine saubere, glatte Kante.

»Und sie haben sich an die Qualitätsbäume gehalten. Gesa hat Recht, die kannten sich aus.« Wolfs Hand lag noch immer auf ihrer Schulter. »Ich rufe Hellmann an. Was wir noch haben, ist dritte und vierte Wahl. Er muss dieses Jahr was drauf legen. Das muss er einsehen. Und wenn nicht, dann biete ich den Baumärkten in Kaarst und . . .«

Wolf unterbrach sich, als Konrads alter Mercedes in den Zufahrtsweg einbog. Gesa schluckte. Die letzte Begegnung zwischen Lars und ihrem Vater war dreizehn Jahre her.

Konrad bremste so scharf, dass die Steinchen wegspritzten und stieg aus. »Dieser verdammte Mistkerl«, rief er. »Die Nordmanntannen auf den Paletten hat er mit Diesel bespritzt. Die sind auch alle hin!«

Er musterte Lars kurz, ohne ihn zu begrüßen.

Vor Gesas Augen tanzten dunkle Pünktchen. Ihre Beine knickten weg. Im Fallen griff sie Halt suchend nach Wolfs Schulter. Er fing sie auf. »Gesa!«

»Was hast du?« Lars sah sie besorgt an.

»Mir ist schwindelig.« Gesa blinzelte in das fahle Sonnenlicht. »Ich hätte doch was frühstücken sollen.«

»Möchtest du, dass wir dich ins Haus bringen?«

»Nicht nötig. Jetzt geht es schon wieder.«

Lars wandte sich an Konrad. »Wen haben Sie gemeint, Herr Verhoeven? Von welchem ‚Mistkerl' reden Sie?«

Konrad presste die Lippen aufeinander und sah an Lars vorbei. »Es gibt nicht viele attraktive Verkaufsstellen für Weihnachtsbäume in Büttgen. Wir haben jahrzehntelang vor dem Rathaus gestanden. Bis Herbert Graupner auf die Idee kam, uns das Geschäft kaputtzumachen.«

»Verstehe.«

»Ich bin ein friedlicher Zeitgenosse.« Konrad verschränkte die Arme. »Aber andere sind nicht bereit, Ruhe zu geben. Andere steigern sich in ihren Hass hinein.« Er tippte sich mit dem Zeigefinger an den Kopf, oberhalb der Schläfe. »Ich hoffe, du kannst mir folgen, Lars. Streng deinen Grips mal an, dann kommst du schon dahinter.«

Erschreckt sah Gesa ihren Vater an. Fing er wieder an, auf Lars herumzuhacken? Hörte diese alte Geschichte denn nie auf?

Lars nahm seine Uniformmütze ab und strich sich langsam mit seinen schlanken Fingern durchs Haar. Erst jetzt sah Gesa seinen Ehering, schmal und golden. Er hatte Familie. Natürlich. Wie dumm von ihr, ihn sich immer als Junggesellen vorzustellen.

»Danke für den Hinweis, Herr Verhoeven«, sagte Lars. »Wir gehen dem nach und melden uns bei Ihnen, wenn es etwas Neues gibt.«

Gesa konnte ihren Blick kaum von seinem Gesicht losreißen. Immer noch strahlte Lars diese innere Ruhe aus. Er ließ sich von Konrad nicht provozieren, heute so wenig wie damals, als Gesa sich von Lars getrennt hatte.

Zwei Stunden später räumte Gesa Geschirr aus der Spülmaschine. Sie kam mit der Arbeit nicht vorwärts, ihre Glieder waren bleischwer. Das lag nicht nur an der fast durchwachten Nacht. Als noch lähmender empfand sie ihre Gedanken, die sich im Kreis drehten. Wie sollte es weitergehen mit dem Hof? In den letzten Jahren hatten sie gerade so überlebt. Nun, mit den zu erwartenden Einbußen im Weihnachtsgeschäft und den langfristigen Schäden durch den Ernteausfall in den nächsten Wintern, geriet der Betrieb in echte Bedrängnis.

Vor ihr auf dem Esstisch stand eine Schale aus Nussbaumholz, gefüllt mit Tannensamen. Gesa griff hinein und ließ die braunen Körnchen durch die Finger rinnen, ein Rieseln, ein zartes Geräusch. In jedem von ihnen steckte die Kraft, zu einem hohen, prächtigen Baum zu wachsen. In diesen Samenkörnchen lag die Zukunft von Verhoevens Weihnachtsbaum- und Schnittgrünbetrieb. Zumindest wenn es nach Gesa gegangen wäre.

Auf dem Boden der Schale fühlte sie einen größeren, harten Gegenstand, rotes Metall blinkte unter den Körnern hervor. Gesa zog eines von Felix' Matchboxautos hervor. Sie lächelte, wischte es mit einem Küchentuch sauber und stellte es auf Felix' Platz.

Vom Hof hörte sie Lärm. Ihre Mutter klapperte laut mit den Eimern. Das hieß soviel wie: Komm runter, ich brauche hier dringend Hilfe. Gesa blickte durchs Küchenfenster. Es waren einige Kundinnen da, die Gesa alle aus dem Dorf kannte. Sie schwatzen miteinander. Die Stimmen klangen aufgeregt, bestimmt diskutierten sie die Ereignisse der letzten Nacht. Ihre Mutter stand nun in der Tür des Hofladens und band Schnittgrün zusammen. Eine Gans war aus dem Gehege ausgebrochen und watschelte laut schnatternd über den Hof.

Gesa wollte nicht hinunter gehen, sich dem Ansturm der Fragen stellen, dem Mitleid, den Solidaritätsbekundungen. Sie hatte das Bedürfnis, allein zu sein. Sie musste nachdenken.

Vater glaubte, dass die Zerstörung der Nordmanntannen auf Herbert Graupners Konto ging. Graupner wolle sich nach dem Streit um den Verkaufsplatz an ihnen rächen. Mit Rocco, Graupners Sohn, hatte Gesa als Kind im Sandkasten gespielt. Rocco war etwas jünger als sie und hatte später ein Internat besucht, dann mit einem Studium angefangen. Nun, nach dem frühen Tod seiner Mutter, war er zurückgekommen, vielleicht, um den elterlichen Betrieb zu übernehmen. Doch das hatte Zeit, der alte Graupner war noch fit.

Gesa konnte sich nicht vorstellen, dass die Nachbarn sich nachts auf das Grundstück der Verhoevens schlichen und Baumspitzen abschlugen. Aber andererseits . . . wer wusste schon genau, wie sehr Konrad Herbert Graupner provoziert hatte? Konrad konnte Menschen so demütigen, dass sie begannen ihn zu hassen. Das hatte Gesa einige Male erlebt. Mal traf es die polnischen Erntehelfer, mal einen der festen Mitarbeiter. Und heute früh war Lars seine Zielscheibe gewesen. Doch Lars war souverän geblieben. Ob auch er ihren Vater hasste?

Das Telefon klingelte, und sie hob den schnurlosen Apparat ans Ohr. »Hendricks?«

»Hallo, Lars noch mal. Ich wollte nur kurz hören, wie es dir geht. Noch schwindelig?«

»Nein, nein, alles in Ordnung, ich kann arbeiten.«

»Ah, prima.«

Sie wartete. Wollte er nichts mehr sagen? Es raschelte im Hintergrund, so als würde er Papiere durchblättern.

»Wo bist du denn? Zurück auf der Wache?«

»Ähm, ja.« Er räusperte sich. »Gesa . . . Es war schön, dich wieder zu sehen.«

»Ja!« Das war viel zu laut gewesen. Gesa hielt verspätet die Hand vor den Hörer. »Warum sind wir uns nie begegnet? In Büttgen oder in Kaarst?«

»Ich hab' seit der Ausbildung in Duisburg gearbeitet. Ich war nur selten hier. Und du? Hast du studiert wie geplant?«

»Ja, Botanik in Köln.«

Was konnte sie weiter sagen? Ihr Kopf war wie leer gefegt. Sie versuchte sich Lars' schmales Gesicht vorzustellen, doch es verschwamm vor ihrem inneren Auge. Sie klemmte das Telefon zwischen Ohr und Schulter und nahm den Besteckkasten aus der Spülmaschine. Sie sammelte alle Messer und legte sie in die Schublade, dann waren die Gabeln an der Reihe und zuletzt die Teelöffel. Sie achtete darauf, dass die Löffelchen ineinander lagen, jeder Rücken musste sich in die Vertiefung eines anderen schmiegen, keines durfte quer liegen, die Ordnung stören.

Lars lachte. »Was machst du da? Ich höre nur noch Klappern.«

»Entschuldige. Ich habe zu tun.« Das hatte abweisend geklungen. Würde er nun auflegen?

»Okay, ich wollte dir nur anbieten . . . Also, wenn du Hilfe brauchst, kannst du mich jederzeit anrufen.«

Gesa lächelte bitter. Wenn du siebentausend Baumspitzen wieder auf ihre Tannen zurück zaubern könntest . . . Sie sprach den Gedanken nicht aus. Sie spürte, dass er es ehrlich meinte. »Wir können die Tannen in diesem Jahr nicht verkaufen, aber ein Teil lässt sich sicher retten«, hörte sie sich sagen. »Ich muss mir Baum für Baum ansehen, ob sich ein geeigneter Seitentrieb mit einer Spirale hochbinden lässt. In ein bis zwei Jahren bildet sich eine neue Spitze aus. Leider werden die Tannen nur B-Qualität sein und sind dann für den normalen Kunden schon zu groß.

Wer kann sich schon eine zweieinhalb Meter hohe Tanne ins Wohnzimmer stellen.« Was redete sie da! Warum sollte Lars sich dafür interessieren. Sie hörte ihn einatmen, kurz und scharf.

»Und das war also dein Mann. Wolf?«

»Ja.« Gesa zögerte. »Und du? Du bist auch verheiratet?«

Lars räusperte sich. »Meine Frau heißt Karoline. Wir haben zwei Töchter. Neun und Zwölf sind sie.«

»Ah.«

Die Küchentür ging auf und ihre Mutter kam herein. »Warum kommst du nicht runter? Bist du schwerhörig? Sieh mal aus dem Fenster, was da unten los ist. Wie soll ich das allein schaffen?«

»Ich bin am Telefon, Mama.«

Lars hatte mitgehört. »Okay, ich muss hier auch weitermachen. Dann mach's gut, Gesa.«

»Ja, danke für den Anruf«, sagte Gesa und drückte die rote Taste.

Den ganzen Nachmittag arbeitete Gesa mit ihrer Mutter im Hofladen. Es herrschte Andrang, doch Gesa hatte das Gefühl, dass die Leute aus reiner Neugierde kamen. Zuerst besichtigten sie die zerstörten Tannen, dann kamen sie auf den Hof, kauften sechs Eier oder ein Bund Tannengrün, und hielten sich, so lange es ging, auf dem Anwesen auf. Endlich war mal was los in Büttgen. Tausende Nordmanntannen zerstört, das hatte sich schnell herum gesprochen. Auch die Presse war schon da gewesen. Morgen würde es in den Zeitungen stehen. Alle waren fassungslos, wie so etwas geschehen konnte, wollten Details wissen, aufmunternde Worte loswerden. Gesa kam kaum zum Nachdenken, und dennoch ging ihr das Telefonat mit Lars im Kopf herum. Warum hatte er noch einmal angerufen? Sie war ja nicht krank, ihr war nur für einen Moment schwindelig gewesen.

». . . wissen ja, wer nachts hier vorbeigefahren ist.« Die unangenehm schrille Stimme von Herta Wenningsen, Kassiererin des Supermarktes, drang zu Gesa durch.

»Wieso? Wer?«, fragte ihre Mutter.

Herta wartete ab, bis alle Umstehenden ihr die volle Aufmerksamkeit schenkten. »Rocco Graupner ist mit dem Motorrad geblitzt worden«, sagte sie in triumphierendem Ton, als habe sie selbst ihn mit der Infrarot-Kamera erwischt. »Da vorne auf der Landstraße 361. Geschwindigkeitsüberwachung mit Radargerät und Anhalten. Um Ein Uhr nachts.« Sie senkte die Stimme. »Meine Schwägerin sitzt in der Bußgeldstelle. Sie weiß, dass ich ihn kenne und hat's mir erzählt.«

»Hast du das gehört, Gesa?« Anna wischte sich die Hände an der Schürze ab. »Das solltest du Lars Schäffer sagen. Das kann doch kein Zufall sein. Rocco Graupner war zur Tatzeit in der Nähe.«

Gesa spürte, wie sich die Blicke aller auf sie richteten. Wie die Geier standen sie um Gesa herum, um ja nicht ihre Reaktion zu verpassen und das Gehörte und Gesehene nachher im Ort verbreiten zu können.

Gesa packte ein paar Zweige und umwickelte sie mit Band zu einem Drei-Kilo-Bund. »Das wird die Polizei längst wissen«, sagte sie so ruhig wie sie konnte. »Und es beweist überhaupt nichts. Außer, dass Rocco zu schnell gefahren ist.«

Ein Polizeiwagen bog in den Hof ein. Die Tür öffnete sich und Lars stieg aus. Gesa presste das Tannengrün mit den Fingern zusammen. Sie hatte sich gefragt, wann sie Lars wieder sehen würde. Nun trafen sie sich vor den größten Tratschtanten aus ganz Büttgen.

Lars musste sich zwischendurch rasiert haben, seine Wangen waren hell und glatt. Er kam mit ernstem Gesicht auf Gesa zu und grüßte mit einem knappen »Tag!« in die Runde. »Gesa, ich muss dich kurz sprechen. Wo können wir . . .« Er sah sich um.

»Gehen wir am besten ins Haus«, sagte sie. Sie überquerten den Hof, im Rücken die neugierigen Blicke der Frauen. Dann saßen sie an Gesas Küchentisch. Lars' Augen schweiften durch den Raum, blieben kurz an der Schale mit Nordmannsamen hängen, verweilten länger an den Zeigern der Uhr über der Anrichte.

»Gesa, der Grund, warum ich hier bin . . .« Er zögerte. Gesas Herz schlug schneller. »Ich brauche von euch allen Aussagen zu einem Alibi für gestern Nacht.«

»Was?« Der Satz traf sie so unvermittelt, dass sie nicht sicher war, ihn richtig verstanden zu haben.

»Herbert Graupner hat Anzeige gegen Unbekannt erstattet. Er hatte die ersten Paletten mit Nordmanntannen zur Verkaufsstelle vors Rathaus gebracht. Und letzte Nacht war jemand dort und hat sie mit Diesel bespritzt. Wie eure Paletten.«

»Wieso vors Rathaus?«, fragte Gesa. »Ihm wurde die Genehmigung doch entzogen, dort zu verkaufen? Vater sagt . . .«

»Gesa!«, unterbrach sie Lars. »Nicht alles was dein Vater sagt, stimmt. Graupner hat inzwischen eine Sondernutzungserlaubnis bekommen. Und so wie sich die Dinge im Moment darstellen . . . Ich muss deine Aussage aufnehmen, und du musst sie mir unterschreiben.« Umständlich kramte er ein Formular aus seiner Aktentasche.

»Du . . .?« Gesa rang nach Worten. »Du glaubst, wir hätten . . .?« Sie konnte den Satz nicht vollenden. Nun wendete sich der Verdacht, den Konrad gegen Graupner geschürt hatte, gegen ihre eigene Familie. War Konrad gestern Nacht nach Büttgen gefahren? Oder etwa Wolf? Aber das hätte sie mitbekommen müssen. Sie hatte wach gelegen. Außer den schreienden Krähen hatte sie nichts gehört. Aber vielleicht war sie zwischendurch doch eingenickt, ohne es zu merken?

Lars sah an ihr vorbei. »Gesa, mir macht das auch keinen Spaß. Aber die Ermittlungen . . . Das musst du verstehen. Ich kann mich ja nicht raushalten.«

24. November

»Steig ein und schnall dich an.« Gesa scheuchte Felix in den Wagen. »Ich hab' nicht so viel Zeit.«

»Mama, darf ich das Hundebaby heute schon mitnehmen?«

»Nun warte mal ab, was die Steffens sagen.«

Gesa fuhr durch Büttgen, das am Nachmittag schon wie ausgestorben wirkte. Ab vier Uhr setzte die Dämmerung ein. Im Supermarkt standen ein paar Leute an der Kasse. Christine Olpitz, mit der Gesa in einer Klasse gewesen war, trat mit zwei Tüten in der Hand aus der Tür. Gesa hupte und winkte ihr zu. Gerade wurde ein Parkplatz frei. Sie lenkte den Wagen in die Lücke.

Felix rutschte auf dem Rücksitz herum. »Mama, was machst du denn?«

»Ich muss kurz in ein Geschäft. Ich suche ein Geschenk für Oma zu Weihnachten. Wenn der Verkauf im Hofladen richtig losgeht, komm ich ja nicht mehr dazu.«

»Och nein, Mama, ich will endlich meinen neuen Hund sehen!«

Gesa musste über seine Aufregung lachen. »Komm jetzt!«

Sie stiegen aus, liefen die paar Meter bis zum ‚Haus der Geschenke' und traten ein.

Die Inhaberin, Gesa kannte sie flüchtig, stand mit einer Kundin vor einem Regal, in dem edle Stoffservietten und Tischdecken lagen. Die Kundin, groß und mit langem braunen Haar, hatte zwei Mädchen dabei, denen man ansah, dass sie Schwestern waren. Beide hatten die grünen Augen ihrer Mutter und sahen Gesa und Felix neugierig an.

»Guten Tag.« Die Inhaberin lächelte Gesa zu, wandte sich dann an die Braunhaarige. »Frau Schäffer, möchten Sie einen Moment überlegen? Dann bediene ich kurz diese Kundin hier.«

»Ja natürlich, gern.«

Gesa hatte aufgehorcht. Die Frau hieß Schäffer? Wie Lars? Das war kein häufiger Name hier in der Gegend.

Gesa hob die Hand. »Nein, nein. Ich will Sie nicht unterbrechen. Ich suche ein Geschenk, und möchte mich sowieso erstmal umsehen.«

»Mama!« Felix zerrte an ihrem Arm. »Du hast gesagt, es geht schnell.« Gesa warf ihm einen drohenden Blick zu.

Felix zuckte die Schultern und schlenderte zu einem Sonderaufsteller mit Weihnachtsmännern aus Filz. »Mama, kaufst du mir so einen?«

»Ich suche ein Geschenk für Oma.«

Sie ließ den Blick über die liebevoll dekorierten Regale schweifen. Ganz unten lagen die Tischsets, die sie schon vor einigen Wochen für Anna ins Auge gefasst hatte. Sie strich mit der Hand über das angenehm glatte Material und drehte das Schildchen um. Der Preis war in Ordnung, sechs Stück waren auch vorrätig. Eigentlich war sie hier fertig. Doch sie tat so, als sei sie noch nicht fündig geworden, nahm hier etwas in die Hand, las da eine Aufschrift auf einer Verpackung, ohne die Gegenstände wahrzunehmen. Ihre Ohren waren in Richtung der beiden Frauen gespitzt, die sich unterhielten.

»Der Esstisch meiner Schwiegermutter ist oval.« Die Braunhaarige beschrieb mit den Händen einen Bogen.

»Ja, oval ist immer schwierig«, gab die Inhaberin zurück und zog eine der unteren Tischdecken hervor. »Die hier könnte aber gut passen. Oder diese, die hellblaue.«

»Na, ich weiß nicht, ob hellblau ihre Farbe ist.« Die Braunhaarige zögerte, dann nahm sie die zweite Tischdecke entgegen und befühlte den Stoff zwischen Daumen und Zeigefinger.

»Nehmen Sie doch beide mit und zeigen Sie sie ihr. Ihre Schwiegermutter soll in Ruhe überlegen. Und wenn beide nicht gefallen, dann kommen Sie noch mal her und wir überlegen uns was Neues.“

»Meinen Sie wirklich, das ginge?«

»Kein Problem, Frau Schäffer. Das machen wir gern.“ Die Inhaberin lächelte. »Ich kenne doch Ihren Mann von früher. Wohnt die Mutter denn immer noch in der Matthiasstraße?«

Kein Zweifel, das war Lars' Frau Karoline. Gesa betrachtete ein Bündel Weidenzweige, in dem überall kleine Lichter blinkten. Ein Preisschild hing an einem Fädchen. Sie drehte es um, ohne es zu sehen.

Die Inhaberin packte die Tischdecken in eine Papiertüte. Karoline Schäffer nahm sie entgegen. »Danke. Ich melde mich in den nächsten Tagen.«

»Lassen Sie sich Zeit. Auf Wiedersehen.«

Im Hinausgehen begegneten sich Gesas und Karoline Schäffers Blicke. Gesa lächelte. Lars' Frau zog den Gürtel ihres Trenchcoats enger um die Taille und schob ihre Töchter aus der Tür. »Auf Wiedersehen«, sagte sie freundlich.

Wenig später ging Gesa zu ihrem Auto und legte die Tüte mit den Tischsets auf den Rücksitz. Das Weidenzweigbündel hatte sie auch noch gekauft, obwohl sie keine Idee hatte, wohin sie es stellen wollte. Sie blickte sich um. Karoline Schäffer und die Mädchen liefen in Richtung Rathausbrunnen, bogen dann nach rechts ab zur Kirche und verschwanden.

Gesa ließ Felix einsteigen. Sie setzte sich auf den Fahrersitz. Jemand hatte ihren Außenspiegel verbogen. Er war nach innen gedrückt, sie konnte ihr Gesicht darin sehen, blass und ungeschminkt, nicht mal Lippenstift hatte sie aufgelegt. Normalerweise war es ihr egal, wie andere ihr Äußeres beurteilten, aber es war demütigend, dass Karoline Schäffer sie so gesehen hatte. Was für ein dummer Gedanke! Lars' Frau wusste ja gar nicht, wer Gesa war. Sonst hätte sie genauer hingesehen. Das also war die Jugendliebe ihres Mannes? Sie wäre neugierig gewesen, aber auch ganz beruhigt: Da hatte sich Lars mit ihr ja beträchtlich verbessert!

Gesa startete und verließ den Ortskern von Büttgen. Links der Landstraße lag eine von Graupners Kulturen. Es waren etwa sechsjährige Nordmanntannen, ein Baum wie der andere gewachsen. Nicht so schön wie ihre eigenen gewesen waren, aber durchaus ordentliche Exemplare. Aus einem Feldweg bog ein Portaltraktor vor ihr auf die Straße ein.

»Mama, was ist das für ein Traktor?« Felix hatte das rot lackierte Ungetüm auch entdeckt.

»Der nennt sich ‚Highlander'. Damit kannst du alles in der Weihnachtsbaumkultur machen, Düngen, Spritzen, Bodenlockerung . . .«

»Auch Formschnitt?«

Gesa lächelte. Felix war schon ein richtiger kleiner Nadelbaumexperte. »Na klar.«

»Wahnsinn. Da möchte ich mal mitfahren. Sitzt man da über den Tannenspitzen?«

»Du sitzt auf zweieinhalb Meter Höhe und kannst alles gut überblicken.«

Felix hatte sein Hundebaby vergessen. »Toll. Von wem ist der Highlander?«

»Na, von Herbert Graupner vermutlich. Er fährt ihn wohl in seine Halle, jetzt wo es dunkel wird.«

»Mama, warum haben wir nicht so einen?«

»Ach du liebe Güte!« Gesa lachte auf. »Weißt du, was so ein Ding kostet?«

»Wie viel denn? Eine Million?«

»Nein, so viel nicht. Aber auf jeden Fall mehr, als wir bezahlen könnten.«

Gesa überholte den Traktor und sah im Rückspiegel Herbert Graupner auf dem Führerstand. Sie winkte nicht. Felix plapperte weiter, aber Gesa hörte nicht zu. Sie sah Karoline Schäffers unruhige grüne Augen vor sich. Lars' Frau war schön, aber glücklich und entspannt hatte sie nicht gewirkt.

Sie zwang sich dazu, an etwas anderes zu denken. Tannen. Wann würde Graupner aus dieser Kultur ernten? Nächstes, übernächstes Jahr. Graupner konnte sich einen Highlander leisten. Graupner hatte in diesem Jahr keinen Ernteausfall. Er würde vor dem Rathaus seine Nordmänner verkaufen.

Abends stand Gesa mit ihrer Mutter in der Küche. Der erste Advent nahte, und eine Adventszeit ohne Selbstgebackenes war für Anna undenkbar. Gesa war überhaupt nicht nach Weihnachten zumute, und sie hasste das mühselige Bepinseln von Zimtsternen. Aber statt sich zu beschweren, hatte sie sich auf ihre Art gerächt. Anna wusste nur noch nichts davon. Es war schon zehn Uhr abends und ein Vierzehn-Stunden-Arbeitstag lag hinter ihnen. Zwischendurch war Gesa beim Friseur gewesen, obwohl sie ein schlechtes Gewissen hatte, die Arbeit zu unterbrechen. Aber sie mochte sich selbst nicht mehr sehen.

Sie hatten fünfhundert Lasiocarpa und ebenso viele Coloradotannen geschlagen, in Netze verpackt und palettiert. Männerarbeit, wie Wolf sagte. Er lehnte es ab, dass Gesa beim Ernten half. Aber es war einer der Konflikte zwischen ihnen, bei denen Gesa gesiegt hatte, denn sie besaß Vaters Erlaubnis. Sie würde diesen Betrieb erben. Und bei der Ernte, in den entscheidenden Wochen des Jahres, stand sie ihren Mann.

Obwohl sie einen neuen Weihnachtsbaum-Cutter angeschafft hatten, der das Abholzen erleichterte, schmerzte ihr Rücken, als sie sich nun über die Plätzchen beugte und die klebrige Zuckerglasur mit einem Pinsel auftrug.

Gesa hörte Konrads und Wolfs erregte Stimmen im Wohnzimmer, ohne ihre Worte zu verstehen. Sie stritten sich wieder. Alle paar Tage prallten sie aufeinander, aber Gesa erfuhr nicht, um was es ging. Vermutlich hatten sie unterschiedliche Vorstellungen, wie sie die drohende Pleite abwenden wollten.

»Mama . . .« Gesa ließ den Pinsel sinken und blickte erst Anna an, dann zur Wand, hinter der sich die Männer befanden. »Worum geht es denn jetzt schon wieder?«

»Männersachen.« Anna wischte die Hände an der Schürze ab. »Da ist noch eine Schüssel Teig in der Kammer. Ich hol sie schnell.«

»Warte. Hat Konrad dir was erzählt? Geht es um den Hof?«

»Mir? Bist du noch bei Trost?« Sie war schon bei der Tür. »Pass auf das obere Blech auf. Die Kipferl werden schnell zu dunkel.«

Gesa zählte die Sekunden, bis sie Anna rufen hörte. »Wo ist denn die Schüssel? Ich hatte sie doch . . .«

Gesa nahm die Schürze ab und legte sie über einen Stuhl. Den Schweinen der Martinis auf dem Nachbarhof hatte der Teig gut geschmeckt. Nun war Schluss mit dem Backen.

Annas Jammern drang durch den Flur. »Das gibt es doch gar nicht! Ich bin sicher, ich hatte die Schüssel hier ins Regal gestellt!«

Gesa hörte die Tür des Wohnzimmers zuschlagen und Wolfs schwere Schritte auf der Treppe, dann erschall ohrenbetäubend laut Dvoraks ‚Symphonie aus der neuen Welt', Konrads Lieblingsmusik.

Gesa blickte in den Schrank und inspizierte die Tassen. Alle standen korrekt da, zu zweit in einander gestapelt. Alles war in Ordnung. Anna war diejenige, die gerade an ihrem Verstand zweifelte. Dabei wollte sie doch nur das Beste für alle. Weihnachten, das Fest des Friedens und der Freude. Machet die Herzen weit, es kommet der Herr der Herrlichkeit. Gesas Herz war eng und wie eingeschnürt in ihrer Brust.

Sie beugte sich zum Ofen hinunter und sah durch die Glasscheibe zu, wie die Vanillekipferl langsam verbrannten.

29. November

Fünf Tage später, am Morgen des ersten Adventssonntags, kam Gesa in die Küche, wo Anna schon in der riesigen Pfanne Spiegeleier briet. Es war eines von Annas streng einzuhaltenden Ritualen, dass die Familie vor der Messe gemeinsam in der elterlichen Küche frühstückte.

»Wo ist Konrad?«, fragte Gesa und goss sich einen Kaffee ein.

»Im Bett.« Anna schob ein Ei in der Pfanne zur Seite, um Platz für ein weiteres zu schaffen. »Weiß auch nicht, was mit ihm los ist. Dabei haben wir erst Ende November und die Haupterntezeit kommt noch. Was soll das werden, wenn er jetzt schon schlapp macht?«

»Er ist nicht mehr der Jüngste, Mama.«

»Er ist so alt wie ich. Ich arbeite auch den lieben langen Tag. Und? Siehst du mich etwa faul in den Federn liegen?«

»Dich doch nicht.« Gesa blickte in die Pfanne, in der schon drei fertige Spiegeleier brutzelten. »Soll ich Felix wecken?«

»Nein, lass das Kind mal ausschlafen. Die Schule ist so anstrengend für ihn. Und ich glaube, er kriegt eine Erkältung.«

Gesa lächelte.

Wolf kam herein und drehte das Radio an. »Morgen.«

„Zwei oder drei Eier?“ Anna kam mit der Pfanne zu Wolfs Platz.

»Drei.« Wolf nahm eine Scheibe Brot. »Wo ist Konrad?«

»Schläft noch«, sagte Anna und platzierte die Eier auf Wolfs Teller. »Ihm ist wohl nicht gut.«

Wolf runzelte die Stirn und schob mit dem Messer ein Ei auf die Brotscheibe. »Er soll heute mal ausspannen. Ab morgen sind alle Polen da, und wir sind gut in der Zeit.« Er biss ab, die warme Butter tropfte am Ei herab auf den

Teller. »Sag du ihm das«, meinte er zu Gesa. »Auf dich hört er noch am ehesten.«

»Wer hört auf wen?« Konrad trat ein und setzte sich ans Kopfende auf seinen Stammplatz. Seine Miene war finster.

»Wir sprachen von Felix«, sagte Gesa. »Anna meint, er habe sich erkältet. Er hört ja nicht, wenn man ihm sagt, er soll seine Jacke anziehen, bevor er raus geht. Ich glaube, in den Schulpausen läuft er auch ohne herum.«

»Für solche lästigen Pflichten hat die heutige Jugend keine Zeit.« Konrad rieb sich über die Augen, unter denen sich dunkle Ringe befanden.

»Und du? Wirst du auch krank?«, fragte Gesa ihren Vater.

»Blödsinn. Ich habe nur schlecht geschlafen.« Er warf Anna einen unfreundlichen Blick zu. »Und Magenschmerzen. Kein Wunder, wenn ich abends Pilze zu essen bekomme.«

Gesa betrachtete ihren Vater besorgt. Konrad war niemand, der viel jammerte, aber in letzter Zeit hatte er schon öfter von Magenschmerzen gesprochen.

Anna schlug zwei frische Eier in die Pfanne, wandte sich Gesa zu und sandte einen Blick zur Decke, den Konrad nicht sehen sollte. Es war eines der Themen, über die Konrad und Anna am liebsten stritten, welche Speisen ein Magen abends gut verkraften und welche er nur schwer verdauen konnte.

»Hör auf die Augen zu verdrehen«, sagte er. »Pilze am Abend sind absolut unverträglich.«

Gesa hatte auf einmal ein Déjà-vu. Genauso hatten sie dagesessen, bei einem Sonntagsfrühstück Ende September mit Spiegeleiern und den Streitereien zwischen Konrad und Anna, als Gesa der Familie zum ersten Mal von ihrer Entdeckung an den dreißig Jahre alten Nordmanntannen erzählt hatte.

»In diesem Jahr sind die Samen reif.« Sie hatte einen aufgeschnittenen Zapfen mitten auf den Tisch gelegt. Konrad, Anna und Wolf hatten den Fremdkörper zwischen den Marmeladengläsern betrachtet. »Ich könnte einen Teil selbst pflanzen. Die Baumschule vergrößern.«

Wolf hatte Luft durch die Nase ausgestoßen. »In zehn Jahren wirst du sehen, ob was Brauchbares dabei rauskommt. Nur ... bis dahin sind wir längst pleite.«

»Sieh sie dir doch an, das sind Spitzensamen, echte Borshomi.«

»Hast du ein Zertifikat?« Wolfs spöttischer Gesichtsausdruck hatte ihr wehgetan.

»Nein.« Gesa hatte Hilfe suchend zu Konrad geblickt. »Aber wir kennen ja die Herkunft. Vater hat die Samen ja früher ...«

»Gar nichts kennen wir!« Konrads Gesicht war rot geworden. »Schluss mit dem Thema!«

Wolfs Stimme riss Gesa aus den Erinnerungen: »Es will ja hier keiner hören, aber wir haben ein kleines Problem. Im März muss ich die Spargelwurzelstöcke pflanzen. Es gibt aber kaum noch gute Jungpflanzen. Ich bin drei Monate zu spät dran. Das heißt, ich brauche sofort zehntausend Euro, um überhaupt noch genügend zu kriegen. Und das geht nicht ohne einen Kredit.«

Gesa blickte auf ihren Teller. Das war es also. Endlich erfuhr sie, was Wolf vorhatte. Vor Wut krampfte sich ihr Magen zusammen. ‚Es will ja hier keiner hören ...' und ‚Wir haben ein kleines Problem ...'

Wolf hatte sich nie die Mühe gemacht, sie über seine Pläne zu informieren. Und nun tat er so, als wüsste sie schon ewig davon! Nur weil er dringend das Geld brauchte.

Konrad reagierte nicht auf Wolfs Bemerkungen. Er wirkte merkwürdig abwesend. Er sah sich nach Anna um, die am Herd stand.

»Warme Milch?«, fragte Anna, in einem für sie ungewöhnlich liebevollen Ton.

»Ja. Wenn's denn recht ist.«

»Ich setze welche auf.« Gesa sprang auf, befüllte den Topf und stellte die Gasflamme an.

»Was meinst du dazu?«, fragte Wolf seinen Schwiegervater.

»Es gibt ein altes Sprichwort: ‚Spargel und Menschen haben ein gemeinsames Schicksal: Sobald einer den Kopf hochreckt, wird er abgestochen'.« Konrad hob seine Tasse, bemerkte, dass sie noch leer war und setzte sie mit einem Knall wieder ab. »Zum letzten Mal: Die Verhoevens bauen keinen Spargel an.«

Wolf ballte die Hand zur Faust und brüllte: »Aber die Hendricks!«

Niemand sagte mehr was. Gesa schien es, als versteinerten sie alle. Felix kam mit verstrubbelten Haaren im Schlafanzug herein, blickte in die angespannten Gesichter der Erwachsenen und kletterte auf den Schoß seiner Großmutter.

Wolf nahm keine Notiz von seinem Sohn, sondern wandte sich wieder an Konrad. »Ich war letzten Sommer in Georgien, nicht du«, sagte er. »Es herrscht nur noch Schieberei, Lug und Betrug. Jeder, mit dem du es da unten zu tun bekommst, ist korrupt. Angeblich war es ein schlechtes Erntejahr. Es war Frost, es gab Überschwemmungen und Erdbeben. Aber die Dänen haben eine Unmenge Samen mitgenommen.« Wolf trommelte mit den Fingern auf den Tisch. »Du kennst die Prognosen: In zehn Jahren müssen wir mit einer Schwemme von Nordmanntannen rechnen. Wie willst du als Familienunternehmen dann überleben? Ich renne doch nicht sehenden Auges in meinen wirtschaftlichen Untergang!«

Anna massierte Felix' nackte Füße. »Du bist ganz kalt, mein Schatz. Wo hast du deine Hausschuhe? Sind die oben?« Felix kuschelte sich stumm an ihre Brust.

Konrad strich Annas selbst gemachtes Pflaumenmus auf sein Brötchen und schwieg.

»Mama? Glaubst du, der Weihnachtsmann schenkt mir

ein Lego-Raumschiff?«, fragte Felix.

Gesa strich ihm über den Kopf. »Das hast du aber nicht auf deinen Wunschzettel geschrieben.«

»Aber Mama, du ...« Felix verstummte, als Konrads Faust auf der Tischplatte aufschlug.

»Ich weiß nicht, was hier los ist. Diese Familie produziert seit über dreißig Jahren Weihnachtsbäume. Und so wird es bleiben.« Er blickte Gesa an. »Lass meine alten Tannen zufrieden. Ich will nicht, dass du die Baumschule ausbaust. Und was ich vor allem nicht will«, er kniff die Augen zusammen, »... ist, Spargelbauer werden.«

Wolf öffnete den Mund zu einer Entgegnung, doch er schloss ihn wieder, als ihn Konrads Blick traf.

Konrad stand auf und ging zur Tür, drehte sich aber noch einmal um. »Herbert Graupner wird für den Schaden bezahlen, für die abgeschnittenen Tannenspitzen und für unseren Umsatzausfall. Sobald sie ihn schnappen.« Er blickte kurz zu Gesa. »Und das wäre längst passiert, wenn nicht deine Oberpfeife Lars Schäffer den Fall übernommen hätte. So, und jetzt beeilt euch. Die heilige Messe wartet nicht auf uns.«

5. Dezember

Seit einer halben Stunde standen Tom Zagrosek und Wiebke Blessing im Sektionssaal und mussten erneut den Anblick des verbrannten Leichnams ertragen. Der Geruch nach Grillfleisch hatte glücklicherweise nachgelassen. Der Vergleich des Gebisses mit den Unterlagen von Konrad Verhoevens Zahnarzt reichte Lennart Hage aus, um die Identität des Toten zu bestätigen. Er verzichtete auf eine DNA-Analyse.

»Todesursache war nicht der Schädelbruch«, sagte er und zeigte ihnen die Fraktur im oberen Bereich der Hirnschale. »Aber Verhoeven war vermutlich bewusstlos und ist dann erstickt. Im Blut erhöhtes Kohlenmonoxidhämoglobin von fünfzig bis sechzig Prozent, das ist bei einem über Sechzigjährigen ganz sicher tödlich. In Luftröhre und Bronchialsystem Russpartikel.«

»Das heißt, Verhoeven hätte sich theoretisch vor dem Feuer retten können, wäre er nicht bewusstlos geschlagen worden«, sagte Blessing.

»Kannst du was zu dem Tatwerkzeug sagen?«, fragte Zagrosek.

Hage lächelte müde. »Das Übliche: ‚stabiles Schlagwerkzeug'.«

Zagrosek versuchte, sich die letzten Minuten im Leben von Konrad Verhoeven vorzustellen. War er in der Plantage überrascht worden? Oder hatte er selbst jemanden dort überrascht? »Kampfspuren hast du nicht mehr feststellen können?«

Hage zog nur unmerklich die Mundwinkel nach unten. Zagrosek reichte das als Antwort. Bei dieser Leiche war nicht mal von den Fingernägeln etwas übrig, geschweige denn von Hautpartikeln oder anderem DNA-fähigen Material eines Angreifers. Sie hatten nicht viel.

»Ein Nebenbefund könnte euch noch interessieren«, sagte Hage. »Verhoeven hatte Bauchspeicheldrüsenkrebs.«

Zagrosek und Blessing sahen sich an.

»Ich habe auch Lebermetastasen gefunden. Ich glaub nicht, dass er das nächste Jahr überlebt hätte.«

»Komisch. Wussten die Ehefrau oder die Tochter das nicht?«, wandte Blessing sich an Zagrosek.

»Vielleicht wusste Verhoeven es selbst noch nicht«, meinte Zagrosek.

Hage schob ihn beiseite und schloss den Reißverschluss von Verhoevens Leichensack. »Leute, macht mal den Sittich. Wir haben zu tun.« Seine Assistentin rollte die nächste Leiche herein.

*

Die Luft im Besprechungsraum war stickig. Zagrosek stellte ein Fenster auf. Sofort drang der Verkehrslärm vom Fürstenwall herein, und Hans Nellessen warf Zagrosek einen genervten Blick zu.

Martin Lammert hatte die Leitung der Mordkommission übernommen. »Tom und Wiebke befragen die Familie und das nahe Umfeld, Hans und ich kümmern uns um Hintergrundrecherchen und die Konkurrenz.«

»Hier in der Gegend gibt's nicht viel Tannenbaumanbau«, sagte Hans Nellessen. »Von Herbert Graupner abgesehen, gibt es noch im Norden Düsseldorfs und in Mönchengladbach Produzenten. Mit beiden Geschäftsführern habe ich gesprochen. Man kannte Verhoeven schon lange, man half sich aus, wenn mal Bäume fehlten. Eine kleine, nette, friedliche Branche. Größere Konkurrenz sitzt im Sauerland, in Süddeutschland – und die ganz große natürlich in Dänemark.«

Wiebke Blessing berichtete den anderen von den Streitigkeiten zwischen Graupner und Verhoeven. »Graupner hat selbst Anzeige wegen Vandalismus erstattet. Aber da sollten wir misstrauisch sein. Er könnte seine eigenen Tannen mit Diesel bespritzt haben, um den Verdacht von sich abzulenken.«

Die Tür ging auf und Maxi Brenner, die neue Dienststellensekretärin, kam herein. Sie gab der Tür mit dem Fuß einen schwungvollen Stoß, so dass sie zuknallte. Lammert seufzte. Maxi hatte ihr kurzes rotes Haar mit Gel bearbeitet. Es sah aus, als sei sie gerade verstrubbelt aus dem Bett gekrochen. In Knallrot leuchteten auch ihre Lederjacke und ihr Lippenstift. In der Hand hielt sie einen Herrenhut, in dem Münzen klimperten.

»Ich kriege von einigen noch acht Euro für die Weihnachtsfeier.« Sie grinste verlegen. »Leider hab ich mir nicht notiert, wer schon bezahlt hat. Aber ich setze auf eure Ehrlichkeit!«

Zagrosek zog seine Geldbörse aus der Gesäßtasche.

»Ich hatte schon«, sagte Blessing.

»Und ich hatte dir gestern einen Zehner gegeben, und du konntest nicht rausgeben.« Nellessen schlug die Beine übereinander und ließ seinen Blick langsam an Maxis Körper hinabwandern.

»Echt?« Maxi sandte ihm ein strahlendes Lächeln. »Kein Problem.« Sie griff in die Münzen im Hut.

»Lass mal stecken«, Nellessen lehnte sich zurück. »Nimm es als Spende.«

»Danke!«

»Wieso wird das eigentlich jedes Jahr mehr?«, fragte Lammert. Er baute gerade, und Zagrosek wusste, dass er und seine Frau Gabi im Moment jeden Pfennig umdrehten.

»Weil wir diesmal ein schickes Buffet wollen, auf dem nicht nur Frikadellen und Kartoffelsalat stehen«, sagte Nellessen.

Zagrosek grinste. »Und was gibt's diesmal? Für Sekt und Kaviar werden acht Euro ja auch nicht reichen . . .«

»Lasst euch überraschen«, sagte Maxi. »Wollt ihr auch wichteln?«

»Pass auf, das läuft bei uns so«, sagte Nellessen. »Von jedem drei Geschenke, neutral verpackt. Ein nützliches, ein schönes und ein gebrauchtes Ding, das man loswerden will. Gesamtwert nicht mehr als zehn Euro. Und dann wird gewürfelt.« Er wandte sich Lammert zu. »Und komm bloß nicht wieder mit Eierlöffelchen. Die finden wir nicht nützlich.«

»Aber schön waren sie, das müsst ihr zugeben . . .«

»Hast du Werner Kleinschmidt den Termin schon durchgegeben?«, fragte Zagrosek die Sekretärin.

»Richtig, Werner gehört dazu«, meinte Lammert.

»Hab ich vergessen. Aber ich ruf ihn gleich an, versprochen.«

Zagrosek nahm sich vor, selbst mit Kleinschmidt zu sprechen. Auf Maxi wollte er sich da lieber nicht verlassen. Und er musste sich sowieso mal melden.

Kleinschmidt war sechs Jahre lang Zagroseks Teampartner gewesen, und sie waren Freunde geworden. Dann erfuhr Kleinschmidt im letzten Jahr die Diagnose: Er hatte Prostatakrebs und musste operiert werden. Nach dem er die Reha-Maßnahmen abgeschlossen hatte, war er in den Dienst zurückgekehrt. Aber nicht zu Zagrosek ins KK 11, sondern zum Kommissariat Erkennungsdienst und Aktenhaltung. Schreibtischarbeit. Kleinschmidt war im Sommer sechzig geworden, und Zagrosek glaubte nicht mehr an seine Rückkehr ins Team, obwohl Kleinschmidt sagte, er arbeite darauf hin. Er wollte körperlich bald wieder topfit sein. Und er hatte nicht vor, mit zweiundsechzig in Pension zu gehen, sondern plante, einen Antrag auf Verlängerung der Lebensarbeitszeit zu stellen.

Kleinschmidt war nicht gut drauf, das wusste Zagrosek von Kollegen aus dem Erkennungsdienst. Er schotte sich ab, hieß es. Die OP ist kein Klacks gewesen, hatte Zagrosek gesagt. Ihr müsst ihn verstehen, das wird schon mit Werner, wartet mal ab. Aber auch er machte sich Sorgen.

Maxi Brenners Stimme riss ihn aus seinen Gedanken.

»Ach so, noch etwas!« Sie wandte sich an Blessing. »Du sollst um Vier zu Rothenberg kommen.«

Nellessen und Lammert wechselten einen Blick. Eine interessante Beförderungsstelle war gerade ausgeschrieben: die Leitung der Dienststelle. Und Julius Rothenberg war der führende Kopf der Auswahlkommission. Zagrosek hatte sich beworben, ebenso wusste er es von Nellessen und Lammert. Wiebke Blessing war als letzte ins Team gekommen, aber schnell zur Kriminalhauptkommissarin und ins Team der Mordkommissionsleiter aufgestiegen. Nun war es raus: Sie war auch mit im Rennen.

Blessing nickte. »Mach ich, Maxi. Danke.«

Maxi ging hinaus. Durch die Tür hörten sie sie laut singen.

»Jemand muss Maxi mal sagen, dass sie nicht in laufende MK-Besprechungen platzen kann«, meinte Blessing.

»Und dass wir um diese Zeit mehr Kaffee brauchen«, ergänzte Lammert.

»Das soll der neue Dienststellenleiter machen«, sagte Nellessen.

»Na, du wirst die Kleine schon erziehen.« Lammert lachte.

»Es sei denn, wir kriegen eine Dienststellenleiterin«, fügte Nellessen hinzu.

Einen Moment war es still im Raum.

Zagrosek räusperte sich. »Maxi zu zähmen wird auf jeden Fall der schwierigste Teil des Jobs.«

Blessing wandte sich an Nellessen. »Hast du schon die Akte über den Vandalismus an den Tannen bekommen?«

»Ja. Zur Soko ‚Tannenspitze' gehörten drei Mann, der Leiter heißt Lars Schäffer. Täter konnten nicht ermittelt werden, die Soko ist eingestellt worden.«

»Und was war genau passiert?«, fragte Lammert.

Nellessen berichtete von dem Schaden an fast siebentausend Weihnachtsbäumen und von der Dieselattacke.

»Vor vier Wochen der Vandalismus, jetzt die Brandstiftung«, sagte Zagrosek. »Das wird kein Zufall sein.«

Lammert verzog das Gesicht. »Stellt euch vor, ihr habt einen Weihnachtsbaum im Wohnzimmer stehen, der nach Diesel stinkt.«

Zagrosek stand auf. »Ich hab nie einen Weihnachtsbaum.«

»Ich auch nicht«, meinte Blessing.

Zagrosek wartete, bis Blessing sich angeschnallt hatte. Sie hasste es, wenn er vorher losfuhr. Er warf ihr einen Blick zu. »Ich wusste gar nicht, dass du dich auch beworben hast.«

»Ich hab es nicht erzählt, weil ich mir kaum Chancen

ausrechne. Ich wollte nicht, dass es sich herumspricht.«

»Was will denn Rothenberg von dir?«

»Keine Ahnung.«

Wenig später parkte Zagrosek vor dem Regionalkommissariat in Kaarst. Der Leiter der Soko ‚Tannenspitze' holte sie beim Pförtner ab. »Lars Christian Schäffer.« Er schüttelte Blessing und Zagrosek die Hand und führte sie in einen Vernehmungsraum. Sein Büro, das er mit zwei Kollegen teile, biete nicht genug Platz. Zagrosek fand den Mann sympathisch. Wenn er sprach, umspielten feine Lachfältchen seine Augen.

»Gestern Nacht starb ein Mann bei einem Brand in einer Tannenbaumkultur«, begann Zagrosek. »Sie dürften ihn kennen: Es war Konrad Verhoeven aus Herkenbroich bei Büttgen. Wir gehen von einem Tötungsdelikt aus.« Zagrosek stockte, als er sah, wie sich Schäffers Augen weiteten.

»Konrad Verhoeven ist tot?« Für einen Moment spiegelten sich die unterschiedlichsten Gefühle in den Augen des Kaarster Kommissars: Unglauben, Entsetzen, Neugier ... Doch dann nahm sein Gesicht wieder den offenen und freundlichen Ausdruck an.

Zagrosek erzählte ihm, was sie bisher erfahren hatten und ließ auch die Schädelfraktur nicht aus.

»Wussten Sie, dass Verhoeven Krebs im Endstadium hatte?«, fragte Blessing.

»Nein.« Schäffer rieb sich die Stirn. »Seine Tochter hatte davon keine Ahnung, da bin ich sicher. Haben Sie es ihr schon gesagt?«

»Noch nicht.« Zagrosek sah ihn aufmerksam an. »Eine Frage zu Gesa Hendricks. Mir schien sie ein bisschen ... na ja, sagen wir, überdreht zu sein. Sie sagte was von Tassen, die zu zweit im Schrank stehen müssen. Sonst brächte es Unglück über die Familie.« Er zuckte die Schultern. »Vermutlich stand sie unter Schock. Welchen Eindruck hatten Sie von ihr?«

Lars Schäffer schien durch die Zimmerwand hindurch auf einen weit entfernten Punkt zu blicken. »Ja, sie ... sie ist ein wenig merkwürdig. Das ist mir auch aufgefallen.« Ein kleiner Ruck ging durch seinen Körper. »Ich muss dazu sagen: Ich kenne Gesa Hendricks von früher. Wir sind zusammen zur Schule gegangen.« Er sprach nun sehr schnell. »Früher haben wir uns mal näher gestanden. Wir haben aber den Kontakt verloren und uns die letzten dreizehn Jahre nicht gesehen. Wir haben beide geheiratet, Kinder bekommen. Na ja, wie das eben so läuft.«

»Glauben Sie, dass sie eine glückliche Ehe führt?«, fragte Blessing.

»Ich glaube schon. Wolf und Gesa ziehen an einem Strang. Wollen den Betrieb nach vorn bringen.«

»Hätten Sie den Fall nicht abgeben müssen, nachdem Sie festgestellt hatten, dass eine Jugendliebe von Ihnen darin verstrickt ist?«, fragte Blessing mit einem Blick zu Zagrosek.

Lars Schäffer schüttelte den Kopf. »Im Präsidium kriegen Sie das vielleicht nicht mit, aber wir haben hier absoluten Personalnotstand. Außerdem – und das ist der entscheidende Punkt – habe ich mit Gesa Hendricks schon ewig nichts mehr zu tun. Ich bin nicht befangen. Und es ging nur um Sachbeschädigung.«

Zagrosek sah ihn an. »Jetzt geht es um einen Toten.«

Zagrosek und Blessing betraten den Hof der Hendricks und scheuchten eine Gans auf, die mit Geschnatter zwischen den ausgestellten Weihnachtsbäumen verschwand. Zagrosek blickte sich erstaunt um. Die Atmosphäre war vollkommen anders als bei ihrem Besuch gestern Nacht. Der Hof wirkte anheimelnd, Lichterketten brannten, es roch nach Tannengrün und Glühwein, leise Weihnachtsmusik lief im Hintergrund. Was war hier los? Waren Anna Verhoeven und die Hendricks zum Tagesgeschäft übergegangen, nur einen halben Tag, nachdem Konrad Verhoeven den Tod gefunden hatte?

Als sie ausstiegen, kam ihnen Anna Verhoeven in Kittelschürze und Gummistiefeln entgegen. »Sehen Sie sich in Ruhe um, die Auswahl ist noch sehr groß, und wenn Sie Hilfe brauchen . . .« Sie stockte, schien die Besucher erst jetzt zu erkennen. Ein Schatten fiel über ihr Gesicht. »Ach, Sie sind es . . . von der Polizei.«

Blessing nickte und lächelte. »Die Obduktion Ihres Mannes ist abgeschlossen. Darüber möchten wir mit Ihnen sprechen.«

Blessings letzte Worte wurden von einem klapprigen Mercedes übertönt, der in den Hof einbog. Ein Mann stieg aus und winkte Anna Verhoeven zu.

»Ich komme gleich, Herr Meisner!«, rief sie. Sie sah Blessing an und verschränkte die Hände. »Das ist einer unserer ältesten Stammkunden. Er kommt immer ganz früh in der Saison. Seit seine Frau gestorben ist, sucht er sich das hässlichste und krummste Bäumchen aus, das er finden kann. Damit es nicht von allen verschmäht wird und am Ende übrig bleibt.« Sie zog ein Tuch aus ihrer Schürzentasche und schnäuzte sich.

»Gehen Sie nur zu ihm«, sagte Blessing. »Vielleicht können wir zuerst mit Ihrer Tochter reden?«

»Sie ist oben.«

Sie traten ins Haus. Gesa Hendricks stand bereits am oberen Treppenabsatz. Ihr Gesicht war blass, die Schatten unter den Augen blaugrau. »Kommen Sie doch bitte rauf.«

Sie saßen sich am Küchentisch gegenüber. Gesa Hendricks konnte ihre Hände nicht still halten. »Es ist alles so unwirklich. Ich denke dauernd, Papa müsste durch die Tür kommen.«

Zagrosek nickte.

Blessing räusperte sich. »Bei der Obduktion hat sich herausgestellt, dass Ihr Vater einen Schlag auf den Kopf bekommen hat.« Sie zögerte. »Deshalb konnte er sich vor den Flammen nicht in Sicherheit bringen.«

»Ah, so ist das gewesen«, sagte Gesa Hendricks fast tonlos.

Blessing legte kurz ihre Hand auf Gesa Hendricks Arm. »Wer könnte Ihrem Vater so etwas angetan haben?«

Gesa Hendricks antwortete nicht.

»Wir haben vorhin mit Lars Schäffer gesprochen«, sagte Zagrosek. »Vor vier Wochen die Zerstörung der Tannenspitzen, gestern die Brandstiftung und der gewaltsame Tod Ihres Vaters ... Besteht ein Zusammenhang zwischen diesen Taten? Hat Ihre Familie Feinde? Wer könnte das sein? Wer will Sie in den Ruin treiben? Wer geht sogar soweit, einen Menschen umzubringen?«

Gesa Hendricks blickte starr auf einen Punkt an der Wand gegenüber.

»Gestern Abend hat Ihr Mann gesagt, Ihr Vater habe sich von Herbert Graupner bedroht gefühlt.«

Gesa Hendricks schüttelte den Kopf. »Mein Vater und Herbert Graupner waren mal enge Freunde.«

Zagrosek wechselte einen Blick mit Blessing. Davon hatte Graupner nichts erwähnt.

»Ihr Vater hatte Krebs«, sagte Blessing leise. »Haben Sie davon gewusst?«

Gesa Hendricks atmete langsam ein. »Nein.« Sie schlang die Arme um den Oberkörper, als würde sie frieren. »Was für ein Krebs?«

»Bauchspeicheldrüse. Die Krankheit war weit fortgeschritten.« Blessing sah Gesa Hendricks an. »Es tut mir leid, dass Sie das von uns erfahren. Aber Sie sollten darüber Bescheid wissen, denn es könnte eine Rolle für den Fall spielen. Ihr Vater hätte nicht mehr lange zu leben gehabt.«

Gesa Hendricks stand auf und ging zur Tür. »Bitte, könnten Sie mich jetzt allein lassen? Ich ... ich muss jetzt ...«

»Frau Hendricks«, Blessing trat zu ihr und fasste sie an

der Schulter. »Sie wollen doch, dass wir den Tod Ihres Vaters aufklären. Dass der Täter bestraft wird. Helfen Sie uns bitte. Denken Sie nach. Gab es noch jemanden, mit dem Ihr Vater Streit hatte?«

»Mit meinem Mann«, sagte sie zögernd.

»Er hat uns erzählt, er habe sich mit Ihrem Vater gut verstanden«, warf Zagrosek ein. »Ihr Mann habe Ideen für den Betrieb entwickelt und Konrad habe ihn unterstützt.«

Gesa Hendricks verzog den Mund zu einem bitteren Lächeln. »Dazu möchte ich nichts sagen.«

»Es war also nicht so? Haben die beiden Streit gehabt?«

»Seit die Tannen zerstört wurden, stehen wir kurz vor einer Insolvenz. Und darüber, wie man den Betrieb retten könnte, haben wir sehr unterschiedliche Vorstellungen.«

»Ihr Mann sagte, er wolle zusätzlich Spargel anbauen«, sagte Zagrosek.

»Ja, er glaubt nicht daran, dass die Weihnachtsbaumbranche eine Zukunft hat.«

»Und was glauben Sie?«

Sie zupfte nervös am Bündchen ihres Pullovers. »Fakt ist, wir haben kein Geld, um auf Spargel umzustellen. Mein Mann braucht zehntausend Euro, um Jungpflanzen zu kaufen.«

»Was hat Ihr Vater dazu gesagt?«

»Er war gegen den Spargelanbau.«

»Auf welcher Seite standen Sie dabei? Das war doch sicher eine schwierige Situation?«, fragte Blessing.

Gesa Hendricks atmete tief ein. »Na ja, auf keiner, wenn ich ehrlich bin. Ich habe eigene Ideen, wie wir den Betrieb retten können. Wir haben hochwertige Nordmannsamen zur Verfügung, geerntet in der Kultur mit den alten Nordmanntannen, die gestern Nacht zur Hälfte abgebrannt ist. Ich wollte einen Teil im März pflanzen, den anderen Teil an Baumschulen verkaufen.« Sie ließ die Arme hängen.

»Wollte?« Blessing sah Gesa Hendricks an. »Warum machen Sie das nicht?«

»Mein Mann ist dagegen. Und Vater war derselben Meinung.«

»Haben Sie deshalb Streit mit den beiden gehabt?«

Gesa zuckte die Schultern. »Nein, ich habe nachgegeben.«

»Hat Ihr Vater ein Testament hinterlassen?«

Gesa Hendricks sah Blessing erstaunt an. »Ich weiß es nicht. Darüber hat er nie gesprochen.«

»Wir prüfen das beim Nachlassgericht. Aber wenn Ihr Vater es nicht ausdrücklich anders verfügt hat, erben Sie gemeinsam mit Ihrer Mutter den Betrieb. Das würde bedeuten, Sie könnten über die Zukunft des Betriebes entscheiden.«

Gesa Hendricks lächelte verkrampft. »Ja. Da haben Sie wohl Recht.«

Zurück im Präsidium schloss Zagrosek Blessings und sein gemeinsames Büro auf. Blessing setzte sich. »Ich muss sagen, Gesa Hendricks könnte ich in einem fort schütteln, damit sie mal aufwacht. Die hat sich von ihrem Vater ganz schön unterbuttern lassen.«

»Und jetzt von ihrem Mann«, meinte Zagrosek.

Blessing nickte. »Wir ermitteln in zwei verschiedene Richtungen. Erstens die Familie: Können Gesa oder Wolf Hendricks Konrad Verhoeven getötet haben? Jeder hat seine eigenen Zukunftspläne. Ihnen droht eine Pleite, es geht um die Existenz. Und Konrad Verhoeven stand ihren Zielen im Weg.«

»Aber gemeinsam haben sie es wohl nicht getan«, meinte Zagrosek. »Die beiden sind ja selbst zerstritten.«

»Zweitens haben wir Herbert Graupner. Warum hat er uns nicht erzählt, dass er mit Verhoeven eng befreundet war?«

»Dieser Vorfall mit dem toten Pflücker in Georgien. Ich hatte das Gefühl, er wollte nicht darüber reden.«

»Da sollten wir noch mal nachhaken.«

Zagrosek nickte.

Nellessen kam herein. »Wusstet ihr, dass es eine eigene Fachzeitschrift für die Weihnachtsbaum- und Schnittgrünbranche gibt? Nennt sich ‚Nadel Journal'.«

Blessing lächelte. »Es gibt für alles auf dieser Welt eine Fachzeitschrift. Ich kenn eine, die heißt ‚Flüssiges Obst'.«

Nellessen reichte ihnen ein Papier. »Hier ist ein Artikel über die Herkunft von Tannensamen. ‚Unabhängigkeit von Georgien'.«

Blessing las laut: „Anders als ihr Name vermuten lässt, kommt die Nordmanntanne, lateinisch *Abies nordmanniana*, nicht aus dem Norden, sondern vielmehr aus dem Südosten: Ihre Heimat liegt im Kaukasus und deutsche Baumschulen sind nach wie vor auf frische Samen aus der Region angewiesen. Schätzungsweise zwölf bis achtzehn Tonnen Tannensamen exportiert Georgien derzeit jährlich, davon gehen je die Hälfte nach Deutschland und Dänemark. Bis aus den Sämlingen ein marktreifer Weihnachtsbaum gewachsen ist, vergehen knapp zehn Jahre. Frühestens nach vier Jahren kann man feststellen, ob sie gut gewachsen sind. Die Einkäufer müssen also die Qualität des Saatguts genau kennen. Das ist in einem Land, in dem Korruption an der Tagesordnung ist, nicht ohne Risiko. Immer wieder werden billige Samen zweifelhafter Herkunft angeboten . . .«

Blessings Diensttelefon klingelte. Maxi steckte den Kopf durch die Tür. »Ich werd diese Telefonanlage nie begreifen! Nimm bitte mal ab, das ist Frau Schulz.«

»Wiebke Blessing? . . . Hallo.« Ihr Gesicht nahm einen angespannten Ausdruck an. »Ist gut. Ich komme. Bis gleich.« Sie stand auf und ging zur Tür. »Entschuldigt, wird nicht lange dauern.«

Als sie draußen war, runzelte Nellessen die Stirn. Frau

Schulz war die Sekretärin von Rothenburg. »Was läuft da eigentlich?«

»Keine Ahnung«, meinte Zagrosek.

Eine halbe Stunde später machten sich Zagrosek und Blessing erneut auf dem Weg zu Herbert Graupner. Blessing war still und wirkte nachdenklich. Zagrosek wollte sie nicht aushorchen. Wenn es was zu erzählen gab, würde sie schon damit rausrücken.

»Roland Graupner hat übrigens ein Alibi«, sagte sie unvermittelt. »Ich hab diesen Freund angerufen. Er bestätigt, dass sie den ganzen Abend in seiner Garage gehockt haben.«

»Wer ist Roland?«

»Rocco.«

»Ach so.« Zagrosek grinste. Der Wagen schlingerte und er ging vom Gas. Hier auf der Landstraße hatte sich eine Eisschicht gebildet, es war wieder kälter geworden.

Wiebke Blessing sah ihn von der Seite an. »Tom, ich habe vorhin Bescheid bekommen. Ich werde befördert.«

»Du wirst . . . Dienststellenleiterin?«

Blessing nickte.

Zagrosek lächelte und schüttelte den Kopf. Blessing wurde seine Chefin. Besser Blessing als Nellessen, war sein spontaner Gedanke zu der Neuigkeit. Aber Blessing war als letzte ins Team gekommen. War das gerecht, sie als erste zu befördern? Ging es überhaupt um Gerechtigkeit bei solchen Entscheidungen? Natürlich nicht. Nellessen war sich sicher gewesen, dass er den Posten kriegt und hatte das schon in der Gegend herum posaunt. Er würde sich furchtbar aufregen. Lammert hatte sich insgeheim auch Hoffnungen gemacht. Nun wurde ihnen eine Frau vor die Nase gesetzt. Dazu noch eine jüngere. Eine Frau allerdings, die viel von ihrem Job verstand und genau wusste, was sie wollte.

»Ich gratuliere dir«, sagte Zagrosek herzlich. »Ich glaube, du wirst das gut machen.«

»Danke, Tom. Ich weiß, dass du es ehrlich meinst.« Sie blickte aus dem Fenster. »Mit den anderen wird es schwierig.«

»Klar, die Jungs werden enttäuscht sein. Aber die kriegen sich auch wieder ein.«

Blessing lächelte unsicher. »Na, das hoffe ich.«

Sie erreichten Graupners Hof. Herbert Graupner schloss gerade die Haustür ab und kam ihnen in Winterjacke und Lederhut entgegen.

»Ich hoffe, Sie wollen nicht zu mir«, rief er schon aus einiger Entfernung. »Ich muss zum Umschlagplatz. Bei uns ist heute Großkampftag!«

»Es wird nicht lange dauern«, sagte Zagrosek.

»Rocco ist schon wieder irgendwo hin verschwunden. Er sollte mir helfen.« Graupner seufzte. »Also dann, kommen Sie kurz rein.«

Zagrosek und Blessing klopften den Matsch von ihren Schuhen an der Fußmatte ab.

Sie setzten sich ins Wohnzimmer, alle ließen die Jacken an.

»Gesa Hendricks sagt, Sie und Konrad Verhoeven waren früher mal enge Freunde«, begann Zagrosek. »Sie haben das etwas anders dargestellt. Warum?«

Graupner rieb über seinen Nasenrücken. »Warum soll ich Ihnen Sachen erzählen, die Jahrzehnte zurückliegen? Und die für Ihre Ermittlungen nicht die geringste Rolle spielen?«

»Wir entscheiden lieber selbst, was für uns eine Rolle spielt.« Zagrosek betrachtete die weiße Zackenlinie auf Graupners Lederstiefeln, die das Streusalz hinterlassen hatte. Eine verschneite Gebirgskette. »Vor längerer Zeit, bei einem Schützenfest, haben Sie Verhoeven Vorwürfe gemacht: Er sei ein Schwein, wenn er mit seiner Schuld leben könne. Was haben Sie gemeint? Dass er den Pflücker bei Sturm in den Baum geschickt hat?«

Graupner schwieg, sah auf seine Uhr.

»Hat er damit Schuld auf sich geladen? Er konnte den Tod des Mannes ja nicht vorhersehen. Er hat doch sicher nicht gewollt, dass ihm was passiert? Wieso machen Sie ihn verantwortlich?«

»War es nicht eher ein tragischer Unfall?«, fügte Blessing hinzu.

Graupner blickte zu Boden. Dann schüttelte er den Kopf. »Ich wünschte, es wäre so gewesen. Konrad war der Mensch, der mir am nächsten stand damals. Wir haben hier gemeinsam angefangen mit dem Weihnachtsbaumanbau. Konrads Vater hatte bereits die Landwirtschaft gehabt, und ich habe die Flächen mit dem Geld einer Erbschaft erworben. Wir waren beide frisch verheiratet, Gesa war erst ein paar Monate alt, meine Frau und ich wünschten uns auch ein Kind. Wir waren in der gleichen Lebenssituation, haben uns über alles und jedes ausgetauscht, gemeinsam Maschinen angeschafft, Saatgut gekauft. Dann kamen die Fahrten nach Georgien ...« Graupner sah aus dem Fenster, seinen Zeitdruck schien er vergessen zu haben. »Unser Pflücker, Lewan Tsiklauri, hatte eine Frau, sie hieß Mara. Er nannte sie Marissa. Sie hatten einen zweijährigen Sohn. Mara war eine ungewöhnliche Frau, schön und sehr still. Schüchtern, verstehen Sie. Sie hatte uns aber mit großer Herzlichkeit aufgenommen. Die Georgier sind sowieso sehr gastfreundlich. Und das, obwohl die Pflücker nur einen Hungerlohn für diesen Knochenjob bekommen. Da herrscht eine Armut, das können Sie sich kaum vorstellen. Die Schule ist eine Baracke ohne Fenster. Das nächste Krankenhaus ist kaum zu erreichen. Und dann die Gefahr, der sich die Pflücker aussetzen. Die klettern ohne Sicherheitsausrüstung in die Baumspitzen, die sind nicht mal angeleint. Immer wieder passieren Unfälle. Leute stürzen ab. Bis heute ist das so. Eine Schande. Und die Deutschen, die Heiligabend ihre Kugeln in den

Baum hängen und die Kerzen anzünden, ahnen nichts davon, unter welch unmenschlichen Bedingungen der Samen zu ihrem Baum geerntet wurde.«

»Okay, erzählen Sie uns über Mara«, sagte Zagrosek.

»Konrad hat ein Verhältnis mit ihr angefangen. Ich weiß bis heute nicht, ob sie aus freien Stücken darauf eingegangen ist, oder ob er sie genötigt hat. So wie er Lewan nötigte, an seinem Todestag in diese Tanne zu klettern. Die Situation war pervers. Ich glaube, Lewan spürte, was da vor sich geht, aber die ganze Familie war von uns abhängig, von unserem Geld.« Er schloss kurz die Augen. »Ich habe mich geschämt, verstehen Sie? Aber es kam noch schlimmer. Mara wurde zum zweiten Mal schwanger, und Konrad hat sie angeschrieen und gedemütigt. Er war eifersüchtig, dass sie weiterhin mit Lewan geschlafen hat. Aber was hätte sie denn machen sollen? Ich habe das noch niemals ausgesprochen, aber ich glaube, dass Konrad Lewan bewusst dieser Todesgefahr ausgesetzt hat. Er wollte seinen Rivalen aus dem Weg räumen. Und das, obwohl Konrad niemals vorhatte, mit Mara eine feste Beziehung einzugehen. Er war ja selbst verheiratet, mit Anna.« Graupner stand auf und ging zur Schrankwand. »Wir haben Mara zurückgelassen. Als Witwe mit zwei Kindern. Mittellos.« Graupners Handy klingelte, aber er ignorierte es, starrte vor sich auf den Boden. »Ich mache mir bis heute Vorwürfe, dass ich nie wieder dort gewesen bin. Wir hätten nach ihr sehen, sie unterstützen müssen. Aber Konrad wollte nicht mehr nach Borshomi. Er hat sich alles sehr einfach gemacht. Deshalb – und weil ich sehr betrunken war – habe ich ihm gesagt, dass er ein Schwein ist.«

Zagrosek kam in seine ausgekühlte Wohnung und stellte die Heizung an. Es kostete Überwindung, sich auszuziehen, aber er wollte duschen, bevor Vera kam. Es war merkwürdig. Früher hatte sie ihn nie in seinem ‚Loch', wie sie es nannte, besuchen wollen. Die Klamotten warf er auf den Berg mit schmutziger Wäsche hinter der Tür im Bad. Unmöglich sah es hier aus. Nach kurzer Überlegung packte er den gesamten Haufen und stopfte ihn in seinen Kleiderschrank.

Er duschte sehr heiß und sehr lange, dann holte er sich ein Bier aus dem Kühlschrank und ließ sich, nur mit einem Handtuch um die Hüften und noch dampfend, auf sein Sofa fallen. Im Wohnhaus gegenüber brannte in allen Etagen Licht. Ob jemand zu ihm herüber sah? Und sich daran störte, dass er hier nackt herum gammelte? Er zog nie die Vorhänge zu. Manchmal sah er den abendlichen Familienszenen in den Wohnungen zu. Frauen räumten den Abendbrottisch ab, Kinder liefen im Schlafanzug hin- und her und Männer schalteten den Fernseher ein.

Auf einmal wurde ihm kalt. Er zog sich ein T-Shirt, Boxershorts und Hose über. Noch ein Winter in dieser möblierten Bude zwischen osteuropäischen Saisonkräften und Bauarbeitern. Im neuen Jahr würde er sich aufraffen und eine richtige Wohnung suchen. Wie oft hatte er sich das schon vorgenommen? Und wieder nichts gemacht. Weil nie Zeit dafür war. Doch nun stand schon wieder Weihnachten vor der Tür, und das Provisorium war zur Dauereinrichtung geworden, ohne dass er es gemerkt hatte.

Auf dem Fernsehschirm in der Wohnung gegenüber erschien das Startbild der Tagesschau. Zeitgleich klingelte Vera.

Zagrosek erwartete sie, in den Türrahmen gelehnt. Seit Vera als Apothekerin selbstständig war, hatte sie ihr Aussehen verändert. Sie trug nun strenge, klassisch geschnittene Businesskostüme oder schwarze Stoffhosen und weiße Blusen mit steifen Krägen. Zagroseks Lieblingskleid, das samtig schimmernde Grüne, das toll zu ihrem rotbraunen Haar passte und ihr Dekolletee so schön zur Geltung brachte, gefiel ihr nicht mehr.

Sie stellte ihre kofferartige Handtasche auf den Boden und ließ sich von Zagrosek umarmen. Sie war nicht sauer über sein plötzliches Verschwinden von ihrer Geburtstagsfeier.

»Komm rein.« Zagrosek schloss die Tür und folgte Vera ins Zimmer.

Vera mochte romantisches Licht, aber eine Kerze hatte er nicht da. Er dimmte den Deckenfluter, so weit es ging. Vera setzte sich auf sein Schlafsofa. Er hatte es noch nicht zum Bett umgebaut, Vera sollte sehen, dass er auch bereit war, Small Talk zu machen. Aber die Vorhänge zog er sicherheitshalber zu.

»Wein?«

»Gern. Gibt es was zum Anstoßen?«

»Nichts, leider.« Zagrosek trat an die Küchenzeile und setzte den Korkenzieher auf die Flasche. Es lag ihm schon auf den Lippen, Vera von Wiebke Blessings Beförderung zu erzählen, doch dann hatte er keine Lust dazu. Es war ein alter Reflex, sich vor Vera für seinen mangelnden Karrierewillen zu rechtfertigen. Sollte sie heute Abend ruhig noch denken, er sei im Rennen.

Vera streifte im Flur ihre halbhohen Stiefeletten von den Füßen. »Was denkst du, wer es wird? Hans Nellessen?«, rief sie.

»Zumindest glaubt er selbst fest daran.«

Sie kam ins Zimmer. »Tja, Hans meint immer, er muss nur mit den Fingern schnippen und schon kriegt er, was er will.«

Zagrosek brach den Korken ab. Das waren ja ganz neue Töne bei Vera. Bis vor kurzem war sie von Hans Nellessens glänzenden Aufstiegschancen überzeugt gewesen.

Vera schmiegte sich von hinten an Zagrosek, während er versuchte, den Rest Kork herauszuziehen, ohne dass Bröckchen in den Rotwein fielen.

Vera steckte die Hände unter sein T-Shirt und umfasste seine Taille, streichelte seinen Bauch empor und ertastete seine Brustwarzen, rieb sie sanft, dann fester.

Zagrosek ließ die Flasche los und drehte sich um. Sie versanken in einem langen Kuss, bei dem er ihre Kostümjacke aufknöpfte und von ihren Schultern streifte. Sie trug einen Büstenhalter aus cremefarbener Spitze. Zagrosek schob Vera zum Sofa.

Als sie später erhitzt und eng umschlungen dalagen, sagte Vera: »Ich wollte dich etwas fragen.« Sie richtete sich auf und nippte an ihrem Wein.

»Hmm?« Zagroseks Blick wanderte Veras Halslinie entlang, tauchte in das kleine schattige Tal neben ihrem Schlüsselbein und verweilte auf ihrer Schulter.

»Ich fühl mich nicht mehr wohl allein in dem großen Ehebett. Vielleicht setz ich es bei Ebay rein. Besorg mir was Passendes für eine Single-Frau.« Sie lächelte verschmitzt. »Oder könntest du dir vorstellen, die leere Hälfte wieder mit deinem knackigen Körper zu füllen?« Sie fuhr mit dem Finger über seinen Bizeps, den Unterarm entlang, nahm seine Hand und legte sie auf ihre Taille.

Zagrosek wusste, dass er schnell reagieren musste. Wenn er zögerte, endeten sie im Streit. Aber er konnte nicht spontan antworten. Er dachte an die letzte Trennung. Es war schon zu oft schief gegangen.

Vera setzte sich auf und schlang die Arme um ihre Knie. Zagrosek streichelte ihren Rücken.

Es war zu spät. Vera hatte verstanden.

Vera war gegangen, gar nicht zickig wie früher, wenn etwas nicht nach ihrem Kopf ging, eher nachdenklich. Zagrosek hatte lange reglos auf dem Bett gelegen. Er wollte sie und gleichzeitig fürchtete er sich. Das machte ihn wahnsinnig. Er wollte Vera nicht verletzen. Aber durch sein Schweigen verletzte er sie noch mehr. Er würde Vera verlieren, so oder so. Er konnte sich nur falsch verhalten.

Zagrosek hielt es zuhause nicht mehr aus. Er zog sich an und lief die Tussmannstraße entlang. Der Wind wehte ihm nasskalte Flocken entgegen, die sich nicht entscheiden konnten, ob sie Schnee oder Regen sein wollten. Seine Lederjacke saugte sie auf.

Hinter den Häusern auf der Bahnstrecke zuckelte ein Güterzug vorbei. Zagrosek lief, ohne über ein Ziel nachzudenken. Die Bewegung tat ihm gut. Das Viertel war wie ausgestorben, kein Wunder bei dem Schweinewetter. Die Currywurstbude in der Moltkestraße hatte noch offen. Zagroseks Magen meldete sich. Hatte er heute eigentlich schon was gegessen? Er holte sich eine Wurst, aß sie, ohne sie wirklich zu schmecken. Danach lief er weiter, fand sich in der Prinz-Georg-Straße wieder, ging am Kanal entlang bis zur Vagedesstraße. Er blieb einen Moment stehen und sah den vorbei rauschenden Autos nach. Ihm war kalt. Seine Jacke hing nass und schwer auf seinen Schultern. Plötzlich hatte er das Bedürfnis, unter Menschen zu sein. Die Duisburger Straße führte ihn in die belebten Gegenden von Pempelfort. Hier lagen viele Geschäfte, in den Pfützen auf dem Bürgersteig spiegelte sich das Licht der Schaufenster. Zagrosek wollte den Spaziergang nicht zu lang werden lassen und bog nach rechts in eine Seitenstraße ab. Er blieb an einem kleinen Platz stehen. Nur wenige hundert Meter entfernt, in der Goebenstraße, wohnte Kleinschmidt. Zagrosek sah auf die Uhr. Viertel vor Zehn. Kein Mensch klingelte unangemeldet um diese Zeit bei Bekannten. Aber Werner und Dagmar waren ... Freunde.

Er stand nun vor Kleinschmidts Haus. Im dritten Stock waren Vorhänge zugezogen, dahinter brannte Licht. Kleinschmidt war zuhause. Und zum Glück war er nicht allein. Er hatte eine Frau, die zu ihm hielt. Dagmar würde erschrecken, wenn es so spät an der Tür läutete. Und Zagrosek kam auch allein zurecht. Er würde im ‚Florian', in Kleinschmidts und seiner Stammkneipe, noch ein oder zwei Bierchen trinken. Und dann würde es ihm besser gehen. Das Klingelschild leuchtete in der Dunkelheit. Er drückte den Knopf.

Vielleicht machten sie ja gar nicht auf.

»Ja?« Kleinschmidts Stimme drang knarzig aus der Sprechanlage.

»Hier ist Tom. Entschuldige die späte Störung.«

»Quatsch. Komm rauf.« Der Türöffner summte schon.

Aus Kleinschmidts Wohnung schlug Zagrosek stickige Wärme entgegen.

»Gib mir deine Jacke.« Kleinschmidt trug einen Trainingsanzug. Den Reißverschluss des Oberteils hatte er offen gelassen. Ein Feinrippunterhemd spannte über seinem Bauch.

»Ich musste mal an die Luft«, begann Zagrosek, während Kleinschmidt ihn ins Wohnzimmer schob. Dagmar saß auf dem Sofa. »Tom! Was für eine nette Überraschung.«

»Ja, er lief da draußen rum bei dem Sauwetter. War doch eine gute Idee, bei uns reinzuschauen. Ein Bierchen?«

»Warum nicht.«

Zagrosek bereute die Stippvisite. Er wusste nicht, was er erwartet hatte, aber er spürte eine Spannung im Zimmer, die sich nun in aufgekratzter Begeisterung über seinen Besuch entlud.

Dagmar klopfte mit der Hand neben sich auf ein Kissen. »Setz dich. Wie geht es dir?«

Zagrosek massierte seine Schläfen. »Gut, ich bin nur müde. Wir haben einen neuen Fall, und die letzte Nacht war kurz.« Er wandte den Kopf zur Küche, in der sie Kleinschmidt hantieren hörten. »Werner fehlt im Team. Manchmal würde ich gern 'ne Runde mit ihm reden. Ich dachte, ich frag' mal, ob er mit auf ein Bier ins ‚Florian' kommt.«

Dagmar legte eine Hand auf seinen Arm. »Versuch dein Glück. Aber ich kann mir schwer vorstellen, dass du ihn . . .« Sie brach ab, als Kleinschmidt ins Zimmer kam, in der einen Hand zwei Flaschen, in der anderen den Öffner. »Brauchst du ein Glas?«

»Dagmar würde uns auch ein frisch Gezapftes im ‚Florian' genehmigen«, meinte Zagrosek.

Kleinschmidt sah zwischen ihnen hin und her. »Jetzt noch?« Er stellte die Flaschen auf den Tisch und stützte sich mit den Händen auf den Sessellehnen ab, bevor er sich langsam in das Polster herabsinken ließ.

»Los, raus mit dir«, schimpfte Dagmar zärtlich. »So spät ist es auch nicht. Tom will was mit dir bereden.«

Kleinschmidt sah nicht begeistert aus.

Zagrosek rutschte vor auf die Sofakante. »Schon gut, lass mal. So wichtig ist es nicht. Wir können morgen ...«

»Morgen können wir gar nichts. Was soll die Scheiße? Komm vorbei und guck dir die Berge auf meinem Schreibtisch an. Aktenhaltung. Hirnentleerte Fließbandarbeit.« Kleinschmidt griff sich an die Stirn. »Meine grauen Zellen sind schon in Rente. Und der Rest, den ein Mann so braucht, ist auch im Arsch.«

Dagmar stand auf und ging aus dem Zimmer.

Zagrosek blickte auf seine Knie. Dann hob er den Kopf. »Verdammt noch mal, Werner. Du kommst jetzt mit.«

Kleinschmidt grummelte etwas in sich hinein. Dann drückte er sich aus dem Sessel hoch und schlurfte Richtung Flur. »Aber du bestehst nicht darauf, dass ich mich noch in Schale schmeiße.«

Zagrosek musterte Kleinschmidts Unterhemd. »Mach nur die Jacke zu.«

»Macht diese Brandleiche euch Ärger?«, fragte Kleinschmidt, als sie in der Kneipe saßen. Ihr Stammplatz in der Nische am Fenster, nahe dem Tresen, war besetzt gewesen. Nun saßen sie im hinteren Teil der Kneipe und hatten Alt und Korn bestellt.

»Die Brandleiche auch.« Zagrosek schob die Ärmel seines Sweatshirts hoch. Es war warm hier drin.

»Was gibt's sonst Neues? Ich hab gehört, ihr kriegt

Blessing als Chefin?«

Wie schnell sich das doch rum sprach. Aber Kleinschmidt hatte in jedem Kommissariat seine Informationsquellen.

Zagrosek grinste. »Besser sie als Hans.«

»Korrekt.« Kleinschmidt prostete ihm zu.

Zagrosek nahm einen Schluck. »Und bei dir? Ist es wirklich so schlimm in der Aktenhaltung?«

Kleinschmidt vertiefte sich in den Anblick seines Bierglases. »Nein. Es ist gar nicht so übel.«

»Arnsberg sagt, du hängst im Büro rum wie ein Schluck Wasser. Du sprichst nicht mit den Jungs. Vergräbst dich hinter deinen Akten. Gehst nicht mal mit in die Kantine.«

»Tom. Lass gut sein. Du brauchst dir keine Sorgen zu machen.« Kleinschmidt kippte den Korn.

Zagrosek holte Luft und ließ sie langsam durch die Nase entweichen. »Wenn du meinst.«

Sie tranken schweigend. Kleinschmidt kritzelte mit einem Kuli auf dem Bierdeckel herum. Er gab der hübschen, blutjungen Kellnerin hinter dem Tresen ein Zeichen. Kurz darauf kam sie mit zwei neuen Gläsern Alt.

»Bei mir drauf.«

Die dritte Runde folgte bald. Ein leichter Schwindel ließ Zagroseks Gedanken schneller kreisen. Er hätte gern über Vera gesprochen. Aber Kleinschmidt wirkte so niedergeschlagen. Er konnte ihn nicht auch noch mit seinen Problemchen belasten.

»Hey, mach nicht so ein Gesicht«, sagte Kleinschmidt. »Es gibt auch gute Neuigkeiten. Vielleicht komme ich zurück ins Team.«

Zagrosek blickte ihn erstaunt an. »Im Ernst? Das wäre ja . . . !«

»Ja. Aber noch ist es nicht spruchreif. Ich war heute mit Wiebke Blessing bei Rothenburg. Wiebke hat sich für mich eingesetzt. Und ich fühl mich wieder fit.«

»Das ist doch großartig.« Zagrosek musterte ihn. »Also

warum die miese Stimmung?«

»Ach. Wenn ich sage, ich bin fit, dann trifft das eben nur zum Teil zu.« Er verzog den Mund. »Da unten tut sich halt nichts.«

»Moment, bist du da nicht zu ungeduldig?«

»Du hast leicht reden. Die OP ist über ein halbes Jahr her. Alle empfehlen Viagra. Nur, bei mir regt sich nichts mehr.« Er drehte sein Bierglas in den Händen. »Ich hab mir so eine Pumpe übers Internet bestellt. Ziemlich umstrittene Sache.«

»Was für eine Pumpe?«

Kleinschmidt gab der Kellnerin das Zeichen für zwei Korn. »Vakuum-Erektionshilfe. Du pumpst, erzeugst Unterdruck und dein Ding füllt sich mit Blut.«

Zagrosek schwieg. Vera und er hatten es nicht mal geschafft, ein Glas Wein zu trinken, da lagen sie schon auf seinem Sofa. Was Kleinschmidt da erzählte, war unvorstellbar.

»Dagmar sagt, es mache ihr nichts aus. Ich soll Geduld haben. Und wenn es nichts mehr wird, dann ist es für sie in Ordnung.« Er stellte das Glas hart auf den Tisch. »In Ordnung! Das will man hören von seiner Frau.«

»Ich hab mal gehört, man kann seinen Beckenboden trainieren. Das soll 'ne Menge bringen.« Zagrosek sah Kleinschmidt an. »Du darfst nicht so früh aufgeben. Das wird wieder, da bin ich sicher.«

Zagrosek nahm aus dem Augenwinkel die hübsche Kellnerin wahr, die zu ihnen hinüber blickte. Turnusmäßig war die nächste Bestellung fällig. Zagrosek winkte ab. Es war genug.

Doch Kleinschmidt hob schon den Arm. »Wir kriegen noch zwei.«

*

»Geh rüber zu den Martinis und hol ein paar Eier.« Gesa schupste Felix sanft zur Tür. »Hier hast du zwei Euro. Die gibst du Oma Martini.«

»Ich will da nicht hin.«

»Warum denn nicht?«

»Da ist es gruselig. Außerdem haben wir doch selbst genug Eier.«

Gesa seufzte. Einem Siebenjährigen konnte man nicht mehr so leicht etwas vormachen. »Felix, bitte. Es geht mir nicht um die Eier. Ich möchte nur, dass jemand kurz nach dem Rechten sieht. Du bist doch mein Großer.«

»Warum gehst du nicht selber?«

»Weil ich keine Zeit habe.« Gesa sah auf die Uhr. Gleich war Mittagspause. Sie hatte den Bohneneintopf für die polnischen Erntehelfer auf dem Herd. Der war gleich fertig und duftete schon durchs ganze Haus. Ein Teil der Männer aß an Annas großem Küchentisch zu Mittag und der Rest im Wohnzimmer, das deshalb zur Erntezeit beheizt wurde. Wolf hatte wie immer die Biertische aus dem Keller aufgestellt. Gesa musste noch eindecken.

»Darf ich Hasko wenigstens mitnehmen?« Felix hatte darauf bestanden, dass der neue Hund den gleichen Namen bekam wie sein Vorgänger.

»Ja, meinetwegen. Aber beeil dich. Gleich gibt's was Leckeres.« Gesa hob den Deckel und rührte um.

Felix blickte in den Topf. »Ich mag aber keine Bohnen.«

Gesa warf ihm einen drohenden Blick zu. Felix nahm den Eierkorb und zog los.

Anna kam mit einem bis zum Rand gefüllten Klappkorb herein. »Bei Spicker waren Koteletts im Angebot. Die mach ich morgen mit Sauerkraut.«

»Wir müssen sparen, Mama. Fleisch nur zweimal die Woche.«

»Den Speiseplan in diesem Haus mache ich. Und die Männer brauchen was Ordentliches zu essen. Die schuften den ganzen Tag in der Kälte.« Anna guckte in den Topf. »Hast du Speck drin? Sonst gibt das keinen Geschmack.«

»Klar ist welcher drin.«

Felix kam herein, atemlos, er schwang den leeren Eierkorb. »Mama, bei den Martinis ist keiner. Und die Hühner laufen auf der Straße rum.«

Gesa knallte den Topflappen auf die Arbeitsfläche und zog ihre Schürze aus.

Anna runzelte die Stirn. »Wieso schickst du den Jungen da rüber? In das Chaos?«

Gesa strich Felix über die Haare. »Ich geh schnell mal selbst nachsehen.«

»Jetzt?«, rief Anna. »Ich muss los zum Arzt. Was ist mit der Suppe?«

Gesa drückte ihren Sohn auf die Sitzbank am Esstisch. »Felix, du passt auf. Setz dich da hin und beobachte den Topf. Es kann nichts passieren, die Suppe köchelt vor sich hin. Und in drei Minuten bin ich wieder da.«

Gesa verließ die Hofeinfahrt und stolperte fast über ein Huhn, das aus dem Gebüsch auf die Straße lief. Die Martinis ließen das Hoftor notgedrungen offen. Die gesamte Front des Gehöftes war von Efeu bewachsen, das obere Drittel des Tores bereits zugewuchert. Der Hof diente als Abstellfläche für kaputte Maschinen. Die Gänse stolzierten um einen Haufen Rüben herum. Die äußere Stalltür stand offen. Die Schweine lagen in nassem, faulendem Stroh und quiekten, als sie Gesa entdeckten. Die obersten Scheiben der Stallfenster waren zerbrochen und die Scherben lagen auf den lehmigen Boden verstreut. Gesa blickte sich um. Opa oder Oma Martini waren nicht zu sehen.

Felix hatte irgendwann angefangen, die beiden so zu nennen, obwohl sie in Wirklichkeit keine Großeltern waren. Juliane Martini, ihre einzige Tochter, arbeitete als Schauspielerin in einem Düsseldorfer Privattheater. Juliane war zwei Jahre älter als Gesa. Als Kinder waren sie Freundinnen gewesen und hatten jeden Tag zusammen gespielt, aber schon als Teenager lebten sie sich auseinander. Während Gesa noch lange Zeit an ihren Puppen hing oder sich stundenlang mit den Tieren auf dem Hof beschäftigen konnte, saß Juliane am liebsten auf ihrem Bett und las dicke Romane mit ernst und traurig klingenden Titeln.

Dann kam der Tag, an dem Juliane in der Krefelder Fußgängerzone einen Stand von Amnesty International entdeckte. Sie diskutierte lange mit einem ernsthaften, schlaksigen jungen Mann. Er hieß Kalle. Juliane wurde Mitglied und tat fortan nichts anderes mehr, als mit Kalle in stümperhaftem Englisch Diktatoren in aller Welt aufzufordern, politische Gefangene freizulassen. Manchmal machte Gesa mit, weniger aus Überzeugung als mehr aus dem Wunsch heraus, Juliane nicht völlig zu verlieren.

Als mit Kalle Schluss war, ließ auch Julianes Aktivität für die Gruppe nach. Ihr nächster Freund, Dominik, kam aus einem reichen Elternhaus in Meerbusch. Er war Pazifist und engagierte sich gegen den Zweiten Golfkrieg. Er besaß schon ein eigenes Auto, ein Cabriolet, mit dem er zu Demos in ganz Nordrheinwestfalen fuhr. Gesa sah sie davon brausen: ein selbst genähtes Transparent mit der Aufschrift ‚Kampf dem Krieg am Golf! Gegen Hunger, Vertreibung, Völkermord' und Julianes grün-rosa Kopftuch flatterten fröhlich im Wind. Dominik zeigte Juliane die Düsseldorfer Kneipen, lud sie ins Kino und ins Theater ein. Sie rauchten Gras und tranken Sekt.

Konrad verbot Gesa den Umgang mit Juliane. Das führte zu einem Zerwürfnis zwischen den Martinis und den Verhoevens, das niemals offen ausgetragen wurde, aber die nachbarschaftlichen Beziehungen bis heute trübte. Konrads Verbot schweißte die Mädchen für kurze Zeit noch einmal zusammen, doch sie hatten sich nicht mehr viel zu sagen, so dass die Freundschaft von selbst einschlief. Juliane ging nach dem Abitur auf eine Schauspielschule und jobbte in einer Tanzbar in der Altstadt. Das war für Konrad die letzte Bestätigung, dass Juliane kein Umgang für seine Tochter war.

Gesa lief zum Wohntrakt der Martinis an der rechten Seite und klopfte an die kleine Holztür mit der abgeblätterten Farbe. Sie rief laut. Nichts, keine Antwort. Durch das Küchenfenster im Erdgeschoss ließ sich auch nichts erkennen. Sie öffnete die Tür und trat in den dunklen Flur. »Hallo? Ist jemand zuhause? Hier ist Gesa!«

Das muffige Haus schwieg sie an. In den Wänden saß die Feuchtigkeit, an der Decke zeichneten sich dunkle Stockflecken ab. Sie müssten alles hier abreißen und neu bauen.

Gesa lauschte. War da nicht ein Geräusch gewesen? »Herr Martini?« Gesa stieg die Treppe hoch.

»Hallo?« Die Stimme von Gisela Martini kam aus dem Schlafzimmer. Die Tür war nur angelehnt.

Gesa klopfte. »Ist jemand da? Nicht erschrecken, ich bin es nur, Gesa«. Sie schob die Tür auf. Frau Martini lag im Bett, die Hände um die Bettdecke gekrampft. Sie war blass. Gesa war mit zwei Schritten bei ihr. »Was ist denn? Geht es Ihnen nicht gut?«

Gisela Martini wandte den Kopf zu Gesa. »Doch, doch. Es geht schon. Ich kann nur nicht aufstehen.«

»Warum nicht? Was haben Sie denn?« Gesa nahm vorsichtig ihre Hand.

»Wird wohl eine Grippe sein.«

»Wo ist denn Ihr Mann?«

»Er wollte zur Apotheke gehen. Aber wer weiß, was das wieder wird. Er ist so vergesslich geworden, Gesa, das kannst du dir nicht vorstellen. Den ganzen Tag räume ich hinter ihm her. Und die Ställe! Das ist alles in einem Zustand! Er ist selbst verzweifelt, aber er will nicht darüber reden. So geht das doch nicht weiter.«

Gesa gab ihr im Stillen Recht, aber sie schwieg. Sie wollte nicht, dass sich Gisela Martini noch mehr aufregte.

»Ich hab auch noch Medikamente drüben«, sagt Gesa. »Ich seh gleich mal nach.«

»Du bist so lieb, Gesa«, sagte Gisela Martini. »Mir geht's schon gleich besser durch deinen Besuch. Anna und Konrad sind sicher sehr stolz auf dich.« Sie drückte Gesas Hand. »Übrigens habe ich letzte Nacht von dir geträumt. Aber es war leider nichts Schönes.«

Sie wandte den Blick ab, als täte es ihr leid, davon angefangen zu haben.

Gesa lächelte. »Was haben Sie denn geträumt?«

»Du lagst in einem dunklen . . . was war es nur? Ein Schacht. Oder ein tiefer Brunnen. Jemandem ist was hineingefallen, und du hast es gesucht. Aber aus irgendeinem Grund . . . warst du zu lange dort unten. Kamst nicht mehr heraus.« Sie verzog den Mund und sah verlegen aus. »Ich träum oft so verrrücktes Zeug.«

Gesa war verwirrt. Etwas an Gisela Martinis Traum traf sie tief in ihrem Inneren. Sie fühlte sich auf einmal traurig und einsam. Das sollte Gisela Martini nicht merken. Gesa schüttelte den Kopf und lächelte. »Wie kommen Sie nur auf so etwas?«

Gisela Martini sah Gesa mit ernstem Gesicht an. »Beim Aufwachen hatte ich ein schreckliches Gefühl. Ich glaube, der Traum endete so: Du hast gerufen, doch niemand hat dich gehört. Sie haben dich da unten vergessen.«

Gesa schluckte. Sie musste etwas sagen, etwas Lockeres, Heiteres, um Gisela Martinis Traumbilder zu vertreiben, doch ihr fiel nichts ein. Sie hatte auf einmal Angst.

»Sie sollten etwas trinken.« Sie stand auf und fühlte die Stirn der Siebzigjährigen. Fieber schien sie nicht zu haben. »Ich mach Ihnen einen Tee.«

Gesa ging die Treppe hinunter in die Küche und setzte in einem Blechkessel Teewasser auf. Alles hier war alt, vom täglichen Gebrauch in vielen Jahrzehnten abgenutzt. Gesa betrachtete ein Zuckertöpfchen, weißes Porzellan mit einem zierlichen blauen Blumenmuster. Sie hob den Deckel hoch. Der Zucker hatte Feuchtigkeit gezogen und war steinhart geworden. An der Wand hing ein vergilbtes Foto vom Martinihof. Gesa setzte sich und strich über das speckige Wachstuch auf dem Küchentisch. Auf den Fensterbänken und im Regal lag Staub, und der Herd war schon lange nicht mehr vernünftig geschrubbt worden.

Gesa beschloss, Juliane anzurufen. So ging es nicht weiter. Walther Martini war überfordert, mit dem Hof, den Tieren. Diese Vergesslichkeit . . . wenn das der Beginn einer Demenz war?

Gesa verstand Juliane nicht. Düsseldorf war nur einen Katzensprung weg. Warum kam sie nicht öfter und half den Eltern? Klar, sie hatte unmögliche Arbeitszeiten, morgens Proben, abends Vorstellungen. An den spielfreien Abenden kellnerte sie, denn von der mageren Gage an dem Off-Theater allein konnte sie nicht existieren. Aber es war genau das Leben, das sie führen wollte.

Das Teewasser kochte. Gesa suchte in den Schränken, fand eine Kanne und schließlich auch eine volle Packung Pfefferminztee mit altmodisch anmutendem Design. Gesa nahm sich vor, frischen Tee für Oma Martini zu besorgen. Sie goss auf und war fast erstaunt, dass sich das Wasser in der Kanne grün färbte und sich ein leichter Duft nach Minze im Raum verbreitete.

Wolf Hendricks schob den Riegel auf und öffnete einen Torflügel des Hofladens in der Scheune. Ein leichter Geruch nach Zimt wehte ihm entgegen, und einen Moment lang fühlte er sich in seine Kindheit zurückversetzt. So hatte es geduftet, wenn er als kleiner Junge in die Küche gelaufen war, wo seine Mutter etwas Weihnachtliches buk oder kochte. Er schloss die Augen und atmete noch einmal tief ein, doch das kleine Glücksgefühl war schon verschwunden. Es war dunkel in dem fensterlosen Raum, aber er machte kein Licht, sondern tastete mit der Hand in Bodennähe hinter das Regal mit den selbst eingekochten Marmeladen. Da war die Flasche. Er zog sie hervor und nahm einen tiefen Schluck. Der Cognac brannte in der Speiseröhre, es war der billige aus dem Supermarkt. Noch einen Schluck. Wolf schob die Flasche zurück. Vermutlich wusste Anna von seinem Versteck, doch sie sagte nichts. Ihm fiel ein, dass sie heute wegen ihrer Rückenschmerzen beim Arzt war. Wolf trat auf den Hof und wollte gerade die Torflügel schließen, als er das Telefon im Haus hörte. Wo war eigentlich Gesa?

Wolf betrat Annas Küche. Felix hockte am Tisch und zeichnete Comicfiguren auf den Rand seines Rechenheftes. »Hallo Papa.«

»Felix, bist du taub? Das Telefon klingelt!« Wolf nahm das Gespräch an.

»Guten Tag, hier ist Carola Schiefner-Wallner, Vorzimmer von Bürgermeister Hünges. Ich würde gern mit Herrn Verhoeven sprechen. Mit Konrad Verhoeven.«

»Mein Schwiegervater ist gerade nicht da. Kann ich Ihnen auch helfen?«

Die Sekretärin zögerte kurz. »Es geht um eine Terminvereinbarung. Bitte richten Sie ihm doch aus, er soll mich zurückrufen. Und bitte . . . es ist relativ eilig.«

»Ich sage es ihm.« Wolf notierte die Durchwahl. »Worum geht es denn eigentlich?«

»Tut mir leid, da darf ich Ihnen keine Auskunft geben. Auf Wiederhören.« Sie legte auf.

Wolf stand einen Moment still, den Hörer in der Hand. Der Bürgermeister? Eilig? Er hatte keine Idee, was sich hinter diesem Anruf verbergen konnte. Aber er würde es herausfinden.

Als Gesa den Hof der Martinis verließ, sah sie gerade noch Wolfs blauen BMW um die Ecke biegen und verschwinden. Sie sah auf die Uhr. Wo wollte der denn jetzt noch hin, so kurz vor dem Mittagessen?

In Annas Küche gab sie Felix einen Kuss auf die Stirn, dankte ihm fürs Aufpassen und schob drei große Baguettes in den Ofen. Noch zehn Minuten, bis die Polen zum Essen kamen. Sie griff zum Telefon und wählte Julianes Handynummer.

»Juliane Martini?«

»Hier ist Gesa.«

»Ach, hallo. Wie geht es dir, Gesa?«

Gesa hörte an Julianes Stimme, dass sie in Eile war und nicht lange gestört werden wollte.

»Es geht um deine Eltern«, sagte Gesa. »Deine Mutter ist krank.«

»Wieso? Was hat sie denn?«

»Eine Grippe. Sie liegt im Bett. Und dein Vater war nicht da, angeblich auf dem Weg zur Apotheke. Deine Mutter sagt, er . . .« Gesa stockte, als sie das leise Klappern von Julianes Tastatur hörte.

»Entschuldige, eine ganz dringende E-Mail. Also gut, was ist mit Vater?«

»Du musst vorbei kommen. Deine Eltern kommen nicht mehr klar. Es ist alles . . .« Gesa suchte nach Worten, um den Zustand des Nachbarhofes angemessen zu beschreiben.

»Gesa, ich kann erst am Wochenende kommen. Ich hab Freitag Premiere. Es ist ein Wunder, dass du mich überhaupt erwischt, wir proben fast rund um die Uhr.«

Gesa erinnerte sich dunkel, am Morgen eine Schlagzeile im Kulturteil über Julianes Theater überflogen zu haben.

»Ich hab dir doch erzählt, dass ich vielleicht ein Engagement in London kriege. Es sieht im Moment richtig gut aus.«

»Aber London . . .! Wie willst du . . .?« Gesa hörte wieder Tippgeräusche auf der Tastatur und verzichtete darauf, den Satz zu beenden. Juliane würde sich nicht vom Zustand ihrer Eltern und des Hofes davon abhalten lassen, ins Ausland zu gehen.

»Das wollte ich immer schon machen. Das ist meine große Chance.«

Als Gesa schwieg, holte Juliane leise zischend Luft. »Ich komme am Samstagmorgen raus. Nein, mittags. Versprochen. Bitte sieh ab und zu mal nach ihnen. Ja? Tust du mir den Gefallen? Ich hab wirklich Stress hier.«

Gesa versprach es ihr. Sie hätte Juliane gern die Meinung gesagt. Laut und böse. Aber aus ihrem Mund drang keine Silbe. Sie legten auf.

Gesa warf einen Blick aus dem Fenster. Die Polen waren noch nicht zu sehen. Sie musste das Brot aus dem Ofen holen, Felix zum Essen rufen. Stattdessen setzte sie sich an den Tisch. Das Gefühl, das sie bei Gisela Martinis Traum ergriffen hatte, kehrte zurück. Es legte sich wie ein Ring aus Eisen um ihre Brust und machte ihr Angst, so als sei sie wirklich gefangen. Sie konnte den Brunnenschacht vor sich sehen, er war tief und dunkel. An der Wand wuchs eine Moosschicht, die vor Nässe tropfte und die jeden Laut verschluckte.

Nach dem Essen nahm Gesa die Felcoschere und ging in die Tannenkultur, ohne jemandem Bescheid zu sagen. Drei Stunden lang schnitt sie die untersten Astkränze jeder einzelnen Tanne ab.

Nun legte sie die Schere auf den Boden und richtete sich langsam auf. Es war kalt, aber sonnig, der Himmel blassblau. Gesa ließ den Blick über die umliegenden Felder schweifen. Die Natur war ausgelaugt nach der langen Trockenheit und der Kälte. Alle Farben wirkten wie ausgewaschen. Nur die Tannen besaßen ein kräftiges dunkles Grün. Und das hätte noch leuchtender ausfallen können, wenn Wolf wie versprochen gedüngt hätte.

Obwohl ihr Rückgrat schmerzte, machte sie die Arbeit gern. Sie musste nicht Nachdenken dabei. Und sie war froh, ein paar Stunden allein zu sein. Zuhause, auf dem Lagerplatz, im Hofladen, immer waren Leute um sie herum, stellten Fragen, wollten was von ihr.

Sie sah Lars' Gesicht mit den braunen Augen vor sich. Wenn sie allein war, passierte es, dass sie an ihn dachte. Auch wenn sie es sich verbot. Lars hatte sich mit Hinweis auf die Ermittlung zurückgezogen. Und die ‚Soko Tannenspitze' schien für die Polizei abgeschlossen, zumindest kam niemand mehr und stellte Fragen. Vielleicht sah sie ihn die nächsten zehn Jahre nicht wieder? Nein, das war unwahrscheinlich, wenn er nun in Kaarst wohnte. Sie würden sich über den Weg laufen, auf einem Schützenfest, oder samstags beim Einkaufen. Sie würden ein paar belanglose Sätze wechseln. Er lebte sein Leben mit seiner Familie und sie das ihre. Dieser Gedanke tat ihr weh. Zum ersten Mal dachte sie daran, wie anders ihr Leben verlaufen wäre, wenn sie damals, vor dreizehn Jahren, nicht auf Konrad gehört hätte. Wenn sie sich widersetzt hätte und mit Lars weggegangen wäre. Aber sie hatte sich von Lars getrennt, weil Konrad ihn nicht mochte. Er hielt Lars ruhige, sanfte Art für Schwäche. So einer soll für Recht und Ordnung sorgen? Vor dem hat doch nicht mal eine Fliege Angst. Wenn den einer anpustet, fällt der doch um. Was du brauchst, ist ein richtiger Kerl. Einer der hier mit anpackt. Willst du eine Polizistenfrau sein, die jeden Abend allein zuhause sitzt und wartet, während dein Lars Überstunden macht? Du erbst den Hof, Gesa. Du hast ein Händchen für Bäume. Aber du brauchst einen Mann, der den Betrieb leitet, wenn ich mal nicht mehr kann.

Ein Motorgeräusch riss Gesa aus ihren Erinnerungen. Ein weißer Landrover bog von der Landstraße in den Feldweg ein, der zu Gesas Tannenkultur führte. Eine schlanke Frau mit Kurzhaarschnitt in einem weißen Blouson sprang heraus, winkte und lief auf Gesa zu. Es war Christine Piske, die Chefredakteurin des ‚Nadel Journals'. Gesa kannte sie von Fachmessen, wo Christine oft die Moderation übernahm. Gesa hatte bei den Wettbewerben schon mehrmals den Preis für den schönsten Baum von ihr überreicht bekommen. Und vor vier Wochen hatte Christine einen zornigen Artikel über die Zerstörung der siebentausend Tannen geschrieben.

»Christine, was machst du denn hier?«

Sie schüttelten sich die Hand. Christine hatte Gesa kaum angesehen, ihre Blicke wanderten schon über die Tannen. »Ambrolauri-Tlugi?«

Als Gesa nickte, verzog Christine den Mund. »Du bist bei der Stumpfbeschneidung? Da freut sich der Rücken.«

»Ist gut zum Stress abbauen«, meinte Gesa.

»Gestern erst hab ich im Sauerland mit einem Produzenten über die Vor- und Nachteile diskutiert. Der geht an die Ambrolauri nicht ran. Lohnt die Mühe nicht, sagt er.«

»Es ist halt Knochenarbeit.« Gesa lächelte. »Aber es beschleunigt das Höhenwachstum, und man kann sie ein Jahr früher verkaufen.«

Christine inspizierte die bereits beschnittenen Tannen. »Ich geb viel auf deine Meinung. Ich plane fürs nächste Heft einen Artikel darüber und würde dich gern dazu interviewen. Du meinst also, es lohnt sich?«

»Absolut. Du beugst Pilzbefall vor, wenn die Kultur luftiger steht, und das Ernten ist später auch einfacher.«

Christine Piske kramte einen Notizblock aus ihrer Umhängetasche und schrieb etwas hinein. Dann blickte sie auf. »Aber nun erzähl mal. Von dir hört man ja interessante Neuigkeiten.«

Gesa sah sie erstaunt an. »Was denn?«, fragte sie.

Christine grinste. »Du weißt doch, in der Branche kennt jeder jeden. Da wird alles gleich rumgetratscht.« Sie lächelte befriedigt. »Sonst würde mir auch schnell der Stoff für meine Hefte ausgehen.« Sie wurde ernst. »Ich hab einen Tipp bekommen, dass du eine eigene Samenzucht eröffnest. Das ist für mich ein hochaktuelles Thema. Die Situation in Georgien wird immer undurchschaubarer. Letztes Jahr der Krieg in Südossetien. Keiner der Samenhändler wusste, ob er seines Lebens noch sicher ist. Im Mai der Frost. Ein Großteil der jungen Zapfen ist erfroren. Und dann im September diese dubiose Versteigerung. Trotzdem haben die Dänen Millionen Samen mitgebracht.«

Gesa erinnerte sich, in einer der letzten Ausgaben des ‚Nadel Journals' darüber einen Bericht gelesen zu haben. Für die gesamten Ernteregionen sollten Lizenzen zum Pflücken versteigert werden. Ohne ein offizielles Papier der georgischen Regierung sollte niemand mehr Samen ernten dürfen.

Christine blinzelte, die Sonne blendete sie. »Stell dir mal vor, nur zwei deutsche Firmen haben mitgeboten. Die Pflücklizenzen für die guten Herkünfte sind für zehn Jahre vergeben, unter anderem an mehrere dänische Firmen und nur an eine der beiden deutschen. Die Abhängigkeit wird immer größer. Und vielen Händlern und Baumschulen gefällt das überhaupt nicht.» Christine Piske sah Gesa eindringlich an. »Wenn du mit eigenen Samen handelst, noch dazu mit Borshomi, einer der Spitzenherkünfte, dann wird man dich mit Argusaugen beobachten.«

Gesa wehrte mit einer Handbewegung ab. »Das steckt alles noch in den Kinderschuhen. Wir haben noch nicht mal gepflanzt. Wer weiß, wie schön die Bäume werden? Wir haben ja keine Erfahrung damit.«

»Ihr habt so was wie einen Rohdiamanten mit diesen alten Tannen. Und niemand kann euch das so schnell nachmachen. Ihr habt einen Vorsprung von mehr als einem Vierteljahrhundert.« Sie sah Gesa neugierig an. »Wieso hat dein Vater sie stehen lassen?«

Gesa lächelte. »Keine Ahnung.«

»Na ja, vielleicht eine der weisesten Entscheidungen seines Lebens«, meinte Christine. »Und wann willst du sähen? Im März? Gleich im Freien? Oder zuerst in Container?«

»Ich . . . ich weiß noch nicht genau.«

»Ich möchte den gesamten Prozess gerne dokumentieren. Mist, dass ich das Pflücken verpasst habe. Erzähl mal genau, wie hast du bemerkt, dass du reife Zapfen hast?«

Ein warmes Gefühl breitete sich in Gesa aus. Christines Interesse tat so gut! Gesa war stolz auf ihre Entdekkung, sie war stolz auf die Qualität ihrer Samen, auf den Vorteil, den sie gegenüber anderen Baumschulen hatte. Zum ersten Mal gestand sie sich das ein. Sie durfte sich das nicht von Wolf und Konrad kaputtmachen lassen.

»Ich beobachte die Kultur schon seit ein paar Jahren. Es gibt hier in Büttgen einen Jugendlichen, der Hobbykletterer ist. Der geht jeden Spätsommer für mich rauf in die Bäume und sieht nach. Und diesmal war es soweit.«

»Wie viel hast du geerntet?«

»Zehn Säcke à fünfzig Kilo, also eine halbe Tonne insgesamt.«

Christine nickte anerkennend. »Ich hoffe, die sind gut bewacht. Pro Kilo kannst du hundertfünfunddreißig Euro rechnen. Deine Zapfen sind rund fünfundsechzigtausend Euro wert.«

Gesa biss auf ihrer Lippe herum.

»Was ist mit dir los?«, fragte Christine. »Du wirkst nicht so richtig glücklich.«

Gesa lächelte ertappt. »Du kannst Gedanken lesen, das hab ich immer schon befürchtet.«

»Hast du Probleme?«

»Wolf und Konrad unterstützen meine Pläne nicht so richtig. Also, kurz gesagt, ich weiß nicht, ob aus der Sache was werden kann.«

Christine schüttelte den Kopf. »Verstehe ich nicht.« Sie schwieg einen Moment, schien nachzudenken. Dann sah sie Gesa an. »Lass mich mal machen. Ich schreibe ein schönes Porträt über dich. Gesa Hendricks – die Frau der Zukunft. Dann haben wir die Tatsachen quasi schon geschaffen. Dann gibt es kein Zurück mehr. Die Leute rennen dir wegen der Samen die Bude ein. Und deine Männer können gar nicht anders, als sich über die Erträge zu freuen.«

»Um Gottes Willen, Christine! Das geht nicht. Konrad würde . . . Ich kann nicht gegen seinen Willen . . .«

Die Journalistin hob eine Hand. »Stopp. Das kann ich mir nicht anhören, so viel Schwachsinn verkrafte ich nicht. Also pass auf, ich sage dir, wie wir es machen. Ich schreibe den Artikel. Ohne deine Einwilligung. Du weißt nicht mal was davon. Ich habe die Information aus einer ganz anderen Quelle. Was übrigens die Wahrheit ist.«

Gesa wusste gleich, wen Christine als ‚Quelle' bezeichnete: Andreas Stickel, der einige Samen begutachtet hatte. Gesa wollte die übrigen in Kürze bei ihm in die Klenge geben, wo die reinen Samen von den Zapfenresten maschinell getrennt wurden. Entweder hatte Stickel selbst Christine angerufen, oder er hatte es anderen weitererzählt, die dann die Fachpresse informiert hatten.

»Ich weiß nicht, Christine. Das ist keine gute Idee. Wir warten lieber, bis ich das hier intern geklärt habe.«

»Nix da.« Christine grinste. »Du glaubst wohl, ich sehe zu, wie du hier untergebuttert wirst.« Sie wandte sich zum Gehen. »Im März komme ich zum Pflanzen. Dann machen wir ein paar schöne Fotos von dir.« Sie stapfte zu ihrem Wagen, drehte sich noch mal um. »Also, machs gut, Gesa. Und übrigens, die neue Frisur sieht klasse aus!«

Gesa sah ihr nach. Dann hob sie die Felcoschere auf. Christine hatte für sie entschieden. Einfach so. War das gut oder schlecht? Immer wieder passierte Gesa das: Sie selbst wusste nicht weiter und jemand anderes entschied für sie.

Nun würde sich ihr Leben ändern, und sie musste darauf reagieren. Aber sie würde am Ende auch nicht schuld sein, wenn etwas schief ging. Oder doch? Gesa schüttelte den Kopf. Es war alles zuviel. Sie hatte nicht die Kraft ... Sie betrachtete die Tannen um sich herum. Das war ihre heutige Aufgabe. Stumpfbeschneidung. Hundert Stück konnte sie noch schaffen, bis es dunkel wurde. Sie trat zur nächsten Tanne, bückte sich und schnitt die unteren Astkränze ab.

»Du hättest doch lieber Frisöse werden sollen«, sagte eine kalte Stimme in ihrem Rücken.

Gesa drehte sich um. Konrad stand da wie aus dem Erdboden gewachsen. Er hatte seinen braunen Lederhut mit dem geflochtenen Zierband tief in die Stirn gezogen, die Hände in den Taschen seiner Wachstuchjacke vergraben. Hatte er Christine wegfahren sehen? Bestimmt nicht, sonst hätte er schon eine Bemerkung gemacht.

»Ein ganzer Arbeitstag futsch. Für diesen Blödsinn. Das zahlt sich am Ende nicht aus, Gesa.«

Gesa seufzte. Sie führte diesen Streit mit Konrad seit vielen Jahren. Das heißt, genauer gesagt stritt er mit ihr, bei jeder besonderen Pflegemaßnahme warf er ihr vor, Zeit und Energie zu verschwenden. Es war eine Frage der Philosophie. Entweder man überließ die Bäume sich selbst und half nur mit etwas Dünger dem Wachstum nach. Das Ergebnis waren viele nicht perfekte Bäume, für die man keinen Spitzenverkaufspreis erzielen konnte. Oder aber man hegte und pflegte sie, schnitt in Form, snippte, regulierte mit der Top-Stopp-Zange den obersten Trieb, den Terminaltrieb, damit er nicht zu stark nach oben schoss, und wurde hinterher mit ‚Erste Wahl-Bäumen' belohnt, hatte aber auch eine Menge Zeit und Energie investiert.

Gesa betrachtete ihren Vater, seine Augen lagen im Schatten der Hutkrempe. Er stand dort kerzengerade, und doch hatte sie in letzter Zeit das Gefühl, als schrumpfe er. Seine Wangen wirkten eingefallen, auf jeden Fall hatte er abgenommen. Gesa spürte plötzlich eine große Sehnsucht, ihn zu umarmen, ihren Kopf an seine Schulter zu lehnen.

Aber sie hatte Konrad nie umarmt, und auch er hatte sie nicht in den Arm genommen, nicht mal, als sie ein kleines Mädchen war.

»Ich habe die Säcke mit den Zapfen aus der Halle geräumt«, sagte Konrad. »Ich muss die Gebläsespritze rein fahren. Die steht auf dem Hof im Weg rum. Außerdem soll es regnen.« Er blickte in den Himmel. »Endlich mal.«

Gesa sah ihn entsetzt an. »Aber wo soll ich hin mit den Zapfen? In die Klenge können sie erst im Januar. Ich kann sie doch nicht draußen lagern.«

»Ich sag ja, das war eine Schnapsidee.« Konrad wandte sich zum Gehen.

Gesa glitt die Schere aus der Hand. Der schwere Griff fiel auf ihren Fußknöchel; es tat höllisch weh, doch Gesa kümmerte sich nicht um den Schmerz. Sie trat zu Konrad und fasste ihn am Arm. »Komm mit!« Sie erschrak selbst über ihre laute Stimme.

Konrad sah sie mit einem merkwürdigen Blick an, hart und unnachgiebig und doch ... Sie sah auf einmal, dass er litt. Etwas quälte ihn! Und sie sah, dass er Angst hatte.

»Komm mit!«, bat sie noch einmal. Und er folgte ihr. Gesa rannte fast zur Halle, am liebsten hätte sie Konrad am Ärmel mitgezogen. Sie öffnete einen Sack mit Zapfen, nahm zwei Hände voll heraus, streckte sie ihm entgegen. »Hier. Sieh sie dir an. Papa, sie sind perfekt. Komm, wir schneiden welche auf.« Sie nahm ihr Taschenmesser aus der Jacke und öffnete einen Zapfen. Zwei Reihen Samen, weiß schimmernde, ebenmäßige Perlen. Sie hielt die Hand hoch, damit er gut sehen konnte.

Gesa sah ihren Vater an. Warum sagte er denn nichts? »Warum hast du die Bäume wachsen lassen? Vielleicht hast du ja damals daran gedacht, sie irgendwann zu beernten?«

Konrads Gesicht war wie versteinert.

»Diese Tannen sind ...« Er brach ab, warf ihr einen Blick zu, der voller Wut und Verzweiflung war. »Ich kann mich nicht mehr erinnern, was ich damals dachte. Aber eines weiß ich: Ich will mit den Nordmännern kein Geld verdienen. Ich will nicht, dass du die Samen verkaufst, und ich will nicht, dass du sie pflanzt. Hast du mich verstanden?«

Gesa sah ihn erschreckt an. Sie nickte stumm.

»Morgen früh sind die Säcke weg. Ich will sie nicht mehr sehen.« Konrad wandte sich um und ging.

Gesa sah ihm nach, bis er verschwunden war.

Sie blickte in die Dämmerung. Dunkelgrau nun die Felder, leer, abgeerntet, trostlos. Gerade noch zu erkennen ein Schwarm Krähen, so tief über der umgepflügten Erde, dass Gesa meinte, sie wirbelten kleine Klumpen hoch. Wie eine schwarze Wand standen die alten Nordmänner, als duldeten sie kein Licht zwischen ihren Nadeln. Sie lief hinüber zu den Tannen und lehnte sich an einen der mächtigen Stämme.

Als sie klein war, hatte Konrad manchmal vom Nordkaukasus erzählt, von den Wäldern, in denen ihm Füchse und Hirsche begegnet waren. Sogar Bären gab es dort. Aber er hatte nie einen gesehen. Wie mochten diese Bäume, diese Berggeschöpfe, sich hier fühlen, am platten Niederrhein, so fern der Heimat? Ob es ihnen egal war, wo sie wuchsen? Ob über ihnen Adler ihre Kreise zogen oder Flugzeuge, die den Düsseldorfer Flughafen ansteuerten? Vielleicht trugen sie in ihren Samen ein uraltes Wissen: Hier ist nicht Muttererde, hier gehören wir nicht hin.

Gesa verstand ihren Vater nicht. Was bedeuteten diese Tannen für ihn? Sie legte die Hand auf den Stamm. Er fühlte sich kalt an, hart und unverwundbar. Und doch konnte eine Motorsäge ihn in Sekunden fällen.

Auf einmal krampfte sich ihr Magen zusammen. Wie würde Vater reagieren, wenn der Artikel im ‚Nadel Journal' erschien? Er hatte ihr gerade verboten, mit den Samen zu handeln. Vor der Halle lagen schutzlos ihre Säcke. Es würde Regen geben. Was sollte sie jetzt nur machen?

Nicht sehr weit entfernt glimmte ein Licht auf und erhellte ein Fenster. Das war Graupners Maschinenhalle.

Gesa wischte sich ein paar Tränen aus den Augen. Eine Halle. Eine Chance, um Zeit zu gewinnen. Magisch angezogen lief sie auf das warm leuchtende Viereck zu.

Wolf bog mit seinem Wagen in den Hof ein. Hier war das letzte Tageslicht längst von den Schatten der Mauern geschluckt worden. Dafür leuchteten Lichterketten, mit denen Gesa wie jedes Jahr den Laden geschmückt hatte. Es roch nach Glühwein und Tannengrün, Weihnachtsmusik dudelte aus zwei Musikboxen. Wolf parkte seinen Wagen in der Scheune, die Hofplätze sollten für die Kunden frei bleiben.

Etwa zehn Leute standen Schlange vor dem Laden. Das ganz normale, ewig gleiche Weihnachtsgeschäft. Nur war es diesmal eine Farce, weil sie kaum etwas anzubieten hatten. Die Leute fragten nach mittelgroßen Nordmanntannen. Anna brachte schon kaum noch ein Lächeln zustande, wenn sie wieder und wieder erklären musste, was geschehen war. Wolf half ihr, mit dem Ansturm fertig zu werden. Eigentlich wurde er dringend auf dem Lagerplatz gebraucht. Wo blieb Gesa? Den Tag hatte sie mit der Stumpfbeschneidung der vierjährigen Ambrolauri-Tlugi vertrödelt, aber nun war es dunkel. Auch Konrad war verschwunden, ohne jemandem Bescheid zu sagen.

Felix verpackte zwei Gläser Himbeermarmelade in eine Papiertüte. Er half gern im Hofladen, wenngleich sein Eifer meist nur von kurzer Dauer war. Die Leute lobten ihn, strichen ihm über den Blondschopf, und ab und zu steckte ihm auch jemand etwas Kleingeld zu. Wolf tat, als merke er es nicht. Aber er war zufrieden mit seinem Sohn. Felix lernte frühzeitig, dass Leistung sich lohnt. Wolf nahm sich vor, das Taschengeld seines Sohnes in der Hauptsaison etwas aufzustocken.

Der Lautsprecher an der Außenmauer der Küche übertrug blechern das Schrillen des Telefons. Wolf beeilte sich und nahm das Gespräch an.

»Hier ist noch mal Schiefner-Wallner, Vorzimmer des Bürgermeisters.«

»Ah ja, wir hatten heute Mittag miteinander gesprochen«, sagte Wolf.

»Ihr Schwiegervater hat sich nicht hier gemeldet. Haben Sie ihm denn Bescheid gesagt? Ich hatte Ihnen ja angedeutet, dass es dringend ist.«

Wolf hatte nicht vor, ihr zu erzählen, wie Konrads Reaktion beim Mittagessen ausgefallen war, als Wolf ihm von dem Anruf berichtet hatte. »Hünges, der faule Hund«, hatte Konrad geknurrt. »Der hat für Büttgen noch nichts zustande gebracht.« Wolfs Hinweis darauf, dass Konrad dringend zurückrufen solle, hatte noch mehr Widerstand ausgelöst. Wenn die hohen Herren irgendetwas von einem wollten, dann sei es auf einmal ‚dringend', aber wenn die Bürger, die immerhin horrend hohe Steuern zahlten, mal ein Anliegen äußerten, dann sei alle Zeit der Welt vorhanden. Wer was von ihm, Konrad Verhoeven, wolle, der werde sich schon wieder melden.

Wolf räusperte sich. »Frau Schiefner-Wallner, ich habe es ausgerichtet. Es ist nur leider so: Mein Schwiegervater ist krank. Er liegt mit Fieber im Bett.«

»Ach du liebe Zeit! Das tut mir leid«, sagte die Sekretärin. »Was machen wir da nur? Herr Hünges verreist übernächste Woche, und er wollte diesen Termin mit Ihrem Schwiegervater unbedingt vorher wahrnehmen. Ich muss das auch mit dem Terminkalender eines Sachbearbeiters abstimmen. Er ist von der Wirtschaftsentwicklungs- und Förderungsgesellschaft in Korschenbroich. Ach je, das ist wirklich kompliziert.«

Wolf legte zuversichtliche Wärme in seine Stimme. »Ich möchte Ihnen ja gern helfen. Warum sagen Sie mir nicht, worum es sich handelt? Dann kann ich meinen Schwiegervater schon mal informieren.«

»Nein, das geht wirklich nicht.« Die Sekretärin klang genervt.

»Entschuldigen Sie – Ihr Name ist Schiefner?«, fiel es Wolf plötzlich ein. »Schiefner aus Kleinenbroich zufällig?«

»Ja, wieso?«, fragte sie.

»Sind Sie mit Thomas Schiefner verwandt? Der im Autohaus Moll arbeitet?«

»Ja, das ist mein Bruder.«

»Na so ein Zufall!«, rief Wolf. »Ich kenne ihn gut, wir sind Schützenbrüder. Bestellen Sie ihm doch bitte einen herzlichen Gruß von Wolf Hendricks.«

»Ja, das werde ich.«

»Prima!« Wolf tat so, als fiele ihm der eigentliche Grund ihres Anrufs erst jetzt wieder ein. Er senkte die Stimme. »Tja – was machen wir denn nun wegen Ihres Termins?«

Die Sekretärin zögerte. »Also, passen Sie auf, Herr Hendricks, sagen Sie bitte Herrn Verhoeven, es ginge noch mal um das Kaufangebot für die Grundstücke. Herr Hünges möchte ihm persönlich die Bedeutung der Angelegenheit für die Kommune erläutern.«

»Kaufangebot? Wozu braucht die Kommune unsere Grundstücke?«

»Wir haben die Anfrage eines Investors, Wohngebiet zu erschließen. Herr Hünges hat das Projekt zur absoluten Chefsache erklärt.«

»Das hört sich toll an.« Wolf warf einen Blick aus dem Fenster, wo sich Anna allein dem Ansturm der Kunden entgegen stellte. »Um wie viele Quadratmeter geht es denn?«

»Über die Details sollte Herr Hünges Ihren Schwiegervater dann unterrichten.«

»Natürlich. Da ist meine Begeisterung über die Neuigkeit mit mir durchgegangen.« Wolf lächelte. »Die Region braucht wirtschaftlichen Aufschwung, braucht Investitionen. Ich finde es vorbildlich, wie sehr sich der Bürgermeister einsetzt.«

»Die Gesamtfläche sind siebzigtausend Quadratmeter«, sagte Frau Schiefner-Wallner. »Knapp die Hälfte davon ist in Privatbesitz.«

»Ist denn schon verhandelt worden?«

»Ja, ein Grundstücksbesitzer hat dem Kaufvertrag sofort zugestimmt. Herr Hünges möchte Herrn Verhoeven nun gern persönlich überzeugen, nachdem Ihr Schwiegervater den Sachbearbeiter der Entwicklungsgesellschaft, nun, ich drücke es mal so aus, etwas brüsk abgewiesen hat.«

»Es gab schon einen Termin?«

»Nein. Ein Telefonat in der letzten Woche. Ein sehr kurzes Telefonat, wie ich hörte.«

»Dann müssen wir uns dringend mit Herrn Hünges zusammensetzen. Ich schlage vor, gleich morgen. Ginge es um Zehn?«

»Ich kläre das ab. Aber ... wird Ihr Schwiegervater denn bis morgen wieder gesund sein?«

»Doch, davon gehe ich aus«, sagte Wolf.

Konrad und Gesa würden sich noch wundern. Nun nahm er die Sache in die Hand. Aber das sagte er der Sekretärin nicht.

Das Rolltor von Graupners Halle war hochgefahren und Licht ergoss sich über die Steinfliesen in das angrenzende Feld. Jemand, den Gesa nicht erkennen konnte, saß im Führerstand des Highlanders und rangierte ihn auf einen Platz an der Hallenwand. Der Motor wurde ausgestellt, ein Mann verließ die Halle. Nun erkannte sie ihn, es war Rocco.

Gesa blieb im Schatten stehen. Es ging nicht. Was für eine absurde Idee, Rocco Graupner um Hilfe zu bitten! Sie hatte nicht nachgedacht. In ihrer Verzweiflung war es ihr so logisch erschienen: Sie brauchte eine Halle, dort stand eine Halle. Aber den Riesenhaken an der Sache hatte sie verdrängt. Sie würde vorher mit einem der Graupners sprechen müssen.

Ein Bild aus der Vergangenheit kam ihr in den Sinn. Ein postkartenblauer Himmel, ein Gummiplanschbecken, Pflaumenkuchen mit Schlagsahne ... Es war ein Sommernachmittag im Garten der Nachbarn gewesen. Es gab zu wenige Stühle, und sie hatte bei Herbert Graupner auf dem Schoß gesessen, bis Rocco von einer Wespe in den Arm gestochen worden war. Er hatte zu schreien begonnen, so dass alle Erwachsenen aufgesprungen waren. Rocco hatte sich früher oft angeschlichen, wenn sie mit Juliane in einem ihrer Verstecke hockte, und die Mädchen geärgert oder erschreckt. Insgeheim wäre er sicher gern Mitglied in ihrer Bande gewesen, aber als Junge, noch dazu drei Jahre jünger, hatte er bei ihnen keine Chance gehabt.

Rocco drückte auf einen Knopf an der Wand. Mit einem sonoren Brummen fuhr das Tor zu. Jetzt blickte er in ihre Richtung. Er hatte sie entdeckt. Gesa näherte sich und trat in den langsam schwindenden Lichtkegel vor dem Tor. Rocco stand breitbeinig in seiner Lederkluft und verschränkte die Arme. »Na schau an. Besuch von den Nachbarn. Was verschafft uns die Ehre?«

Gesa versuchte ein Lächeln. »Hallo Rocco. Lange nicht gesehen.«

»Tja, stimmt. Kommst auch nicht mehr raus aus deinem Loch, oder?«

»Nicht viel. Was macht deine Band?«

»Super. Wir sind bei ‚Kaarst Total' aufgetreten. Auf der Moll-Bühne. Der Mob hat getobt.« Rocco imitierte ein paar Gitarrengriffe.

»Schade, das wusste ich nicht, sonst wäre ich ...«

Das Rolltor schloss sich mit einem abschließenden Knacken. Ihnen blieb das Licht des Strahlers an der Außenwand der Halle. Es warf tiefe Schatten in Roccos Gesicht.

»Schön, so ein Plauderstündchen«, sagte er. »Kann dir leider nichts anbieten.«

Gesa holte Luft. »Könnte ich bei euch in der Halle etwas lagern? Bis Januar?«

Rocco zog eine Augenbraue hoch. »Was denn? Marihuana?« Er brach in ein meckerndes Gelächter aus.

»Zapfen. Zehn Säcke à fünfzig Kilo.«

Roccos Lächeln erstarb. Er kam näher, bis er dicht vor ihr stand, so dicht, dass Gesa seinen Atem roch. »Weiß nicht. Da muss ich erst mit dem Alten reden.«

»Das wäre . . . nett von dir.«

Rocco angelte mit spitzen Fingern eine Visitenkarte aus seiner Brusttasche. »Ruf mich die Tage mal an, auf der Handynummer.«

Gesa biss sich auf die Lippe. »Es tut mir leid, aber . . . das wäre zu spät. Ich müsste die Säcke heute noch bringen. Am besten jetzt gleich.«

»Na, du bist gut! Ich hab Feierabend. Bin mit ein paar Kumpels im ‚Bebop' verabredet. Und außerdem: Wieso soll ich dir helfen, wo doch dein Alter uns bei der Polizei angeschwärzt hat?«

Gesa blickte an ihm vorbei. Das war ihm ja früh eingefallen.

Rocco packte einen Kaugummi aus, steckte ihn in den Mund und begann rhythmisch mit dem Kiefer zu mahlen. Dabei schüttelte er immer wieder den Kopf. »Also, das ist ja wirklich . . . Kommt hier an und erwartet von mir . . .« Wieder lachte er meckernd.

Gesa drückte den Rücken durch. Das reichte. Sie hatte es versucht, aber noch weiter konnte sie sich nicht erniedrigen. Sie hatte nichts erreicht. Stattdessen hatte sie Rocco auch noch Futter geliefert, im Dorf über sie zu tratschen. »Vergiss es einfach. Bis dann, Rocco.«

Sie wandte sich zum Gehen, setzte mechanisch einen Fuß vor den anderen.

Da hörte sie Roccos Stimme. »Nun renn doch nicht gleich weg. Ich sag doch, ich muss es mit dem Alten klären.«

Gesa blieb stehen und sah, wie er sein Handy ans Ohr

nahm. Sie hatte sich Rocco Graupner ausgeliefert, und ihr war nicht wohl bei der Sache. Was er sagte, konnte sie nicht verstehen, aber das hämische Lachen zwischen seinen Worten traf sie wie Splitter, die sich in die Haut bohrten.

Eine Stunde später traf Gesa zuhause ein. Aus dem Wohnzimmer ihrer Eltern dröhnte wieder Dvoraks Symphonie ‚Aus der neuen Welt'. Gesa wusste nicht, woher Konrad die Musik ursprünglich hatte, aber sie erinnerte sich, dass es sie schon seit ihrer Kindheit als Schallplatte im Haus gab. Es war die einzige, die Konrad sich von Wolf als CD hatte besorgen lassen, nachdem Wolf einen CD-Spieler für die Schwiegereltern angeschafft hatte. Er hörte die Symphonie wieder und wieder. Sie hatten Konrad zum letzten Geburtstag einen Kopfhörer geschenkt, doch er weigerte sich, ihn zu benutzen. Gesa hatte das Gefühl, es machte ihm Spaß, die gesamte Familie zum Mithören zu zwingen.

Sie hängte ihre Jacke an die Garderobe und schnupperte. Von oben, aus ihrer Küche, roch es angebrannt. Sie lief die Treppe hinauf. Wolf und Felix saßen am Küchentisch und aßen. In der Pfanne auf dem Herd rauchte Fett, auf Felix' Teller lag ein angebranntes Spiegelei.

»Mama, wo warst du?«, fragte er.

Gesa trat zu ihm, und er verbarg sein Gesicht in ihrem Schoß. Wolf würdigte Gesa keines Blickes. Sie streichelte Felix' Haar. »Ich musste etwas erledigen. Etwas sehr Dringendes.« Sie schob ihren Sohn ein Stück von sich weg und ging zum Herd. »Seid ihr denn satt? Soll ich noch . . .?«

Wolf richtete sich auf. »Danke sehr, wir haben alles. Felix, iss dein Ei auf.«

»Aber es ist an den Rändern ganz schwarz.«

»Du isst das auf! Nimm dein Messer und leg das Ei auf die Brotscheibe.«

Felix nahm das Ei mit spitzen Fingern hoch, als wolle er es zusammen klappen, aber die glibberige Fläche entglitt ihm und platschte zurück auf den Teller. Ein paar Spritzer Fett landeten auf seinem Sweatshirt und der Tischdecke.

Wolf stand auf, sein Gesicht lief rot an. »Es reicht! Warum nimmst du die Finger? Hast du keine Manieren? Man muss sich für dich schämen!« Er beugte sich zu Felix, dem die Tränen in die Augen schossen. »Los, verschwinde! Geh ins Bett! Sofort. Ich will dich heute nicht mehr sehen!«

Felix stand auf und lief weinend aus dem Zimmer.

Gesa näherte sich der Tür, doch Wolfs wütender Blick hielt sie zurück. »Etwas sehr Dringendes?«, fragte er. »Darf man als Ehemann erfahren, worum es geht? Was könnte dringender sein, als hier im Laden zu helfen? Wo die Leute Schlange stehen? Und Anna allein nicht mehr klar kommt, so dass ich ihr helfen muss, obwohl ich dringend auf dem Lagerplatz gebraucht werde? Was kann dringender sein, als seiner Familie Abendessen zu machen?«

Gesa riss Stücke von der Küchenrolle und rieb das verbrannte Fett aus der Pfanne. Sie warf den zusammengeknüllten Krepp in den Mülleimer. »Konrad brauchte Platz in der Halle. Er wollte die Gebläsespritze rein fahren.«

Auf dem Weg nach Hause hatte sie nicht darüber nachgedacht, wie sie Wolf und Konrad beibringen sollte, dass sie die Graupners um Hilfe gebeten und Rocco ihr gerade mit seinem Jeep alle Säcke voll Zapfen in die Halle der Nachbarn gefahren hatte. Der Zeitpunkt, um Wolf etwas davon zu erzählen, war denkbar schlecht. Wolf war wütend. Gesa musste erst mal Zeit gewinnen.

»Ich bring Felix ins Bett.« Schnell verließ sie die Küche.

Eine Dreiviertelstunde später, nachdem Gesa Felix beruhigt und gründlicher als nötig die Küche aufgeräumt hatte, gab es keinen plausiblen Grund mehr, sich nicht zu Wolf ins Wohnzimmer zu setzen. Er hatte den Fernseher laut gestellt, um Konrads Musik zu übertönen, und es sich mit hoch gelegten Beinen bequem gemacht. Er schien sich beruhigt zu haben, denn als Gesa sich näherte, zog er die Knie an und machte ihr Platz auf dem Sofa. Pauken grollten aus der unteren Etage.

Gesa hob seine Füße auf ihren Schoß und massierte seine Zehen in den warmen und feuchten Socken, knetete seine Fußsohlen, so wie er es am liebsten mochte. Sie war sich nicht sicher, hatte aber das Gefühl, als entspanne er sich.

Im Fernsehen lief ein Wirtschaftsmagazin. Es ging um die Bankenkrise, doch Gesa hörte nicht hin, was der Moderator im hellgrauen Anzug erzählte. Ihre eigene Finanzkrise reichte ihr.

Auch Wolf sah nicht in Richtung des Bildschirms, er musterte sie. Gesa fühlte sich unbehaglich. »Was ist? Warum siehst du mich so an?«

Wolf lächelte höhnisch. »Ich frage mich, wann du mit der Sprache rausrücken willst.«

Gesa hörte auf zu massieren. Hatte er von der Aktion mit den Zapfen Wind bekommen?

»Du hältst mich wohl für blöde. Aber ich habe längst rausbekommen, was du vorhast, Gesa.« Wolf zog seine Füße weg und setzte sich auf. »Ich hab von dem Angebot der Kommune erfahren.«

Eine Sekunde lang spürte Gesa Erleichterung. Es ging nicht um die Zapfen. Wolf interessierte es nicht im Geringsten, wo Gesa sie hingebracht hatte. Es ging um etwas ganz anderes. Etwas, mit dem sie nichts zu tun hatte.

»Was denn für ein Angebot?«, fragte sie mit neutraler Stimme.

»Du hast Konrad überredet, nicht zu verkaufen, weil deine alten Nordmänner dann abgeholzt werden müssen.« Wolfs sah sie böse an. »Ich hab auch zehn Jahre Lebenszeit hier rein gesteckt. Ich will dieses Geld von der Kommune haben. Wenn es sein muss, verhandle ich selbst mit dem Investor.«

Gesa schüttelte den Kopf. »Ich weiß nicht mal, von welchem Angebot du sprichst.«

Wolf sah ihr prüfend in die Augen. Dann atmete er tief ein und nahm Gesas Hand. »Das ist unsere Chance, Gesa. Da kann ich richtig viel Geld rausholen. Wir beide haben schon viel gemeinsam geschafft. Und wir sind doch glücklich zusammen. Lass uns an einem Strang ziehen. Zu zweit können wir Konrad vielleicht überzeugen. Bürgermeister Hünges selbst will sich der Sache annehmen. Und bei dem Gespräch werde ich . . .«

In diesem Moment wurde die Zimmertür aufgerissen. Es war Konrad. Gesa merkte erst jetzt, dass die Bläser und Pauken im Erdgeschoss schon eine Weile schwiegen. Konrad streckte Wolf ein Blatt entgegen. Es war aus dem dünnen, gerollten Fax-Papier.

»Du machst hinter meinem Rücken Termine mit Hünges?«, sagte er mit leiser, gefährlich klingender Stimme.

»Nein, umgekehrt wird ein Schuh daraus! Du versaust uns ein Supergeschäft hinter meinem Rücken!« Wolfs Gesicht war rot geworden. Er stand auf. »Hier kocht jeder sein eigenes Süppchen. Aber das kann ich auch. Besser als du.« Er ging aus dem Zimmer, die Tür knallte zu.

»Et eß Kermes em Dörp!«, höhnte Konrad. »Aber so nicht. Nicht mit mir. Sag das deinem Mann.« Er zerknüllte das Fax in der Faust und warf es auf den Boden. Dann schloss er die Tür, ebenfalls mit einem Knall.

Gesa vergrub ihr Gesicht in den Händen. Es gab nur noch Streit. Wie sollte sie jemals mit Konrad oder Wolf offen reden? Zu wem sollte sie halten? Und was würde geschehen, wenn sie Christine Piskes Artikel über Gesa im ‚Nadel Journal' lesen würden? Oder wissen wollten, wo die Zapfen geblieben waren? Gesa presste die Finger an die Schläfen.

Sie musste ins Bett. Morgen war ein langer Tag. Aber sie war noch viel zu aufgeregt. Außerdem war es besser zu warten, bis Wolf eingeschlafen war.

Gesa saß noch lange auf dem Sofa. Irgendwann hörte sie das leise ‚Klack', mit dem sich die Heizung automatisch abschaltete. Durch die Mauern drang die Kälte der Winternacht herein. Gesa zog die Beine an den Körper und legte eine Wolldecke darüber, trotzdem fror sie. Wolf schnarchte im Nebenzimmer. Auch Konrad und Anna schliefen längst.

Gesa ging ins Bad, ließ Wasser in die Wanne laufen und gab einen Spritzer Schaumbad in den Strahl. Sie hockte sich auf den Rand und sah zu, wie sich ein Berg aus Seifenbläschen auftürmte. Plötzlich erschrak sie. Sie hatte nicht mehr nach Oma und Opa Martini gesehen. Und sie hatte Juliane doch versprochen ...

Ein zaghaftes, inneres Stimmchen schwang sich zu ihrer Verteidigung auf: Sie war den ganzen Tag von einer Aufgabe zur nächsten gehetzt, die Stumpfbeschneidung, der Besuch von Christine Piske, dann die unvorhergesehene Aktion mit den Zapfen und ihre eigene Familie, die schon wütend auf sie gewartet hatte. Nein, schalt sie sich, es gibt keine Entschuldigung. Sie hatte sich stundenlang in der Kultur mit den Bäumen beschäftigt. Für Bäume hatte sie Zeit gehabt. Und für ihre heimlichen Gedanken an Lars.

Sie hätte nach den Martinis sehen müssen.

Die Angst drückte auf ihre Brust. Das Gericht tagte wieder. Solange Gesa sich zurück erinnern konnte, wachte es über sie, sah alles, was sie tat und würde sie für Fehltritte bestrafen. Sie konnte diese Instanz nicht mit Gott gleichsetzen. Gott war gütig und verzieh Sünden, wenn man sie bereute. Das hatte sie als Kind in der Kirche gelernt. Dennoch hatte sie sich nach der Beichte nie erleichtert gefühlt und das Ritual als junge Frau ganz aufgegeben.

Nun war sie erwachsen und allein mit ihren Sünden, allein mit dem himmlischen Gericht, zu dem sie nicht beten konnte wie ein Kind zum Lieben Gott. Sie spürte, dass bereits eine Strafe über sie verhängt war. Die Frage war, wie und wann die Bestrafung ausgeführt werden würde.

Gesa hatte gelernt, ihre Richter gnädiger zu stimmen, in dem sie etwas für andere tat. Zumindest fühlte sie sich dann besser. Konnte sie jetzt noch nach den Martinis sehen? Nein, es war fast Mitternacht, sie schliefen längst. Wenn sie aufwachten, würden sie sich zu Tode erschrecken, wenn jemand auf dem Hof herumschlich. Aber ab sofort würde sie jeden Morgen nach dem Rechten sehen und ihnen ihre Hilfe anbieten.

Sie zog sich aus, stellte den Wasserstrahl ab und stieg in die Wanne. Das Bad war so heiß, dass die Haut juckte und schmerzte, aber sie hielt es aus. Heute Nacht würde sie nicht mehr frieren. Gesa lehnte den Kopf an den Wannenrand. Sie war so müde. Nichts mehr denken, einfach nur entspannen. Die Spiegel des Badezimmerschrankes und die Fensterscheiben beschlugen. Irgendwo im Haus krachten Paukenschläge, Dvoraks Violinen schlugen Kapriolen und drängten durch die kalten Flure bis an ihre Ohren. Das konnte nicht sein! Die Musik war abgestellt, Konrad lag längst im Bett. Im Haus war es still. Es musste still sein. Doch in Gesas Kopf wirbelten Töne.

Sie ließ ihren Körper tiefer gleiten, bis ihr Kopf unter Wasser war und nur noch Mund und Nase zum Atmen herausragten. Das Wasser rauschte und gluckerte um sie herum, aber das waren angenehme Geräusche, ähnlich wie die Stille, nach der sie sich sehnte. Sie wollte sich nicht mehr bewegen, damit das Wasser zur Ruhe kam. Da krachte ein neuer Schlag in ihren Kopf, hallte in ihrem Körper nach. Wieder einer. Es war ihr Herz! In hastigem Rhythmus knallten die Schläge wie Peitschenhiebe, so quälend, dass sie wieder auftauchte.

Die Luft über dem Wasser erschien ihr nun kalt, das nasse Haar klebte an ihrer Stirn. Sie hörte Dvorak. Und wenn sie sich die Ohren zuhielt, vermischte sich das Peitschen und Gluckern und Rauschen aus ihrem Körperinneren mit der Musik. Gesa fühlte sich, als müsse etwas in ihr explodieren. Sie war kurz davor zu schreien.

Sie floh aus der Wanne, trocknete sich halbherzig ab und zog ihren Bademantel über. Ihr Gesicht glühte. Sie schlich die Treppe hinunter in die Küche. Sie nahm eines der scharfen Obstmesser aus der Schublade und spähte ins Wohnzimmer. Hier war nichts als Dunkelheit und Kälte. Die Musikanlage war ausgeschaltet, natürlich. Oben drauf lag, was sie suchte. Sie nahm die CD aus der Hülle und kratzte mit dem Messer quer über die silberne Scheibe. Das Dröhnen und Peitschen in ihr hörte auf. Endlich.

Sie schob die CD zurück. Morgen war ein Tag ohne Dvoraks neunte Symphonie. Doch Gesa spürte, wie die über ihr schwebenden Richter die Strafe heraufsetzten.

4. Dezember

Wolf nahm ein weißes Oberhemd aus dem Schrank. Krawatte oder lieber nicht? Wirkte vielleicht zu steif. Er kombinierte schwarze Hose und graues Jackett. Doch, ein dezenter, dunkelroter Schlips passte gut. Er rasierte sich sehr sorgfältig, verrieb Aftershave auf den Wangen, trat ein letztes Mal vor den Spiegel im Schlafzimmer und betrachtete das Ergebnis. Seriös, sympathisch, Vertrauen erweckend. Ein Mann, mit dem jeder gern Geschäfte macht. Nur seine Nervosität musste er noch in den Griff bekommen, seine Hände zitterten.

Er ging die Treppe hinunter und lauschte an Annas Küchentür. Alles war still. Gesa war zum Lagerplatz gefahren und übernahm für ihn die heutige Warenverteilung. Konrad war nirgends zu sehen. Seit dem Streit gestern Abend hatten sie nicht miteinander gesprochen. Vielleicht wollte Konrad den Termin mit dem Bürgermeister ja ignorieren. Oder er hatte ihn vergessen.

Wolf ging auf den Hofladen zu. Als er sich kurz umwandte, meinte er Annas Kopf im Küchenfenster auftauchen zu sehen. Aber nein, nun fiel es ihm ein: Sie war in der Schule, Felix probte ein Weihnachtsmärchen mit seiner Klasse, und Anna kümmerte sich um die Kostüme. Trotzdem fühlte Wolf sich beobachtet. Er betrat den Hofladen, setzte die Flasche an und ließ den Cognac durch seine Kehle rinnen. Für ein paar Tage allem hier entfliehen. Ins Auto steigen und losfahren, mitten in der Weihnachtssaison. Vielleicht nach Köln. Nach München. Oder weiter, in die Berge. Wolf liebte die Berge. Ein schönes Hotel, in der Sauna schwitzen, ein großes Steak essen, dann aufs Zimmer. Er sah sich nackt auf dem Bett liegen, neben sich eine attraktive Frau. Wen würde er mitnehmen? Anita, die Frau von Max Kuhrau, einem der Schützenkameraden, käme als Kandidatin in Frage. Nicht mehr ganz jung, aber gute Figur. Er traf Anita manchmal im Fitnessstudio. Sie hatte so eine Art, ihn anzusehen. Sie stand auf ihn, das spürte er. Oder die Kleine, die an der Tankstelle in Holzbüttgen aushalf. Jurastudentin aus Düsseldorf, hatte sie ihm erzählt. Anfang zwanzig, langes braunes Haar und Rehaugen. In Wolfs Hose regte sich etwas. Irgendwas musste mal passieren in seinem Leben, er war Vierzig und ein knackiger Kerl. Von früh bis spät arbeiten und ein Eheleben, das an Spannung ungefähr so viel zu bieten hatte wie eine Sitzung des Gemeinderates, das konnte nicht alles sein.

Wolf sah auf die Uhr und erschrak. Der Termin mit Hünges, es wurde Zeit. Er hauchte in seine Hand, roch keinen Alkohol. Er schloss den Hofladen wieder ab, ging dann doch zum Auto, um sich ein Pfefferminzbonbon in den Mund zu schieben. Da waren Stimmen vor dem Haus. Wolf lief durch die Hofeinfahrt zur Vorderfront.

Konrad war ihm zuvor gekommen! Gerade schüttelte

er Bürgermeister Hünges die Hand. Ein zweiter Mann stand neben Hünges, das musste der Sachbearbeiter sein, den Konrad am Telefon beleidigt hatte. Sein Gesichtsausdruck war nicht gerade freundlich. Statt Konrad die Hand zu geben, nickte er ihm nur knapp zu.

»Guten Morgen«, rief Wolf schon aus der Entfernung. Er ignorierte Konrads eisigen Blick. Sein Schwiegervater hatte sich nicht die Mühe gemacht, sich umzuziehen. Er trug wie immer seine speckige Lederweste und die Hose aus braunem Cord, die sich an den Knien ausbeulte.

Wolf kannte Hünges von den Schützenfesten, die der Bürgermeister als Ehrengast besuchte. Im letzten Sommer hatten sie zusammen am Tresen gestanden und ein paar Bierchen gezischt. Wolf als König seines Schützenzuges war schließlich nicht irgendwer.

Nun begrüßten sie sich, und Hünges lächelte herzlich. Das war ein guter Einstieg. Die Wirkung des Cognacs setzte ein, und Wolf fühlte sich fast euphorisch. Es gelang ihm sogar, dem Sachbearbeiter, der sich als Stefan Rohloff vorstellte, einen freundlichen Blick abzuringen. Wolf drückte ihm fest die Hand und sah ihm in die Augen: Keine Sorge, nun bin ich da, Wolf Hendricks, und wir werden das Kind schon schaukeln.

»Konrad, ich schlage vor, wir gehen rauf in unser Wohnzimmer«, sagte er, dann zu den Gästen: »Unten ist es gerade ein wenig eng und ungemütlich, die Erntehelfer essen da mittags.«

Konrad widersprach nicht, was Wolf wiederum als gutes Zeichen wertete.

»Gern«, gab Hünges zurück. Wolf hielt den Besuchern die Tür auf und sie traten ins Haus.

»Ich geh mal vor und zeig Ihnen den Weg.« Wolf war schon auf der Treppe. Nur schnell dem muffigen Geruch hier unten entfliehen. Oben roch es weihnachtlich nach Zimt und Apfel, ein Raumspray, den Gesa gekauft hatte. Die Wohnung war aufgeräumt und geputzt. Das musste man Gesa lassen, sie war eine ordentliche Hausfrau. Wolf öffnete die Tür zum Wohnzimmer und ließ Hünges und Rohloff eintreten. Hünges sah sich um und nickte freundlich.

»Setzen Sie sich doch. Möchten Sie einen Kaffee?«

Hoffentlich lehnen sie ab, dachte Wolf. Keine Sekunde wollte er Konrad mit den beiden allein lassen, wer weiß, welche Geschmacklosigkeiten ihm einfielen. Aber etwas zu Trinken musste man dem Bürgermeister anbieten, alles andere wäre unhöflich gewesen. Konrad schien das alles egal zu sein. Wenn doch Anna da gewesen wäre, dann hätte Wolf ihr die Bewirtung überlassen können.

Rohloff nickte: »Sehr gern, und einen Schuss Milch, wenn Sie haben.«

»Für mich mit Milch und Zucker bitte.« Hünges lächelte.

Verdammt. Wolf lief in die Küche und suchte ein Tablett, zwei Tassen des guten Geschirrs, Milchkännchen und Zuckerdose zusammen. Er hätte sich besser vorbereiten sollen. Nun vertat er wertvolle Zeit. Die Kaffeemaschine brummte, während der Kaffee in die Tassen floss. Keine Chance auch nur ein Wort zu verstehen, was im Nebenzimmer gesprochen wurde.

Wolf schob die Tür mit dem Fuß auf, das Tablett zum Wohnzimmertisch balancierend. Einen halben Satz von Hünges bekam er noch mit: ». . . finanzstarker Investor ist eine große Chance für die Kommune.«

Der Bürgermeister blickte Konrad erwartungsvoll an, doch der verzog keine Miene. Hünges und Rohloff wechselten einen Blick.

Wolf meinte im Gesicht des Bürgermeisters Irritation zu lesen, während in Rohloffs Augen Entrüstung stand. ‚Verstehen Sie nun, was ich meinte?!' schien er sagen zu wollen.

Sie nahmen sich jeder eine Tasse, löffelten, rührten.

»Danke Wolf«, sagte Konrad in einem schneidenden Ton,

der Wolf davon abhielt, sich in den freien Sessel zu setzen. »Ich denke, du musst los.«

»Nein, Gesa ist auf dem Lagerplatz.«

»Um Elf kommt Heinz Gerber vom Baumarkt«, unterbrach ihn Konrad. »Er hatte gestern angerufen und noch zusätzlich fünfzig Blaufichten mit Ballen bestellt. Das hatte ich vergessen euch zu sagen. Schnapp dir zwei der Polen, das können sie in der halben Stunde schaffen, dann kann Gerber die Lieferung komplett mitnehmen.«

Wolf stand wie angewurzelt neben dem Tischchen. »Ich rufe Gesa an, das kann sie regeln. Ich möchte lieber hier bleiben. Schließlich geht es um wichtige Entscheidungen.«

Hünges lächelte wieder höflich. »Ja, es ist schön, dass wir heute in Ruhe darüber sprechen können. Ich möchte mich überzeugen, dass die Grundstückseigner vollkommen zufrieden gestellt werden. Deshalb bin ich bei allen Verhandlungen selbst anwesend. Das Projekt genießt höchste Priorität bei mir.«

»Bei mir nicht«, sagte Konrad. »Wir müssen hier nicht zu zweit hocken, und die Arbeit bleibt liegen. Bis später, Wolf, wir sehen uns beim Mittagessen.«

Wolf spannte sämtliche Muskeln an. Es kostete ihn fast übermenschliche Kräfte, seine Gesichtszüge zu kontrollieren.

Hünges räusperte sich, sah von Konrad zu Wolf, dann auf seine Armbanduhr.

Konrad nickte knapp. »Wir haben alle nicht ewig Zeit.«

Steif wandte sich Wolf den Gästen zu.

Hünges gab ihm die Hand. »Schade, dass Sie nicht bleiben können.«

»Nochmals danke für den Kaffee.« Der Sachbearbeiter deutete eine leichte Verbeugung an.

Wolf verließ den Raum, zerrte die Krawatte vom Hals und schleuderte sie auf den Boden. Er ging ins Schlafzimmer, stoppte vor dem Wandspiegel. Vom Abbild des souveränen Geschäftsmannes war nichts übrig, sein Gesicht glühte vor Wut und Scham, lila Äderchen traten auf der großporigen Haut seiner Nase hervor, sein Kragen stand offen, er hatte mit der Krawatte den obersten Knopf abgerissen. Danke für den Kaffee! Was für eine Demütigung! Wie ein Kellner war er aus dem Raum geschickt worden. Er griff nach dem Spiegel, wollte ihn von der Wand reißen, auf dem Boden zerschlagen. Nein. Ganz ruhig jetzt, ganz ruhig. Wolf setzte sich auf das Bett und beobachtete seine ausgestreckten Hände. Das Zittern hatte wieder begonnen. Der Hofladen. Ein Besuch bis zum Mittagessen, so lautete die Regel, die er sich selbst auferlegt hatte. Nein, heute musste er eine Ausnahme machen, sonst würde er diese Demütigung nicht überleben. Er ging hinunter und genehmigte sich einen tiefen Schluck aus der Flasche, versuchte, an etwas Schönes zu denken, an Anita oder die schlanke Jurastudentin von der Tankstelle, doch er schaffte es nicht, sich abzulenken. Seine Gedanken drehten sich im Kreis. Was geschah dort in seinem Wohnzimmer? Vermasselte Konrad in seiner Blödheit und seinem Starrsinn die Verhandlungen? Wenn Wolf dabei wäre, würde er Wege finden, den Preis für die Flächen hoch zu handeln. Dem Bürgermeister erst mal grünes Licht geben. Und mit dem Investor selbst konnte man sicher noch was drehen. Da war Spielraum nach oben!

Wolf spürte eine neue Welle heißer Wut in sich aufsteigen. Was für eine Chance, die sich da bot! Geld, um den Betrieb zu sanieren, auf neue Füße zu stellen. Investition in den Spargelanbau. Zukunft! Und er saß hier, zum Nichtstun verurteilt. Wolf führte die Flasche zum Mund. Noch einen Schluck. Er setzte sich ein für den Betrieb, er opferte sich auf von früh bis spät, aber das interessierte niemanden. Noch einen Schluck. Und noch einen. Nun war es eh schon egal. Sein Leben war ein Scheißdreck. Kein Spaß, kein Luxus. Nur Frust.

Wie lange saß er schon hier? Er hatte jedes Zeitgefühl verloren. Jedenfalls war die Flasche nun leer.

Er versuchte aufzustehen, prallte aber gegen das Regal mit den Marmeladengläsern. Scheppernd gingen ein paar zu Boden. Die Wände drehten sich um Wolf, trotzdem versuchte er, Scherben und Marmelade mit den Fingern zusammenzukratzen. Ein Schmerz durchzuckte ihn. Ein Glassplitter steckte in seinem Handballen, Blut tropfte auf den Boden. Oder war das Himbeersaft? Wolf wankte zur Tür. Er durfte sich nichts anmerken lassen. Einfach so tun, als sei alles normal. Ins Auto steigen, zum Lagerplatz fahren. Gerber wollte kommen. Fünfzig Blaufichten mit Ballen. Um Elf, hatte Konrad gesagt. Wie spät war es wohl? Wolf hob den Arm. Sein Handgelenk war nackt. Wo war nur seine Uhr geblieben? Er blickte in den Himmel. Nach dem Stand der Sonne war es noch früh. Es war alles zu schaffen. Ja, das war gut, dass sie die Blaufichten loswurden. Wären doch alle Fichten und Tannen schon weg. Alle Bäume. Er konnte keine Bäume mehr sehen.

Wolf stieg in den Wagen, startete den Motor und steuerte auf das Hoftor zu, doch die Umrisse der Öffnung verschwammen, die Mauern verdoppelten sich. Er bremste. Nein, so hatte es keinen Sinn. So kam er nicht durch das verdammte Tor. Draußen gingen zwei Männer vorbei. Hünges und Rohloff! Also war das Gespräch mit Konrad beendet. Sie unterhielten sich, bemerkten ihn in seinem Wagen nicht. Die beiden sahen nicht glücklich aus. Hünges schüttelte immer wieder den Kopf. Rohloff gestikulierte mit müden, resignierten Bewegungen.

Konrad hat sie weggeschickt, durchfuhr es Wolf. Er fühlte sich schlagartig nüchtern. Kein Geschäft, kein Geld. Es war schief gegangen. Es war wahrhaftig schief gegangen.

2. Teil

16. Dezember

Jemand hatte Gesa ein kleines Tier in den Arm gelegt. War es ein Hamster? Ein Vögelchen? Es fühlte sich ganz weich an. Und so zerbrechlich, dass sie die Knöchelchen unter dem Fell oder Federkleid spüren konnte. Das hilflose Wesen fror und hatte Hunger. Gesa wärmte es an ihrem Herzen und suchte nach Futter. Aber was sollte sie ihm geben? Sie wusste nicht einmal, um welche Art Tier es sich handelte. Die Verantwortung lastete auf ihr. Das Tierchen wurde immer schwächer. Es würde sterben, wenn Gesa sich nicht kümmerte. Sie irrte umher, verlor wertvolle Zeit. Und dann griffen ihre Hände ins Leere: Das Tier war verschwunden. Gesa hatte es verloren, sie hatte nicht gut genug aufgepasst! Panik ergriff sie, während sie den Weg zurück rannte, so schnell sie konnte. Sie suchte und suchte ... nichts ... das kleine Wesen war fort.

Gesa schrak hoch und setzte sich im Bett auf. Ihr Nachthemd klebte an ihrem Rücken, sie war nass geschwitzt. Sie sah auf den Wecker, es war zehn Minuten vor der eingestellten Zeit.

Sie hasste diesen Traum. Immer und immer wieder suchte er sie heim. Sie erwachte jedes Mal an der gleichen Stelle, hilflos, machtlos, voller Schuldgefühle.

Ihr Vater war tot. Der Gedanke legte sich wie ein Grauschleier über jeden Tag. Sie stand auf und ging ins Bad. Ob der Schmerz irgendwann nachlassen würde? Und das Gefühl der Schuld? An seinem letzten Abend war Konrad im Streit gegangen. ‚Et eß Kermes em Dörp!» Seine letzten Worte zu ihr, zynisch und wütend. Sie hörte das Ratschen des Messers auf Konrads CD. Am letzten Tag seines Lebens hatte er seine Lieblingsmusik nicht mehr hören können. Gesa wusste nicht mal, ob er die Zerstörung bemerkt hatte. Er hatte nicht mit ihr gesprochen.

Sie versuchte, sich auf die Aufgaben zu konzentrieren, die heute anstanden. Ein Einkauf bei der Metro, am Lagerplatz Bäume in Netze verpacken, Mittagessen kochen, nachmittags im Hofladen bedienen.

Felix tapste an ihr vorbei zur Toilette, die Haare verstrubbelt, den ruhigen, tiefen Kinderschlaf noch in den Augen. Gesa nahm ihn in den Arm, spürte seine Wärme. Er schmiegte sich an sie. »Mama? Darf ich heute meine Lego-Figuren mit in die Schule nehmen?«

»Ach Schatz, lieber nicht. Die lenken euch nur vom Unterricht ab. Und außerdem könnten sie geklaut werden, und dann bist du traurig.«

»Bitte, Mama, bitte, bitte, bitte.«

Gesa seufzte. »Ich weiß nicht . . .«

Seit dem Tod ihres Vaters schaffte sie es nicht mehr, streng zu sein. Sie ließ Felix das Meiste durchgehen, konnte sich nicht gegen den geringsten Widerstand durchsetzen. Felix las die Unentschlossenheit in ihren Augen und stürmte mit einem Jauchzer aus dem Bad.

Gesa sah in den Spiegel. Dunkle Schatten unter den Augen, ihr Haar hing trotz der neuen Frisur strähnig herab. Sie ließ kaltes Wasser in die Hände laufen und tauchte ihr Gesicht hinein. Wieder und wieder, bis die Bilder des Traums fortgespült waren.

Wolf saß in der Küche und trank Kaffee. Seit sie die Maschine gekauft hatten, bei der er nur auf einen Knopf drücken musste, verpflegte er sich morgens selbst.

Er sah auf die Uhr und stand auf. »Bis später dann.« Er kam zu ihr und gab ihr einen Abschiedskuss. Das war schon lange nicht mehr vorgekommen. Gesa räumte seine Tasse in die Spülmaschine, während sie ihn die Treppe herunter laufen hörte.

Unten an der Hoftür hing der Arbeitsplan für alle, den Wolf täglich auf dem Computer schrieb und abends ausdruckte. Wenn er weg war, würde sie nachsehen, was Wolf heute zu tun hatte.

Sie hoffte, dass er gleich auf den Lagerplatz fahren würde. Denn sie wollte in die Kultur hinter dem Haus gehen und sich die zerstörten Tannen ohne die Spitzen genauer ansehen. Es war eine mühsame Arbeit, die ihr bevorstand. Wenn die jungen Triebe im Frühsommer wuchsen, musste sie jede einzelne Tanne prüfen, ob es einen geeigneten Seitentrieb gab, den sie hochbinden konnte. Mit etwas Glück bildete sich dann in ein bis zwei Jahren eine neue Spitze aus, und man konnte die Tanne, wenn auch nur als B-Qualität, verkaufen.

»Gesa!«

Gesa zuckte zusammen. Wolf klang wütend. Sie trat zur Treppe und sah hinunter. Wolf stand unten im Flur und hielt eine grün-weiße Zeitschrift in der Hand. Die neue Ausgabe des ‚Nadel Journals'. »Kannst du mir das hier erklären?«

»Was denn?« Gesa wusste, was nun kam.

»Wie kommt dieser Artikel hier rein?«

Gesa lief die Treppe herunter und nahm das Heft entgegen. Christine Piske hatte ihre Ankündigung wahr gemacht. ‚Innovation in Sachen Nordmann' lautete der Titel auf dem Cover. Der Artikel stand weit vorne im Heft. ‚Gesa Hendricks aus dem Kreis Neuss beerntet über dreißig Jahre alte Auslesebäume. An den Nordmanntannen aus der Herkunft Borshomi in Georgien reifen Zapfen mit Qualitätssamen . . .'

»Hast du ein Interview gegeben?«

Gesa konnte Wolf nicht ansehen. Das war alles viel zu schnell gegangen. Sie hatte mit Konrad und Wolf sprechen wollen, sie darauf vorbereiten wollen, dass der Artikel erscheinen würde. Aber sie hatte nichts gesagt. Nun war Konrad tot. Und weiter hatte sie die Zeit nutzlos verstreichen lassen. Bis es zu spät war, um mit Wolf zu reden. Christine Piske hatte Tatsachen geschaffen. Wie sie es angekündigt hatte.

»Ich habe nur . . .« Gesa suchte nach Worten. »Ich habe mit der Journalistin gesprochen. Aber ich wollte nicht, dass sie darüber berichtet. Ich wusste ja nicht . . .«

Wolf drehte sich um und verschwand auf den Hof. Die Tür knallte er zu.

Eine Viertelstunde später schickte Gesa Felix los zum Schulbus. Wie immer sah sie ihm aus dem Wohnzimmerfenster nach. Heute verschwand sein bunter Schulranzen nach wenigen Metern in dichtem Nebel.

Um halb Zehn wollte Gesa mit Anna zur Metro nach Düsseldorf fahren. Noch knapp zwei Stunden blieben ihr. Sie verschob ihren Plan, die zerstörte Tannenkultur anzuschauen. Nicht noch mehr Ärger mit Wolf riskieren. Sie zog einen von Annas Kitteln über Jeans und T-Shirt. Es war ein grauer Fetzen mit Blümchenmuster, in dem sie sich hässlich fühlte. Sie ließ heißes Wasser in einen Eimer laufen, gab Allzweckreiniger dazu und hängte die Küchenstühle mit der Sitzfläche über den Tisch. Als sie den Feudel aus dem Geräteschrank nahm, um den Boden zu wischen, hörte sie ein Auto auf den Hof fahren. Ein dunkelroter Golf mit Düsseldorfer Kennzeichen. Wer konnte das so früh sein? Ein schlanker Mann mit Hut und langem grauen Mantel stieg aus, das Gesicht zuerst von weißen Atemwolken verhüllt, dann erkannte sie ihn: Es war Lars. Wo waren sein Polizeiwagen und seine Uniform? Oder war er gar nicht dienstlich hier?

Gesa riss sich den Kittel vom Leib und lief die Treppe hinunter. Als sie die Hoftür öffnete, stand er schon davor, die Hand erhoben, um zu klopfen.

»Oh! Du bist aber schnell«, sagte er.

»Ich hatte den Wagen gehört.«

Sie lächelten beide, dann sah Lars zu Boden. »Ich habe erfahren, was mit deinem Vater passiert ist. Mein Beileid, Gesa.«

»Danke.«

»Wie geht es dir denn?«

»Es geht schon. Ehrlich gesagt komme ich kaum zum Nachdenken.«

»Du siehst so verändert aus.«

»Das liegt an der neuen Frisur. Die hab ich schon etwas länger.«

»Gefällt mir sehr.«

»Oh danke.« Gesa lächelte verlegen. Die Kälte biss in ihre Haut, sie rieb sich über die nackten Arme. »Willst du reinkommen?«

»Ja, gern. Wo sind denn alle?«

»Felix ist schon los zur Schule, und Wolf wollte zum Lagerplatz.« Wo Anna steckte, wusste Gesa nicht. Hoffentlich weit weg.

In der Küche stellte Gesa einen Stuhl zurück auf den Boden. Aber dadurch wirkte es auch nicht gemütlicher. Also nahm sie alle Stühle wieder herunter. Lars half ihr.

»Setz dich doch.«

Er blieb stehen und drehte den Hut in der Hand.

Gesa musste ihn die ganze Zeit ansehen. Er wirkte selbst so verändert in diesem eleganten Mantel, so mondän. Der Stoff schimmerte weich im Schein der Tischlampe.

»Ich habe gehört, es war Brandstiftung«, sagte Lars. »Wer zündet denn diese alten Tannen an? Und warum? Und wieso war dein Vater da draußen? Mitten in der Nacht?«

»Du stellst die gleichen Fragen wie die Kommissare. Ich weiß es doch auch nicht.« Gesa wischte ein paar Krümel vom Tisch.

»Ich hab schon vor über einer Woche von Konrads Tod gehört. Ich wollte nach dir sehen.«

Gesa sah ihn an.

»Aber ich hatte Angst herzukommen.«

»Warum?«

»Nun, wo Konrad tot ist . . . Ich weiß nicht, ob es dir auch so geht, aber ich musste an früher denken. Als wir uns getrennt haben. Ich habe mich oft gefragt, ob das die richtige Entscheidung war.« Lars wandte sich ab und sah aus dem Fenster. »Nein, das stimmt nicht. Für mich war es nicht die richtige Entscheidung. Aber für dich? Ich stelle mir immer wieder die gleiche Frage: Hast du mich verlassen, weil Konrad es wollte oder hast du mich wirklich nicht geliebt?«

Gesa setzte sich. Sie meinte etwas im Raum zu spüren, es war ein Gefühl, als sei noch jemand da und beobachtete sie beide. Sie fror auf einmal.

»Ich hab deine Frau gesehen«, sagte sie. »In Büttgen in einem Geschäft, es war ein merkwürdiger Zufall.«

Lars' Finger spielten mit der Hutkrempe. »Wir leben getrennt. Seit ein paar Monaten.«

»Ah.« Getrennt, bevor Lars und sie sich wieder begegnet waren. Gesa spürte Erleichterung. Sie konnte nicht der Auslöser gewesen sein. Und wenn sie Lars nun sagte, dass sie auch an früher gedacht hatte? Sich ein Leben an seiner Seite vorgestellt, erträumt hatte? Was würde passieren, wenn sie das sagte? Sie würde etwas in Gang setzen, das sie nicht kontrollieren konnte.

Sie dachte an Wolfs Worte. ‚Lass uns an einem Strang ziehen, Gesa. Wir beide haben schon viel gemeinsam geschafft. Und wir sind doch glücklich zusammen.' Er hatte so zuversichtlich geklungen. So sicher. War das ihr Weg? Ihre eigenen Pläne musste sie aufgeben, sich Wolf unterordnen, aber dafür gab er ihr Sicherheit.

Nur der Zeiger der Küchenuhr bewegte sich noch, sein Ticken schlug die Zeit in Stücke. Die Trümmer türmten sich zu einer unsichtbaren Wand zwischen ihnen auf.

Als Lars sich räusperte, fuhr Gesa zusammen.

»Die Soko ‚Tannenspitze' wird aufgelöst. Das wollte ich dir persönlich sagen. Wir konnten diejenigen, die eure

Tannen zerstört haben, nicht ermitteln. Aber der Fall ist damit nicht abgeschlossen. Vor allem nach dem, was nun mit deinem Vater geschehen ist.«

Lars legte seine Hand auf ihre Schulter. Gesa nahm nichts anderes mehr wahr als diese Berührung. Sie spannte alle Glieder an. Bildete sie es sich ein, oder bewegten sich Lars' Finger? Streichelten sie ihren Hals? Spielten sie nun sanft mit ihrem Haar? Gesa saß bewegungslos, es gelang ihr kaum zu atmen.

Jetzt hatte sie Angst. Konrad war da. Er konnte sie beide sehen.

»Gesa? Was ist denn los?« Lars suchte ihren Blick.

»Nichts«, sagte sie schroff.

»Du wirkst so abwesend.«

»Nein, es ist alles in Ordnung.«

Er ließ die Hand sinken, langsam und zögernd.

»Na gut . . .« Ein Ruck ging durch seinen Körper, als habe er eine Entscheidung getroffen. »Ich muss los . . . Wenn dir noch irgendetwas auffallen sollte, kannst du jederzeit . . . Hast du meine Karte?«

Gesa schüttelte den Kopf. »Aber Wolf hat eine.«

Lars reichte ihr ein bedrucktes Kärtchen. »Die Handynummer steht drauf. Wenn irgendwas ist . . . du weißt schon.«

Er ging zur Tür. Gesa brachte ihn bis zum Wagen. Sie zitterte nun am ganzen Körper. Die Kälte. Nur die Kälte.

Sie wusste plötzlich, sie würde ihn nicht wieder sehen. Er würde nun einsteigen und wegfahren. Und das war das Ende.

»Ich muss rüber zu den Nachbarn, nachsehen ob alles in Ordnung ist«, sagte sie schnell. »Sie sind schon älter. Sie kommen mit dem Hof nicht mehr klar.«

Lars sah sie aufmerksam an. In seinem Gesicht war nicht die kleinste Regung erkennbar. »Wenn du willst, komm ich kurz mit.«

Gesa nickte. Schweigend standen sie voreinander.

Gesa hörte den Motor eines Traktors, ganz in der Nähe, hinter dem Haus. War das Wolf? Aber dort lag nur die Tannenkultur mit den abgeschnittenen Spitzen. Ihr kam ein furchtbarer Verdacht.

»Warte, ich bin sofort zurück.«

Sie lief durch die Hofeinfahrt, um das Anwesen herum. Über den Feldweg näherte sie sich ihren Tannen. Der Nebel war immer noch dicht. In das gleichmäßige Dröhnen des Motors mischte sich immer wieder ein kurzes Surren: das Erntegeräusch. Doch da gab es nichts zu ernten, nur zu fällen. Wolf zerstörte ihre Tannen!

Konrad war tot. Wolf musste niemanden mehr um Erlaubnis fragen. Er ging seinen Weg. Und Gesa konnte mitgehen, wenn sie wollte.

Auf einmal hatte sie das Gefühl, in dem Nebel zu ersticken. Sie drehte sich um und lief zurück zu Lars.

Wolf thronte knapp zwei Meter hoch auf seinem Portaltraktor. Ab und zu kontrollierte er mit einem kurzen Blick den Feldweg zum Hof. Nicht, dass Gesa es wagen würde, ihn an seinem Vorhaben zu hindern. Aber trotzdem war er über die schlechten Sichtverhältnisse ganz froh.

Das Fällen der Tannen ging gut voran, er fuhr mit acht Stundenkilometern. Seitlich surrte die messerscharfe, gezackte Stahlscheibe, durchschnitt die Stämme wie ein Stück Butter, und die Bäume kippten zur Seite weg.

Tatsachen schaffen, das war notwendig. Wie er Gesa kannte, fing sie sonst noch an, jeden Baum einzeln zu betüddeln und Seitentriebe hochzubinden.

Es tat gut, etwas zu zerstören. Seine Laune besserte sich schon. Trotzdem saß ihm der Ärger noch im Magen. Gesa geriet außer Kontrolle. Dieses Interview. Was war nur los mit ihr? Früher hätte sie sich nie, niemals, getraut, über seinen Kopf hinweg eigene Pläne zu schmieden.

Wolf sah nur wenige Meter weit. Der Nebel hockte wie eingeklemmt zwischen dem benachbarten Waldstück und der Blaufichtenkultur auf der anderen Seite. Kein Windhauch bewegte die weißen Schwaden.

Eine Silhouette tauchte neben der nächsten Tanne auf wie eine Geistererscheinung. Wolf kniff die Augen zusammen. War das der Umriss eines Menschen? Direkt vor seinem Traktor, zwischen den Tannen, stand ein Mann. Wolf riss den Steuerknüppel in den Leerlauf, bremste. Die Maschine stand still.

Wolf sprang vom Führerstand. »Sind Sie wahnsinnig?«, rief er. »Ich hätte Sie fast erwischt!«

Der Mann hatte kurzes schwarzes Haar, sah ausländisch aus. Er trug einen Anzug, darüber offen eine Steppjacke. Statt einer Antwort packte er Wolf am Kragen. Wolf musste feststellen, dass der Kerl mindestens so groß und kräftig war wie er selbst.

»Was wollen Sie von mir?« Wolf griff nach dem Handgelenk des Mannes, doch dessen Finger umschlossen seine Jacke wie Eisenklammern.

Plötzlich ließ der Mann los und stieß Wolf zurück. »Vergessen Sie Ihren Plan mit den Samen.«

»Was?!«

»Borshomi. Diese Herkunft gehört uns.«

Der Fremde sprach mit einem osteuropäischen Akzent, vielleicht war er Pole? Nein, das klang anders. Ein Russe? Oder ... Wolf begriff. Der Typ sprach von der Gegend im Kaukasus, in der Konrad früher Tannenzapfen gepflückt hatte. Borshomi. Der Fremde war also Georgier. Und er war der Meinung, dass die Borshomi-Zapfen ihm gehörten.

Wolf musterte den Fremden. Das war eine interessante Wendung des Schicksals. Wenn Wolf ihm die Zapfen aushändigte, schuf sich Wolf ein Riesenproblem vom Hals. Gesa konnte ihre Pläne, die Baumschule auszubauen, vergessen. Und Wolf musste sich nicht mit ihr über die Flächen streiten, die er für den Spargelanbau nutzen wollte. Andererseits waren die geernteten Zapfen wertvoll. Gesa konnte sie verkaufen. Dieses Geld wollte sich Wolf nun auch nicht entgehen lassen.

»Wer sind Sie überhaupt?«, fragte er. »Wie kommen Sie auf die Idee, ich würde Ihnen unsere Zapfen aushändigen?«

Der Georgier ballte die Hände. »Guram Tsiklauri. Ihr Vater kennt mich. Fragen Sie ihn nach dem Sohn von Lewan.«

»Mein Vater? Meinen Sie Konrad Verhoeven. Das ist mein . . .« Er kam nicht dazu, den Satz zu beenden.

»Ich will ihn sehen!«

»Das geht nicht!«

Bevor Wolf mehr erklären konnte, war der Georgier bei ihm und schlug ihm in den Magen. Wolf stöhnte und krümmte sich zusammen. Er hatte es mit einem hochgradig nervösen Mann zu tun. Ging es hier um Geld, um ein Geschäft mit Nordmanntannensamen? Wolf kam es vielmehr so vor, als habe der Georgier eine persönliche Rechnung zu begleichen. Solange Wolf nicht wusste, was dahinter steckte, war der andere schwer einzuschätzen. Der Georgier war eine Gefahr.

Wolf richtete sich langsam auf. Für die Kröten, die sich mit den Nordmannsamen verdienen ließen, würde er sich nicht verprügeln lassen. Dann lieber einen sauberen Schnitt. Er würde die Zapfen abgeben. Mit vor Schmerz verzogenem Gesicht sagte Wolf: »Verdammt, du kannst deine Scheißzapfen haben.«

Innerlich frohlockte er. Das war wirklich eine elegante Lösung.

Gesa und Lars gingen hinüber zum Nachbarhof. Es konnte nur Einbildung sein, aber Gesa erschien es im Hof der Martinis noch einige Grade kälter als auf der Straße.

Seit gestern hatte sich hier nichts verändert, nur eine Schicht Raureif bedeckte nun wie eine glitzernde Decke das Chaos. Gesas Blick wanderte zu den Fenstern im Wohnhaus. Nirgendwo Licht, die Vorhänge des Schlafzimmers waren zugezogen. Es war fast unwirklich still. Nur ganz leise drang das Motorengeräusch von Wolfs Portaltraktor durch die Hofmauern.

»Sie schlafen noch«, flüsterte Gesa. »Am besten, wir gehen wieder.« Lars deutete ein Nicken an.

Ein jämmerlicher Schrei zerriss die Stille. Er klang wie von einem Baby und doch ganz und gar unmenschlich. Der Laut war aus der Scheune gekommen. Oben vom Heuboden? Gesa kroch eine Gänsehaut den Rücken hinauf.

Lars runzelte die Stirn und lief an der verrosteten Heurutsche vorbei in die dunkle Öffnung des Scheunentors. Er stolperte über ein am Boden liegendes Fahrrad, fluchte und rieb sich die Fessel. Gesa folgte ihm. Langsam gewöhnten sich ihre Augen an das Dunkel. Schemenhaft tauchten Gegenstände auf. Die Leiter, die auf den Heuboden führte, in der Ecke weitere Fahrräder, aneinander gelehnt.

Wieder drang ein von Schmerz erfüllter Laut zu ihnen, hohl und gespenstisch.

»Was ist denn das? Eine Katze?«, fragte Lars und stieg auch schon die Leiter hinauf. Er verschwand zwischen Heuballen. Gesa fürchtete sich, allein zu bleiben. Wie albern. Schon als Kind war sie hier herum geklettert. Damals kannte sie keine Angst vor bösen Geistern, die auf sie lauerten. Damals war alles so klar und überschaubar gewesen. Wenn sie zu spät zum Abendessen kam, oder eine schlechte Note in der Schule bekommen hatte, setzte es eine Ohrfeige von Konrad. Davor hatte sie sich gefürchtet. Wie gern hätte sie dieses schlichte Gefühl getauscht mit dem, was sie heute als erwachsene Frau empfand: eine diffuse Bedrohung, die Ahnung, alles falsch zu machen in ihrem Leben.

Mit beiden Händen die Sprossen umklammernd, stieg sie auf den Heuboden. Hier oben war es ein wenig heller, durch die offene Fensterluke fiel Licht. Gesa spähte hinaus, sah auf die Eingangsfront ihres eigenen Hofes hinab. Die braune Haustür mit Kassettenmuster, die sie so hässlich fand. Konrad hatte sie auch tagsüber abgeschlossen. Gesa hatte nie verstanden, warum. Die Tür im Hof war immer offen, und jeder Fremde konnte sich Zutritt verschaffen, wenn er es wollte.

Im Vorgarten standen die Buchsbäume Spalier. Im März kamen die Krokusse dazu, im April die Tulpen, geordnet nach Sorten und Farben, Blumensoldaten in Reih und Glied, so wie es Konrad gefallen hatte.

Gesa sah sich nach Lars um. Er war in die Hocke gegangen und tastete mit den Händen zwischen den Ballen herum. »Gesa. Hier liegt eine Decke.«

Sie trat näher. In einer Vertiefung im Heu war eine grobe Pferdedecke ausgebreitet. An einem Ballen lehnte eine Flasche.

Lars hielt sie nah an die Augen. »Das Etikett sieht russisch aus. Was hat das zu bedeuten?«

Gesa blickte zum Fenster. Kälte kroch ihren Rücken hinauf. War jemand hier oben gewesen, um ihr Haus zu beobachten? Nein, der Gedanke war absurd. Wer sollte das tun und warum?

Ein Schatten bewegte sich flink auf sie zu. Gesa erschrak. Es war eine Katze. Ihre Augen glitzerten grün und gierig. Sie war trächtig, gleichzeitig abgemagert bis auf die Knochen. Sie stieß einen durchdringenden Klagelaut aus.

»Tja, nun wissen wir wenigstens, wer hier so weint«, sagte Lars fast zärtlich. Er ging in die Hocke und streckte die Hand nach der Katze aus. Sie strich an seinem Hosenbein entlang und ließ sich am Kopf kraulen. »Armes kleines Vieh.“

Gesa stand ganz still und sah ihn an. Lars wandte den Kopf, und ihre Blicke begegneten sich. Er richtete sich auf.

Die Katze reckte den Kopf nach seiner Hand, dann fauchte sie in Gesas Richtung.

Lars zog Gesa an sich. Sie standen eng umschlungen. Lars beugte den Kopf zu ihr, und wie früher ging Gesa auf die Zehenspitzen, bis ihre Lippen sich fanden. Der Kuss war zärtlich, behutsam. Lars' Finger tasteten, öffneten ihren Mantel, schlüpften darunter, dann unter ihren Pullover, tanzten auf ihrem Rücken, auf ihrer Taille und ihren Brüsten wie leichtfüßige Ballerinas. Gesa streichelte über die seidige Wolle seines Mantels, weit außen, noch Welten entfernt von Lars' Haut. Sie spürte Augen um sich herum, den grünen Blick der Katze und noch andere, kalte, graue Augen, die hinter den Heuballen lauerten.

Lars hielt inne, sah ihr ins Gesicht. Gesa schloss die Augen. Wieder ein Kuss. Vorsichtiges Abstreifen ihres Mantels. Jede Bewegung war wie eine Frage. Gesa sehnte sich für einen Moment nach Wolf. Er packte zu, nahm sich gierig, was er brauchte. Gesa wollte nichts selbst entscheiden müssen. Sie wollte mitgerissen werden wie in einem Strom.

Lars zog sich aus, ließ den Mantel, Pullover und Hemd neben sich fallen. Gesa küsste seinen nackten Oberkörper.

»Komm her«, flüsterte er und zog Gesa hinunter auf die Pferdedecke. Er kniete sich über sie, entkleidete sie bis zur Taille, beugte sich zu ihr und bedeckte ihre Brüste mit Küssen. Gesa hielt die Augen geschlossen, doch hinter dem Dunkel ihrer Lider spürte sie die Präsenz der fremden Augen, ein weißes, böses Glitzern der Iris.

Lars öffnete Gesas Jeans. Gesa atmete schneller und alle ihre Sinne richteten sich auf seine Berührungen. Lars flüsterte etwas in ihr Ohr, das sie nicht verstand. Sie schlang die Arme um ihn und zog ihn zu sich heran, spürte sein Gewicht auf ihrem Körper, seine Erregung. Das Heulen des Martinshorns nahm Gesa erst wahr, als Lars mit beiden Händen ihre Schultern umfasste. Er hob den Kopf, angespannt lauschend. Gesa hatte vergessen, wo sie sich befand, nun trat die Umgebung deutlich hervor: Wände aus Heu, Spinnweben unter den Deckenbalken. Die Wolldecke kratzte an ihrem Rücken.

Motorgeräusche wurden lauter, das Martinshorn schwoll an und erstarb plötzlich. Fahrzeuge bogen in den Hof ein. Lars' Gesicht war blass. Er stand auf, suchte seine Sachen zusammen und zog sich an. Gesa fand ihre Hose, ihr T-Shirt, streifte beides über.

Sie hörte Männerstimmen, die knappe Anweisungen gaben, dann rief eine Frau. »Machen Sie schnell!« Das war Juliane!

Was war passiert? Wieso war Juliane da?

»Was ist da los?«, flüsterte Lars.

»Ich weiß nicht.« Gesa zog ihre Stickjacke an, ordnete ihr Haar.

Lars blickte um sich. Er griff nach der Decke. In diesem Moment erfasste der Schein einer Taschenlampe sein Gesicht.

»Halt! Keine Bewegung!« Kopf und Schultern eines uniformierten Polizisten tauchten in der Luke auf. »Wer sind Sie?«

»Polizei. Lars Schäffer, Regionalkommissariat Kaarst. Das ist eine Nachbarin, Gesa Hendricks. Sie wollte nach den Bewohnern des Hofes sehen und hat mich gebeten, mitzugehen. Wir haben hier oben Geräusche gehört. Schreie. Es war aber nur eine trächtige Katze.«

Der Polizist sah Lars überrascht an. »Da drüben im Wohntrakt liegt ein Toter.«

Gesa wusste nicht mehr, wie sie die Leiter herunter gekommen war. Als sie die Scheune verlassen wollte, startete ein Rettungswagen und fuhr davon. Ein Polizeiauto stand im Hof, und ein Leichenwagen mit Neusser Kennzeichen rollte langsam rückwärts auf sie zu.

Gesa suchte an der Scheunenwand Halt. Ein Sarg wurde aus dem Haus getragen und in den schwarzen Kombi geschoben. Er fuhr ab. Lars war nirgendwo zu sehen. Gesa hörte jemanden im Wohnhaus schluchzen. Gesa setzte einen Fuß vor den anderen. Sie fühlte sich, als hinge sie an Fäden, die von einem unsichtbaren Marionettenspieler geführt wurden. Sie ging ins Haus. In der Küche saß Juliane. Als sie Gesa sah, sprang sie auf. »Gesa!«

Gesa nahm sie in den Arm. »Ich wollte nach den beiden sehen«, stammelte Gesa. »Was ist denn passiert?«

Juliane antwortete mit erstickter Stimme. »Papa hat sich erschossen. Mit seinem Jagdgewehr. Und Mama hat eine Überdosis Schlaftabletten genommen.« Sie weinte an Gesas Schulter. Ihr Körper bebte.

Gesa drückte Juliane an sich. »Wird sie . . . Ist sie in Lebensgefahr?«

»Der Notarzt sagt, sie könne es überleben. Ich muss zu ihr ins Krankenhaus. Aber ich darf nicht fahren. Sie haben mir ein Beruhigungsmittel gegeben.«

»Ich fahre dich hin«, sagte Gesa. »Komm, wir gehen zu meinem Wagen.«

»Warte einen Sekunde.« Juliane sank auf einen Stuhl.

Gesa warf einen Blick aus dem Fenster. Lars stand nun im Hof, den Hut in die Stirn gezogen, sprach mit den Polizeibeamten und rauchte.

Noch ein Pkw bog in den Hof ein, ein Mann und eine Frau stiegen aus. Gesa erkannte die Kommissare, die den Tod ihres Vaters untersuchten, sie hatte ihre Namen vergessen. Der blonde, breitschultrige und die rothaarige, die einen halben Kopf größer war als er und gar nicht aussah wie eine Polizistin, eher so, wie sich Gesa die Chefin einer Modefirma vorgestellt hätte. Sie gingen auf Lars zu und fragten ihn etwas. Die zwei Uniformierten tippten mit den Fingern an ihre Mützen und setzten sich in den Streifenwagen.

Gesa sah, wie sich Lars' Lippen bewegten. Die Lippen, die sie vor wenigen Minuten noch geküsst hatten. Er sah so fremd aus. Ein großer, eleganter Mann, ein Bein lässig vorgeschoben, eine Hand in der Manteltasche vergraben.

Mit der anderen führte er die Zigarette, zwischen Zeigefinger und Daumen geklemmt, zum Mund, nahm einen Zug und ließ sie dem blonden Kommissar vor die Füße fallen. Der betrachtete den Stummel, dann zertrat er ihn.

Sechs Stunden später schaltete Zagrosek die Deckenlampe im Büro ein. Es war den ganzen Tag nicht richtig hell geworden. Eine milchige Mittagsonne war im Nebel vorbei getrieben und früh von der Dämmerung verschluckt worden. Gerade erst waren sie vom Hof der Martinis zurückgekehrt.

Wiebke Blessing holte eine Frischhaltebox aus ihrer Tasche. Apfel- und Mandarinenspalten.

»Möchtest du?« Sie hielt sie Zagrosek hin.

»Hm-hm. Gerne.« Er griff zu, merkte erst jetzt, wie hungrig er war.

Blessing holte ihr Handy heraus und kontrollierte das Display. Sie legte es vor sich auf den Tisch. »Zuerst die abgeschlagenen Baumspitzen. Vier Wochen später verbrennt Konrad Verhoeven. Wieder zwei Wochen später stirbt der Nachbar.«

»Suizid.«

»Trotzdem,« meinte Blessing. »Was ist da los in diesem Herkenbroich?«

Maxi kam herein und stellte einen riesigen Pappteller mit Weihnachtsplätzchen auf den Schreibtisch. »Mit Grüßen von Dagmar Kleinschmidt. Selbst gebacken. Sind aber für uns alle. Nehmt euch, was ihr braucht.«

»Hast du vielleicht einen Kaffee dazu?«, fragte Zagrosek.

»Weil ihr es seid.« Maxi schnappte sich ein Spritzgebäck in Pistolenform und ging kauend hinaus.

»Wir hatten mal einen ähnlichen Fall. Vor zwei Jahren in Gerresheim«, meinte Zagrosek, während er sich Spekulatius vom Teller nahm. »Ältere Leute. Sie hat Krebs gehabt, er hat sie gepflegt. Sie hat Tabletten genommen, er hat sie und dann sich selbst erschossen.«

»Du meinst, auch die Martinis wollten gemeinsam Schluss machen?«

»Vielleicht.«

»Und er hat es nicht über sich gebracht, bei ihr abzudrücken?«

»Die Auffindesituation spricht dafür«, meinte Zagrosek. »Die Waffe lag rechts neben ihm, nur bei ihm waren Schmauchspuren. An der rechten Hand. Gisela Martini kann ihn nicht erschossen haben. Wenn nicht noch eine dritte Person im Spiel war, wird es so abgelaufen sein wie in Gerresheim, nur dass Gisela Martini am Leben blieb.«

»Warten wir ab, was bei der Obduktion herauskommt.« Blessing steckte sich ein Plätzchen in den Mund. »Und was Gisela Martini sagt, wenn sie aufwacht.«

Maxi brachte zwei Tassen Kaffee herein.

Zagrosek versuchte, sich die letzten Minuten von Gisela Martini vorzustellen. Sie lag auf der linken Bettseite, in der Hand eine fast leere Packung Schlaftabletten. Neben ihr auf dem Nachttisch ein leeres Wasserglas. Ihr letzter Gedanke, bevor sie weggedämmert war, hatte ihrem Mann Walther gegolten. Er hatte ihr ein Versprechen gegeben. Doch er hatte es nicht gehalten. Er hatte sie allein zurück gelassen. Ob er es nicht geschafft hatte, abzudrücken, oder ob er sie von Anfang an belogen hatte? Zum Glück war ihr der Anblick ihres toten Mannes erspart geblieben. Sich selbst hatte er die Waffe in den Mund gehalten und abgedrückt. Durchschuss. Kissen und Wand hinter ihm hatten ausgesehen, als habe jemand eine rote Farbpatrone abgeschossen. Dazwischen, hell und flockig wie Griesbrei, Fetzen des Gehirns.

Die Tochter hatte sie gefunden. Sie musste mit diesem Bild in ihrem Kopf von nun an leben.

Juliane Martini war das einzige Kind. Eine kleine, zierliche Frau. Hochsteckfrisur, Ohrringe, überhaupt viel

Schmuck zu dem eleganten, dunklen Wollkleid. Hochhackige Lederstiefel. Eine Schauspielerin. Die hatte ihr Elternhaus weit hinter sich gelassen. Aber ihre Verzweiflung hatte echt gewirkt. Noch bei der Vernehmung war sie in Tränen aufgelöst gewesen. Sie verstand es nicht. Gesa Hendricks hatte den schlechten Zustand des Hofes beschrieben, obwohl sie ihrer Freundin keinen offenen Vorwurf machte. Juliane sei zu Besuch gekommen, so oft es ihr Terminplan zuließ. Was hieß ‚oft'? Etwa zweimal im Monat an den Wochenenden, hatte Gesa Hendricks angegeben. Zagrosek fand das recht beachtlich. Wenn er sich alle drei Monate bei seiner Mutter in Krefeld-Oppum sehen ließ, war das schon viel. Aber die saß auch meist auf ihrem Sofa vor dem Fernseher. Ein Bauernhof mit Feldern, Schweinen, Gänsen und Hühnern war schon etwas anderes. Doch warum hatten die Martinis sich nicht Hilfe geholt? Einen ... Knecht?

»Sagt man eigentlich noch ‚Knecht'?«, fragte er laut.

Blessing sah auf. »Wie bitte?«

»Knecht. Einer, der auf Bauernhöfen aushilft. Nennt man das noch so?«

»Keine Ahnung. Wieso?« Sie inspizierte ihr Handy auf dem Tisch.

»Gab es keinen anderen Ausweg, als sich das Leben zu nehmen? Sie hätten sich doch Unterstützung holen können.«

»Es gibt Leute, die können keine Hilfe von anderen annehmen. Zu stolz«, meinte Blessing. »Vermutlich sind die Martinis immer allein zurecht gekommen.«

Ihr Handy klingelte. Das Gerät am Ohr trat sie auf den Flur.

Zagrosek ging die Begegnung mit Lars Schäffer im Kopf herum. Der Regionalkommissar war früh morgens bei Gesa Hendricks gewesen. Aus privaten Gründen, wie er angab. Er und Gesa Hendricks hatten angeblich auf dem Heuboden nach schreienden Katzen gesucht, während

Walther Martini tot im Wohntrakt lag. Bei einer Durchsuchung der Hofgebäude hatten Zagrosek und Blessing eine Wolldecke und eine ausländische Wasserflasche auf dem Heuboden gefunden. Sie hatten die Sachen in die Asservatenkammer gegeben, noch unschlüssig, was sie damit anfangen sollten. Gab es einen Zusammenhang zwischen diesen Gegenständen und einem der Verbrechen? Lars Schäffer hatte nichts dazu sagen können.

Zagrosek zog sein Notizbüchlein aus der Hosentasche. ‚Borjomi' hatte auf dem Flaschenetikett gestanden. Das klang wie ‚Borshomi', die Gegend im Kaukasus, von der Graupner ihnen erzählt hatte. Er gab das Wort in eine Suchmaschine ein. Nach kurzer Zeit wurde er fündig: ‚Borjomi' hieß ein Mineralwasser aus der georgischen Berggegend.

Blessing kam zurück ins Zimmer.

»Die Flasche auf dem Heuboden stammt aus Borshomi«, sagte Zagrosek. »Ein Exportschlager der georgischen Wirtschaft. Salzig schmeckendes Wasser aus einer Heilquelle. Wurde Anfang des neunzehnten Jahrhunderts entdeckt.«

Blessing setzte sich. »Wie kommt eine georgische Flasche auf den Heuboden eines Neusser Bauern? Kann man die irgendwo kaufen?«

»Vielleicht in Düsseldorf. Oder jemand hat sie aus Georgien mitgebracht.«

»Du denkst an Konrad Verhoevens Affäre damals?« Blessing sah ihn nachdenklich an. »Ein Rachemotiv? Nach dieser langen Zeit?«

Zagrosek schüttelte den Kopf. Das ergab nicht wirklich einen Sinn. Sie hatten nicht mehr als lose Fäden. Jede Frage, die sie stellten, führte ins Leere, zog neue Fragen nach sich.

Zagrosek strich mit dem Finger über seine Bartstoppeln. Als er heute früh an den Tatort gerufen wurde, hatte er vergessen, sich zu rasieren. Er stand auf und blickte aus dem Fenster. Er bemerkte erst nach einigen Sekunden, dass er sein Spiegelbild sah, und erst dahinter den dämmrigen Fürstenwall, auf dem Autoscheinwerfer aufblitzten und vorbeihuschten. Die Flasche und eine Wolldecke hatten auf dem Heuboden gelegen. Warum? Hatte jemand dort übernachtet? Nein, dazu war es viel zu kalt. Aber der Ort eignete sich für etwas anderes.

»Ich denke, jemand hat Verhoevens Haus durch das Fenster im Heuboden beobachtet«, sagte Zagrosek laut. »Jemand, der georgisches Heilwasser trinkt.«

Blessing blickte auf. »Und was hatte Lars Schäffer da oben zu suchen?«

»Das frage ich mich auch«, sagte Zagrosek.

Mit Lars Schäffer stimmte etwas nicht. Er war ihm heute früh sehr merkwürdig vorgekommen. Er wirkte wie ein Schauspieler, trug seinen eleganten Hut und Mantel wie ein Kostüm. Dieses Humphrey-Bogart-Getue mit der Kippe. Sein blasses Pokerface. Von wegen nicht befangen. Er nahm sich vor, den Kollegen im Auge zu behalten.

Bei diesem Gedanken fiel ihm ein, dass Werner Kleinschmidt einen guten Bekannten im Regionalkommissariat Kaarst hatte. Einen älteren Polizeibeamten, mit dem Werner im Kegelverein war.

Zagrosek wählte Kleinschmidts Durchwahl.

Nach dem zweiten Klingeln hob dieser ab. »Ja?«

»Gut, dass ich dich gleich erwische.«

». . . meinte der Gefängniswärter zum Zelleninsassen«, sagte Kleinschmidt. »Falls du es noch nicht bemerkt hast: Ich sitze hier fest. Endstation Aktenhaltung. Lebendig begraben. Alle zwei Stunden geh ich raus, um meine Windel zu wechseln; so sieht mein Unterhaltungsprogramm aus.«

Zagrosek pfiff anerkennend, so dass Kleinschmidt es hören konnte. »Na, dann weiterhin frohes Schaffen.«

Er legte den Hörer auf. Sofort tat es ihm leid.

Blessing beobachtete ihn. »Werner Kleinschmidt?«, fragte sie.

Zagrosek knurrte etwas und beugte sich über seine Tastatur. So ging das nicht weiter mit Werner. Krank hin oder her, so konnte er seine Leute nicht behandeln. Musste Zagrosek sich jetzt schuldig fühlen, weil er normal pinkeln gehen konnte?

Zagrosek schluckte den Ärger herunter. Werner ging es schlecht. Aber würde es zwischen ihnen jemals wieder so werden wie früher? Vielleicht hatte die Freundschaft nur funktioniert, weil sie beide keine ernsthaften Probleme hatten. Weil alles gut lief, oberflächlich betrachtet. Aber nun war Werners Leben bedroht gewesen. Warte mal ab, wenn es einem an den Kragen geht, erkennt man seine wahren Freunde. Da trennt sich die Spreu vom Weizen, hatte er kurz nach der Diagnose gesagt. Red kein Blech, dir geht's nicht an den Kragen. Mehr war Zagrosek nicht eingefallen. Damals hofften sie, die Krankheit würde wie eine Art Gewitter vorbeiziehen. Operation, Chemo, Reha - und anschließend geht das Leben weiter wie bisher. Aber so war es nicht. Und vermutlich meinte Kleinschmidt nun, Zagrosek gehöre nicht zum Weizen, sondern zur Spreu.

»Er ist ungeduldig«, sagte Blessing mitten in seine Gedanken hinein. »Ich arbeite daran, dass er zurück ins Team kommt. Wir warten auf grünes Licht von oben.« Sie sah Zagrosek an. »Aber manchmal hab ich das Gefühl, er hat Angst davor. Angst, dass er es nicht mehr so schafft wie früher.«

Zagrosek griff zum Telefon und drückte die Wahlwiederholung. Kleinschmidt nahm sofort ab.

»Hat Maxi dir gesagt, wann unsere Weihnachtsfeier ist?«

»Nein, die hat sich nicht gemeldet.«

»Also, dann schreib auf. Am Zwanzigsten um fünfzehn Uhr. Ohne dich feiern wir nicht.«

»Hab ich notiert.« Kleinschmidt klang besänftigt. »Und entschuldige, dass ich eben . . .«

»Schon gut«, unterbrach ihn Zagrosek. »Kannst du mir einen Gefallen tun?« Er berichtete von Lars Schäffer, und Kleinschmidt versprach, sich mal in Kaarst umzuhören.

»Tom, du musst erstmal allein weiter machen.« Blessing stand auf. »Ich hab gleich einen Termin. Vorstellungsrunde mit dem neuen Staatsanwalt. Ich soll morgen meinen Dienst antreten.«

»Was?« Zagrosek beugte sich vor. »Morgen schon? Und die laufende Ermittlung?«

»Du kriegst natürlich Ersatz.«

»Ich will Werner Kleinschmidt.«

Blessing lächelte.

»Na, dann los, Frau Chefin. Aber eines sag ich dir: Du wirst uns noch vermissen.«

»Ich bin kein Teammensch.«

Zagrosek hob in gespieltem Ernst den Finger. »Polizeiarbeit ist Teamarbeit.«

Blessing lachte laut. »Das sagst ausgerechnet du?«

Zagrosek grinste. Da war was dran. »Du musst auf die Beförderung einen ausgeben. Hast du dir schon überlegt, wann?«

Blessing seufzte. »Nein. Ach, ich hasse so was.«

Zagroseks Handy gab zwei Töne von sich. Eine SMS von Lammert. Zagrosek las: ‚Auf ein Bier heute Abend? Alle kommen mit. Lammert.' Es hatte sich rumgesprochen. Und die Jungs solidarisierten sich gegen die neue Chefin. Nun musste Mann Flagge zeigen.

»Vera«, sagte Zagrosek mit Blick auf das Handy. »Braucht Hilfe mit einem Einbauschrank.«

Blessing nickte.

»Wann und wo?«, tippte er ein. Die Antwort kam postwendend. »Um Acht. Pizza im Menta.«

»Okay. Bin dabei«, schrieb Zagrosek.

Dann inspizierte er noch mal die Eingänge. Er wünschte, die SMS wäre wirklich von Vera gewesen. Vielleicht hatte er ja eine Nachricht übersehen? Nein, da war nichts. Kein Wort mehr, seit sie an dem Abend seine Wohnung verlassen hatte. Vielleicht sollte er ihr schreiben. Aber was er empfand, ließ sich nicht in fünf Worte fassen. Er konnte sie für sein Zögern nicht um Verzeihung bitten. Er hatte sie nicht verletzen wollen. Er war nur unsicher. Vielleicht hatte er auch Angst. Und wenn er genau das schreiben würde? Ich will mit dir zusammen sein, aber ich habe Angst vor einem neuen Scheitern. Nein, viel zu lang.

»Du kriegst dieses Handy noch kaputt«, meinte Blessing.

Zagrosek bemerkte erst jetzt, dass er die zierliche Klappe auf und zu schnappen ließ und dabei fast überdehnt hatte. Er ließ das Gerät in der Tasche verschwinden. Solange Blessing ihn beobachtete, bekam er sowieso keine Nachricht an Vera zustande.

Nellessen kam herein. »Geht mal auf die Webseite dieser Fachzeitschrift ‚Nadel Journal'.«

»Wieso?«, fragte Blessing.

»Da steht was über Gesa Hendricks.«

Zagrosek rief die Seite auf und las: »‚Innovation in Sachen Nordmann. Gesa Hendricks aus dem Kreis Neuss beerntet über dreißig Jahre alte Auslesebäume. An den Nordmanntannen aus der Herkunft Borshomi in Georgien reifen Zapfen mit Qualitätssamen'.« Zagrosek scrollte an den Anfang des Artikels. »Das ist aktuell. Der Artikel ist erst vor einigen Tagen erschienen.«

»Wie schön«, meinte Blessing. »Gesa Hendricks scheint ihre Pläne durchgesetzt zu haben.«

»Wieder dieses Borshomi«, Zagrosek rieb sich über die Stirn. »Hast du darüber schon mehr?«, fragte er Nellessen.

Der nickte. »Borshomi ist ein staatlicher Nationalpark, beliebt bei wanderfreudigen Touristen, Baum- und Vogelkundlern. Bis vor wenigen Jahren eine der bevorzugten Regionen für die Ernte von Nordmanntannensamen. Heute übrigens Sperrgebiet für Pflücker.«

Blessing und Zagrosek sahen sich an.

»Heißt das, an die Nordmanntannen in diesem Gebiet kommt keiner der Samenhändler mehr ran?«, fragte Zagrosek und griff zum Telefon. »Dann hätte Gesa Hendricks ein Monopol auf diese Samen?«

»Scheint so zu sein.« Nellessen lehnte sich gegen den Aktenschrank. »Wen rufst du an?«

»Einen, der sich auskennt.«

Herbert Graupner meldete sich nach dem dritten Klingeln. Zagrosek wollte ihm von dem Artikel über Gesa Hendricks erzählen, doch Graupner unterbrach nach wenigen Worten. »Hab ich schon gelesen.«

»Wir haben recherchiert, das Borshomi heutzutage für Samenpflücker gesperrt ist. Die Gegend wurde zum Nationalpark erklärt.«

Graupner schnaufte belustigt. »Aber nicht wegen der Pflücker. Da sind noch ganz andere Geschäfte gelaufen. Die Georgier haben abgeholzt, was sie konnten und die Bäume zur Holzproduktion in die Türkei geschafft. Alles illegal natürlich. Hat dazu geführt, dass in dem Tal kaum noch eine Tanne steht. Zumindest weiter unten in der Schlucht. In die höher gelegenen Bereiche konnten sie mit den LKW nicht vordringen. Dort werden auch heute noch illegal Samen gepflückt. Aber die Gegend ist unwirtlich und nur zu Fuß zu erreichen, das ist ziemlich mühsam. Und der georgischen Polizei möchte man auch nicht begegnen. Die Regierung hat nämlich keine Lust mehr, sich Geschäfte durch die Lappen gehen zu lassen. Ich vermute, die forsten jetzt den sogenannten Nationalpark wieder auf und versteigern da später mal teure Pflücklizenzen.«

Zagrosek wechselte den Hörer ans andere Ohr. »Aber im Moment sind Verhoevens alte Nordmanntannen so wertvoll, weil man von denen diese Borshomi-Samen ernten kann?«

»Ernten konnte.« Graupner atmete hörbar ein. »Die meisten sind ja verbrannt.«

17. Dezember

Gesa lag, die Augen halb geschlossen, auf der Seite und folgte dem Kreisen des Sekundenzeigers vor der Nachtbeleuchtung ihres Weckers.

Lars' Küsse, das Aufheulen des Martinshorns, Julianes Entsetzen, ihre eigenen Schuldgefühle. Und immer wieder das Bild von Lars im Hof stehend, mit seinem Mantel und der Kippe zwischen den Fingern. So kühl, so gefasst. Was war in ihm vorgegangen? Sie hatte keine Ahnung, sie kannte ihn gar nicht! Über die Jahre hatte sie sich ein Bild von ihm bewahrt, doch es stimmte nicht überein mit dem Lars, der er heute war. Es hatte vielleicht nie übereingestimmt.

Wie sollte es nur weitergehen? Wolf war schlecht gelaunt und angespannt; von ‚gemeinsam an einem Strang ziehen' war seit Konrads Tod keine Rede mehr. Wolf erschien ihr mit jedem Tag unnahbarer. Auf der einen Seite war sie froh darüber. Seit der Begegnung mit Lars auf dem Heuboden war sie vollkommen durcheinander, und das durfte Wolf auf keinen Fall merken. Auf der anderen Seite hatte sie sich vorgenommen, mit ihm zu reden, noch mal ihre Pläne mit der Baumschule anzusprechen, ihm konkrete Vorschläge zu machen, in welchem Zeitraum sie welche Flächen brauchte. Auf jeden Fall würde sie die Zapfen bei Graupner abholen und wieder in die eigene Halle einlagern. Gleich morgen.

Sie hörte die Haustür ins Schloss fallen. Wolf kam von der Weihnachtsfeier seines Schützenzuges zurück. Seine Schritte auf der Treppe. Die fünfte und die neunte Stufe quietschten, dann war er oben und öffnete die Badezimmertür. Gleich würde er urinieren, dann folgte das Rauschen der Spülung. Nein, es blieb einen Moment still. Gesa hörte Wolf stöhnen, dann das Öffnen des Spiegelschranks. Flaschen klirrten. Ein Gegenstand fiel scheppernd zu Boden. Wolf fluchte.

Gesa stand auf, trat auf den Flur, schaltete das Licht ein. Von der Treppe bis zum Bad leuchteten rote Tropfen auf dem Teppich. Blut!

»Wolf?« Gesa sah seinen breiten Rücken über das Waschbecken gebeugt. Als er sich umwandte, erschrak sie. Über seiner Augenbraue klaffte eine Platzwunde. Wolf versuchte, das Blut mit Klopapier aufzufangen. Die Haut unter seinem Auge bis in den Winkel verfärbte sich bläulich. Er roch säuerlich, auf seiner Jacke hingen Reste von Erbrochenem.

Gesa blieb im Türrahmen stehen. »Wolf! Was ist passiert?«

Er schwankte. »Wo sind die beschissenen Zapfen? Wo hast du sie hingebracht?«

»Setz dich hier hin.« Gesa schloss den Deckel der Toilette, und er sank schwer auf den Sitz. Sie roch den Alkohol in seinem Atem.

»Mein Kopf tut so weh.«

»Lehn dich zurück!« Gesa besah die Wunde genauer und war unsicher, ob sie genäht werden musste. Vielleicht hatte er auch eine Gehirnerschütterung?

»Wir sollten einen Arzt anrufen. Oder ich fahre dich in die Ambulanz.«

»Nein!« Wolf hob den Kopf. »Keinen Arzt. Ich will wissen, wo die Zapfen sind.«

Gesa zitterte. Was sollte sie ihm sagen? Sie musste Zeit gewinnen. »Erstmal müssen wir uns um die Wunde kümmern.«

Sie überlegte, ob sie ihre Mutter wecken sollte, entschied sich aber dagegen. Anna würde sich zu sehr aufregen. Gesa suchte im Schrank nach Jod und Verbandszeug. Sie desinfizierte die Wunde. Wolf reagierte kaum, obwohl es doch brennen musste. Gesa legte einen Kopfverband an. Sie hatte das noch nie gemacht, aber es klappte ganz gut. Sie reinigte sein Gesicht vorsichtig mit einem feuchten Waschlappen, zog ihm Jacke und Hemd aus und stopfte beides in den Wäschekorb. Nun musste sie es nur noch schaffen, ihn ins Bett zu bringen.

»Kannst du aufstehen und rüber gehen?«

Wolf brummte und stützte sich an der Wand ab, dann auf Gesas Schulter. So schlurften sie ins Schlafzimmer. Gesa breitete ein Handtuch über Wolfs Kopfkissen, falls noch Blut durch den Verband dringen sollte. Wolf sank ins Bett und stöhnte, aber es klang erleichtert.

Gesa setzte sich auf seine Bettkante. »Was ist denn nur passiert?«

»Du bist an allem schuld.«

»Sag doch endlich.«

Wolf schloss die Augen. »Drei Typen. Sie haben mir aufgelauert, vor dem Brauhaus in Büttgen. Sie haben mich in den Magen geschlagen. Ich musste in ein Auto steigen. Die sind raus gefahren auf die Felder. Da musste ich aussteigen.« Er kniff die Augen zusammen. »Sie wollen die Nordmannzapfen haben. Ich habe gesagt, sie sollen die Scheißzapfen mitnehmen und sie sich einzeln in den Arsch schieben. Ich musste sie zur Halle führen. Und die verdammte Halle war leer!« Wolf packte Gesas Handgelenk und drückte zu, bis sie aufschrie. »Die dachten, ich hätte sie verarscht. Und dann haben sie richtig zugeschlagen.« Er tastete mit der Hand am Verband entlang. »Sie haben mich am Birkhof, beim Golfclub, aus dem Auto gestoßen und sind abgehauen. Aber sie kommen wieder. Wo sind die Zapfen?«

Gesa versuchte einen klaren Gedanken zu fassen. Was redete Wolf da? Was waren das für Typen? Was wollten sie mit ihren Samen? Wer klaute denn Nordmanntannenzapfen? Aber der Artikel im ‚Nadel Journal'! Die Zeitschrift wurde von der gesamten Branche gelesen. Von der Konkurrenz. Befürchtete jemand, dass sie ihm mit ihren Samen das Geschäft kaputtmachte? Das war doch absurd ... So etwas traute sie niemandem zu. Das waren ja Methoden wie bei der Mafia.

»Ich warte«, sagte Wolf mit kalter Stimme.

Gesa wandte den Kopf ab. Was ihr gerade durch den Kopf schoss, war so unglaublich, so infam, dass sie es niemals aussprechen durfte: Was, wenn das ganze ein Trick war? Wenn Wolf diese Typen erfunden hatte, um an die Zapfen zu kommen und die Samen zu vernichten? Dann konnte er in aller Seelenruhe seinen Umstieg auf den Spargelanbau angehen. Und sie, Gesa, hatte nichts mehr in der Hand.

Ihr Atem beschleunigte sich, doch sie sprach sehr leise, sehr beherrscht: »Wolf, ich weiß nicht . . . wer sollte denn so was machen? Ehrlich gesagt klingt das nicht sehr glaubwürdig.«

Was dann geschah, dauerte nur Bruchteile von Sekunden und traf Gesa völlig unvorbereitet. Wolf setzte sich ruckartig auf, holte mit seinem Arm aus und schlug ihr mit dem Handrücken ins Gesicht. Gesa schrie auf und fiel zur Seite auf das Bett, quer über Wolfs Beine. Er trat nach ihr. Sein Atem ging heftig. »Sag das noch mal! Sag, dass ich lüge. Los, sag es!«

Gesa rollte sich vom Bett und hielt die Hand schützend vor die schmerzende Stelle im Gesicht. Wolf hatte sie knapp unterhalb des linken Auges getroffen. Dann kam sie auf die Beine. Sie lief in Richtung des Badezimmers.

Wolf sprang aus dem Bett und holte sie noch vor der Schlafzimmertür ein. »Glaubst du, ich schlag mir selbst ein blaues Auge? Glaubst du das?«

Gesa schüttelte stumm den Kopf.

Wolfs Gesicht war hochrot, er verzog es zu einer Grimasse, er hatte Schmerzen. Gesa sah noch mehr. In Wolfs Augen standen Tränen. Und dahinter verschwamm glasig ein Ausdruck, den sie bei ihm noch nicht gesehen hatte. Wolf hatte Angst.

»Sie kommen wieder, Gesa.«

»Dann ruf die Polizei an!«

»Keine Polizei! Sonst wollen sie Felix etwas antun.«

Gesa spürte, wie das Blut aus ihrem Gesicht wich. »Was

sagst du? Wer sind diese Typen?«

Wolf nahm ihren Arm, zog sie zurück ins Schlafzimmer und wollte die Tür schließen.

»Nein!« Gesa befreite sich aus seinem Griff und lief ins Kinderzimmer.

Felix lag zusammengerollt wie ein Embryo. Die Bettdekke war verrutscht und wärmte ihn nicht mehr. Gesa breitete sie über ihn. Dann stand sie still vor dem Bett und betrachtete ihren Sohn. Er atmete ruhig, sie konnte kaum sehen, wie sich sein Körper hob und senkte.

Sie lehnte die Tür an und ging zurück zu Wolf. Er saß auf ihrer Bettseite, den Kopf in die Hände gestützt. Sie setzte sich, hielt aber einen Abstand von einem guten Meter.

Wolf hob nicht den Kopf, doch seine Stimme war plötzlich klar, als sei er nüchtern geworden. »Den einen nennen sie Guram, ich vermute, er ist Georgier. Die anderen beiden scheinen Deutsche zu sein. Ob sie aus der Tannenbaumbranche sind oder nur seine Schläger, weiß ich nicht.« Wolf richtete sich auf. »Jedenfalls hast du sie mit deiner bescheuerten Samenernte auf den Plan gerufen.«

Seine Worte trafen Gesa, als würde er sie noch mal schlagen. »Aber wieso? Was interessiert die an meinen Zapfen?«

»An Borshomi-Samen kommt keiner mehr ran.«

Gesa schüttelte fassungslos den Kopf. Das ganze erschien ihr wie die Handlung eines Gangsterfilms. Schlägertruppen, Erpressung, Korruption. Sie lebte doch in Deutschland, hier gab es Gesetze. Sie mussten diese Verbrecher anzeigen.

»Ich geb denen die Zapfen«, sagte Wolf. »Sie wollen an allen weiteren Ernteerträgen finanziell beteiligt werden. Das ist Schutzgelderpressung, nichts anderes. Aber ich geh auf alle Forderungen ein. Gegen die können wir nichts machen. Die stehen außerhalb des Gesetzes. Und ich weiß nicht, wozu die fähig sind.«

Gesas und Wolfs Blicke trafen sich. Gesa wusste, dass auch Wolf an Felix dachte.

Gesa wandte sich ab. »Die Zapfen sind bei Graupner in der Maschinenhalle.«

Wolf ballte die Hände zu Fäusten. »Du steckst mit denen unter einer Decke, mit unseren größten Konkurrenten und Feinden?«

Gesa lachte auf. »Feinde! Die Typen, die unseren Sohn bedrohen und dich zusammenschlagen, das sind Feinde. Nicht Herbert und Rocco Graupner.« Sie hatte die Worte fast geschrieen, nun beherrschte sie sich. »Ich hatte gar keine andere Wahl. Konrad hat mich gezwungen.«

Wolfs Brustkorb hob und senkte sich heftig. Er rieb sich die Hände. »Dann schicke ich Graupner den Georgier auf den Hals.«

Gesa schüttelte den Kopf. »Wenn der Georgier die Samen nicht kriegt und du ihn dazu noch in eine Falle gelockt hast, dann wird er sich rächen. An Felix! Und stell dir vor, Herbert oder Rocco werden verletzt. Wir können sie nicht ins offene Messer laufen lassen!«

»Das wäre mir ehrlich gesagt schnuppe«, knurrte Wolf.

»Wir müssen die Zapfen in unsere Halle zurückbringen«, sagte Gesa.

Wolf schnaubte. »Die Typen lassen sich nicht noch mal von mir zu unserer Halle schicken. Eher schlagen die mich krankenhausreif.«

Beide schwiegen ratlos. Gesa bemerkte erst jetzt, wie stark es unter ihrem linken Auge schmerzte. Sie betastete die Stelle. Das Gewebe schwoll an.

Wolf legte sich ins Bett. »Ich kann nicht mehr denken. Mein Kopf tut so verdammt weh.« Es vergingen keine drei Minuten und er war in den Schlaf gefallen wie in ein Koma.

Gesa ging in Felix' Zimmer. Sie kuschelte sich an seinen warmen Körper und lauschte seinen gleichmäßigen Atemzügen.

Früh stand sie auf, es war noch dunkel. Sie machte kein Licht in der Küche. Sie wusste, wo sich die Visitenkarte befand. Sie lag offen auf der Anrichte, sichtbares Zeichen dafür, dass es keinerlei Heimlichkeiten gab. Regionalkommissar Lars Schäffer hatte der Geschädigten Gesa Hendricks seine Karte dagelassen. Genau wie vorher ihrem Mann.

Sie hatte wach gelegen und gegrübelt, Wolfs Stimme im Ohr: keine Polizei. Natürlich nicht. Das war viel zu gefährlich. Wenn Felix etwas zustieß! Andererseits – war es nicht noch gefährlicher, sich diesen Typen auszuliefern, ohne Hilfe, ohne Unterstützung?

Sie würde Lars anrufen. Nicht den Polizisten Lars Schäffer, sondern ihren ... Freund. Lover, Liebhaber, höhnte die Stimme in ihrem Inneren.

Gesa atmete durch und wählte. Es war wirklich noch sehr früh, Fünf Uhr dreißig. Es klingelte achtmal, Gesa wollte schon aufgeben, da meldete sich Lars' verschlafen klingende Stimme. »Schäffer?«

»Es tut mir leid, dich zu wecken.« Sie merkte, wie brüchig ihre Stimme klang. Brüchig und hysterisch.

»Gesa? Bist du das? Was ist los?«

»Hier ist was passiert. Wolf ist in der Nacht zusammengeschlagen worden. Und ich ... ich habe Angst.«

»Zusammengeschlagen? Von wem?«

»Das ... weiß er nicht.«

»Willst du, dass ich vorbeikomme?«

Gesa schrie stumm den Hörer an. Ja, bitte komm. Ich kann nicht mehr. Ich weiß nicht weiter. Nimm mir alles ab. Entscheide für mich, was zu tun ist.

Doch sie sagte: »Ich bin nicht sicher, ob das gut ist.«

Eine halbe Stunde später stand Lars vor der Tür. Sein Gesicht versteinerte, als er Gesa sah. Sie war selbst erschrocken gewesen, als sie in den Spiegel gesehen hatte. Der Versuch, das geschwollene blaue Auge mit Make-up zu überschminken, war nicht sehr erfolgreich gewesen.

»Wer war das?«, fragte Lars.

Gesa senkte den Kopf. »Komm erst mal rein.«

Lars packte ihr Handgelenk. »Wer war das?«

»Wolf. Aber er hat sich entschuldigt. Er stand extrem unter Stress.«

Lars musterte sie. »Wo ist er?«

»Oben. Er schläft noch.«

Lars schob sie zur Seite und ging vor ihr die Treppe hoch.

»Lars, warte doch mal.« Gesa überholte ihn im Flur und schaffte es, ihn in die Küche zu lotsen. Sie schaltete die Neonlampe an der Decke ein. Lars sah blass und müde aus, war nicht rasiert und trug ein ungebügeltes Hemd.

Gesa wusste gar nicht, wo er jetzt wohnte, er war ja sicher von zuhause ausgezogen. Sie hatte ihn nicht danach gefragt.

»Ich mach uns erst mal Kaffee«, sagte sie und öffnete den Deckel der Maschine, um Wasser nachzufüllen.

»Lass doch.« Lars trat zu ihr. »Du hast mich angerufen, weil Wolf etwas passiert ist. Nun komme ich hier an und sehe, dass du brutal geschlagen wurdest. Ich will wissen, was hier los ist!«

Gesa wich seinem Blick aus. »Wolf war gestern bei der Weihnachtsfeier seines Schützenzuges. Und als er nach Hause fahren wollte, haben ihn drei Männer überrascht. Sie haben ihn gezwungen, in ihr Auto zu steigen. Draußen auf den Feldern musste er aussteigen, und sie haben ihn verprügelt.«

»Und er kennt die Typen nicht?«

»Nein.« Gesa hoffte, ihre Stimme klänge fest und glaubwürdig. »Er hat nur gesagt, einer von ihnen wäre Ausländer.«

»Was für ein Ausländer? Hatte er einen Akzent?«

»Ja, Wolf meint, er könnte Osteuropäer sein.«

»Was wollten sie denn von Wolf?«

»Ich weiß nicht. Geld vermutlich.«

»Hältst du mich für bescheuert?«

Gesa sank auf einen Küchenstuhl.

»Hey.« Lars setzte sich ihr gegenüber und strich ihr die

Haare aus dem Gesicht. »Was ist wirklich passiert?« Er wollte ihre Hand nehmen, doch sie presste beide Arme gegen den Körper. »Du kannst mir vertrauen.«

Gesa schüttelte stumm den Kopf. Wie gern würde sie es tun. Ihm alles erzählen. Die Verantwortung abgeben. Sich fallenlassen.

Sie sah ihn an. »Sie haben Wolf bedroht, verstehst du? Keine Polizei. Sonst würde Felix etwas passieren. Und wenn Wolf erfährt, dass ich dich angerufen habe ...«

Lars atmete langsam aus. Er drehte seine Hand um und öffnete sie. Sie verschränkte ihre Finger mit den seinen. Sofort spürte sie, wie ihr Widerstand schmolz.

»Du hast Angst. Das verstehe ich. Aber ich bin gar nicht dienstlich hier. Ich bin nur ... ein guter Freund.«

»Das ist alles nicht so einfach.« Gesa zog ihre Hand weg.

»Doch, das ist es. Es ist eine Frage des Vertrauens.« Er stand auf. »Du musst mir nichts erzählen, wenn du nicht willst. Aber dann rede ich jetzt mit Wolf.«

»Nein!« Gesa schnellte von ihrem Stuhl hoch. »Nein, er schläft bestimmt noch. Warte, ich ...«

Doch Lars verließ schon die Küche. Auf dem kleinen Wohnungsflur sah er sich kurz um und wandte sich zur Schlafzimmertür.

Wolf spürte einen stechenden Schmerz in der Schläfe, sobald er seinen Kopf bewegte. Nur langsam kam die Erinnerung an die vergangene Nacht zurück. Guram, der Georgier. Gebrochenes Deutsch. Der gefrorene Boden, auf den Wolf aufgeschlagen war.

Dann stürmten Bilder auf ihn ein, Stimmen vermischten sich miteinander. ‚Du bist der Boss auf dem Hof. Zeigs ihr, Wolf'. Das war Heinz Kurau aus seinem Schützenzug. ‚Verlass dich drauf, Heinz.' Und deiner Alten, der süßen Anita, besorg ich es auch noch ... Wolf hatte sich großartig gefühlt. Unbesiegbar. Den Schützenbrüdern hatte er es gezeigt. Gestaunt hatten sie. Spargelanbau. Umrüstung des Betriebes. Endlich nahmen sie ihn ernst. Gurams Augen voller Hass. Ein Tritt in Wolfs Magen, der Gestank des Erbrochenen, in dem er lag.

Es klopfte an die Schlafzimmertür, die sich daraufhin sofort öffnete. Wolf brauchte einen Moment, um zu begreifen, dass er sich zuhause befand, in seinem eigenen Bett. In der Tür stand Schäffer, der Kommissar. Der Typ, mit dem Gesa früher was gehabt hatte. Was in aller Welt hatte der hier zu suchen? Hatte Gesa die Polizei verständigt? War sie komplett wahnsinnig geworden? Er hatte ihr doch gesagt ...

In diesem Moment trat auch Gesa ins Zimmer. Ihre linke Gesichtshälfte war geschwollen, die Haut schillerte blaugrün und lila. Wolf kroch es kalt den Rücken herauf. Das war er gewesen. Er hatte sie geschlagen. Innerhalb von einer Sekunde war er hellwach.

»Bist du bescheuert?«, fauchte er in Gesas Richtung. »Was habe ich dir gesagt?«

In Schäffers Augen funkelte etwas, hell und aggressiv. »Es war richtig, dass Gesa mich angerufen hat. Sie brauchen sich keine Sorgen zu machen. Ich bin privat hier. Als Freund ... der Familie.« Wolf musterte ihn. Freund der Familie? Das wäre ihm neu.

Interessant jedenfalls. Wie nah Gesa bei Schäffer stand, ihre Schulter berührte fast seinen Arm. Wie sie zu ihm aufsah. Voller Bewunderung. Ob da etwas lief zwischen den beiden? Wolf richtete sich auf.

»Mit solchen Typen sollte man es nicht allein aufnehmen«, sagte Schäffer. »Ich bin dafür ausgebildet worden, ich kann Ihnen helfen. Können Sie die Männer beschreiben?«

Wolf musterte Schäffer. Diese halbe Portion wollte ihm helfen? Wie so jemand Polizist werden konnte! Wolf stellte sich Bullen immer als durchtrainierte, harte Kerle vor.

Schäffer war das Gegenteil. Trotzdem fühlte Wolf sich von ihm bedroht. Schäffers Blick verriet, dass er einen starken Willen hatte. Dass er gefährlich werden konnte.

Wolf verzog den Mund zu einer Grimasse. »Es waren drei. Der eine hatte einen Akzent. Irgend so ein Gesocks aus dem Osten. Die anderen beiden waren Deutsche.« Er lehnte den Kopf zurück und stöhnte leise. Sein Kopfschmerz verschwand, seine Kräfte kehrten zurück, aber das musste dieser Schäffer ja nicht wissen. Sollte er ihn nur unterschätzen. »Ach so, und die Deutschen trugen Strumpfmützen. Die Gesichter konnte ich nicht sehen. Aber einer hatte einen Ohrring. Silbern, glaub ich. Sah echt albern aus.«

»Wie können Sie unter einer Strumpfmütze einen Ohrring gesehen haben?«, fragte Lars Schäffer.

Wolf hatte die Antwort schon parat. »Der Typ griff sich ans Ohr. Der Ohrring hatte sich wohl in der Wolle verhakt. Er zog die Mütze hoch und fummelte daran rum.«

»Können Sie den Ohrring genauer beschreiben?«, fragte Schäffer.

Wolf seufzte genervt. »Keine Ahnung. Ein Anhänger. Kann so was wie ein Gesicht drauf gewesen sein. Vielleicht ein Totenkopf. Es war zu dunkel, um was erkennen zu können.«

Wolf spürte Gesas bohrenden Blick. Sie wusste, wer so einen Ohrring trug. Aber das war ihm egal. Schäffer sollte was zum Nachdenken haben.

»Und weiter?«, bohrte der Kommissar. »Was haben die Männer gesagt? Wie ist das Ganze abgelaufen?«

»Sie haben mich vor dem Brauhaus abgefangen, in ihr Auto gezwungen und sind Richtung Buscherhöfe raus gefahren auf die Felder. Da haben sie mich zusammengeschlagen und mir die Brieftasche abgeknöpft.«

Schäffer legte die Zeigefinger an die Nasenflügel und massierte sie. »Gesa hat mir gesagt, dass Sie gewarnt wurden, die Polizei einzuschalten, weil dann Felix etwas angetan werden soll. Ich bin privat hier. Aber ich kann nicht helfen, wenn Sie mir nicht die Wahrheit sagen.« Schäffer blickte Wolf offen in die Augen. Das Funkeln war verschwunden. »Ich dränge mich nicht auf. Ich biete es nur an.«

Wolf ließ sich ins Kissen zurück sinken. Er war sich gar nicht sicher, ob er mit Guram und seinen Schlägern allein klar kam. Er hatte sich das alles viel leichter vorgestellt. Er hatte Guram die Zapfen übergeben wollen, und es hatte so aussehen sollen, als hätte Guram ihn mit Gewalt dazu gezwungen. Doch der Plan war schief gegangen. Gurams Drohung, sich an seinem Sohn zu vergreifen, kam Wolf nun, im hellen Morgenlicht, so unwirklich vor. Aber wer weiß. Die ganze Angelegenheit war außer Kontrolle geraten. Und Wolf war allein mit dem Problem. Das schmerzhafte Pochen in seiner Schläfe setzte wieder ein.

Nein, egal, was auch geschah, Lars Schäffer würde er niemals um Hilfe bitten. Im Gegenteil: Er würde ihn im Auge behalten. Und wenn da was dran war, dass Schäffer und Gesa heimlich herumturtelten, dann würde er Schäffer fertig machen. Er würde ihn so vermöbeln, dass der es niemals vergessen würde. Die Wut schlug Wellen in Wolfs Magen. »Wir brauchen Ihre Hilfe nicht«, sagte er.

Schäffer hatte ihn die ganze Zeit angesehen, mit diesem ‚Ich durchschaue dich'-Blick. Nun wandte der Polizist sich an Gesa. »Meine Nummer hast du ja. Ich bin erreichbar, wenn etwas ist.«

»Ich bringe dich raus.« Gesa drehte sich um, ohne Wolf anzusehen.

Gesa ging voraus durch den Hausflur. An der Garderobe nahm Lars seinen Mantel und zog ihn über.

Gesa sah zu ihm auf. »Kannst du irgendwas tun? Kannst du uns helfen?«

»Ich lasse mich nicht gern verarschen. Warum hat Wolf dich geschlagen?«

Gesa sprach leise und schnell. »Weil ich ihm nicht geglaubt habe. Wolf behauptet, die Typen wollten meine Zapfen haben. Einer der Männer heißt angeblich Guram und ist Georgier. Ich dachte, Wolf erfindet das, weil er mich hindern will, meine Pläne mit den Samen umzusetzen.« Sie holte tief Luft. »Mein Vater hatte ein Angebot von der Kommune. Die wollen unser Land kaufen. Auch die Fläche mit den alten Nordmännern. Wolf sagt, Konrad hätte abgelehnt. Aber Wolf will das Geschäft nun durchziehen.«

»Gesa!« Wolfs Stimme hallte durch den Flur. »Gesa!«

»Was ist? Ich bin gleich da«, rief sie nach oben.

Lars fasste sie an der Schulter und zwang sie, ihm in die Augen zu sehen. »Ich werde dir helfen. Du musst nur eines tun – mir vertrauen.« Er zog sie an sich und küsste sie. Seine Lippen waren kühl. Gesa erwiderte den Kuss, doch ihr Körper verspannte sich. Wenn Wolf aufgestanden war und sich über das Treppengeländer beugte!

Lars drückte Gesa in das weiche Bett der Mäntel, eine Woge muffige Luft umfing ihre Körper. Seine Hände umfassten ihre Taille.

»Gesa!« Sie hörte Wolfs Schritte auf dem Holzboden des Schlafzimmers, gleich würde er oben die Tür aufreißen. Gesa befreite sich aus Lars' Armen und schob ihn zur Hoftür hinaus.

»Ich komme wieder. Und wenn er dich anfasst ... wenn er dir noch mal wehtut, bring ich ihn um.« Lars ging, ohne sich noch einmal umzudrehen, zu seinem Wagen.

18. Dezember

Zagrosek stellte die Schokosahnetorte auf den Tisch im Besprechungszimmer. »Das war die einzige, die es gab.«

»Sieht lecker aus«, meinte Blessing.

»Schneid mal ein paar Stücke ab. Sie müssen ja jetzt kommen.«

»Kaffee ist fertig!« Maxi brachte ein Tablett mit einer Thermoskanne und Geschirr. »Ich bring später noch mal frischen. Herzlichen Glückwunsch, Wiebke.«

»Danke.« Blessing lächelte, dann sah sie Zagrosek skeptisch an.

Zagrosek sah auf die Uhr. Wo blieben die anderen?

Gestern in der Kneipe hatte es kein lautes Wort der Kritik gegeben. Über die neue Dienststellenleiterin herrschte Stillschweigen. Die Auswahlkommission hatte entschieden und basta. Keiner wollte sich die Blöße geben und seine Enttäuschung zeigen, nicht selber Chef geworden zu sein. Nellessen hatte von einem Kart-Rennen am letzten Wochenende erzählt, Lammert von seinen Erfahrungen und Problemen mit dem Hausbau im Winter. Das hatte sie auf das unerschöpfliche Thema Handwerker gebracht. Eigentlich war es ein ganz netter Abend gewesen. Hinterher, allein mit Lammert vor der Tür, hatte Zagrosek noch ein wenig Überzeugungsarbeit geleistet, Wiebke eine Chance zu geben.

Doch nun war Zwölf Uhr durch und keiner ließ sich blicken.

»Tom, ich weiß nicht, ob das mit dem Umtrunk eine gute Idee war.«

Zagrosek war sich auch nicht mehr sicher. »Hast du Werner eingeladen?«, fragte er.

»Ja, gestern Abend.«

Nellessen tauchte im Türrahmen auf. »Wie, bin ich der Erste?« Er warf einen Blick auf die Torte und stöhnte. »Das geht auf die Hüften.«

»Nun trau dich rein!«

Zagrosek musterte ihn. Nellessen hatte Idealmaße, er trainierte regelmäßig und war weit davon entfernt, sich um seine Hüften sorgen zu müssen. Wenn Zagrosek sich vorstellte, wie Nellessen und Vera miteinander geschlafen hatten, versetzte ihm das jedes Mal einen Stich. Sie passten optisch so gut zusammen, der große, blonde Nellessen und die dunkelhaarige Vera mit ihren femininen Kurven. Warum war die Affäre so schnell zu Ende gewesen? Niemand im Kommissariat schien Details zu kennen, niemand tratschte darüber. Und Vera konnte Zagrosek auch nicht fragen, sonst dachte sie, er wäre eifersüchtig.

Lammert kam. »Entschuldigt. War noch am Telefon.« Er nahm zwei Teller und reichte einen an Nellessen weiter. »Das nenn ich ein Mittagessen.« Er wandte sich Blessing zu. »Selbstgebacken?«

»Nein, Tom hat sie vom Konditor geholt.« Blessing goss sich bereits die dritte Tasse Kaffee ein.

Lammert probierte. »Nicht schlecht. Aber die von Gabi ist besser. Erinnert ihr euch an die Torte zu meinem Geburtstag?«

»Das Himbeersahneding?« Zagrosek zeigte mit den Händen eine etwas übertriebene Höhe an.

»Genau, da sollten noch Schokoladenornamente als Verzierung drauf, aber die hat Tini in die Fingerchen bekommen und danach waren es nur noch Klumpen.« Tini war Lammerts einjährige Tochter und sein ganzer Stolz. »Übrigens, im Kühlschrank im Geschäftszimmer steht eine Flasche Sekt. Soll ich ...?«

»Ich hab welchen besorgt«, sagte Blessing und zeigte auf Flasche und Gläser auf einem Schränkchen.

»Alkohol im Dienst?« Nellessen verzog den Mund. »Das sind ja ganz neue Sitten.«

Blessing lächelte kühl.

»Nur zum Anstoßen«, meinte Zagrosek. Er entkorkte den Sekt und goss ein.

Kleinschmidt stand auf einmal in der Tür, in der Hand eine Flasche Champagner, die er Blessing übergab. »Hier, so was trinken die Chefs doch, oder?« Er grinste. »Glückwunsch, Wiebke.«

»Danke.« Blessing umarmte Kleinschmidt etwas unbeholfen. »Schön, dass du gekommen bist. Torte?«

»Klar.« Kleinschmidt wirkte bestens gelaunt. Er nahm

seinen Teller entgegen und begann zu essen. Zagrosek warf ihm einen fragenden Blick zu, und Kleinschmidt grinste ihn an.

Über den Flur hörte Zagrosek sein Telefon klingeln. Er lief hinüber und nahm ab.

»Hier ist Lars Schäffer. Ich muss mit Ihnen sprechen.«

»Worum geht es?« Die Stimmen der anderen schallten laut aus dem Besprechungsraum. Ein lauter Jubel brach aus.

»Der Fall Verhoeven und Hendricks«, sagte Schäffer. »Ich hab neue Informationen, die euch interessieren könnten.«

»Was denn?«

»Nicht am Telefon. Können wir uns treffen, irgendwo auf halber Strecke? Vielleicht bei ‚Hermkes Bur'?«

»Nie gehört.«

»Eine Kneipe. Ist leicht zu finden. Sie nehmen die Abfahrt Neuss-Büttgen und fahren die Rheydter Straße nicht Richtung Büttgen, sondern nach Neuss rein. Es liegt auf der linken Seite, direkt vor der S-Bahn.«

»Okay. Aber nicht sofort.« Zagrosek wollte Wiebke bei ihrem Umtrunk nicht allein lassen.

»Wann denn?«

»Warten Sie noch, ich rufe gleich zurück.«

Zagrosek legte auf und ging zurück zum Besprechungszimmer.

Nur noch Lammert und Nellessen waren da. Blessing stellte die benutzten Sektgläser auf das Tablett.

»Das ist wirklich mal ein erfreulicher Anlass«, sagte Lammert strahlend.

Zagrosek sah ihn erstaunt an. Er hatte Lammert gestern Abend gebeten, Wiebke Blessing eine Chance zu geben, aber dass er nun von ihrer Beförderung als freudigem Anlass sprach, hatte er nicht erwartet. Blessing schien seine Worte auch nicht auf sich zu beziehen.

Nellessen sah auf die Uhr. »Wir vertrödeln hier die Zeit.« Er warf Blessing einen kühlen Blick zu. »Das kann ja nicht im Sinne der neuen Dienststellenleitung sein.« Er verschwand mit Lammert auf dem Flur.

»Tut mir leid, mein Telefon ...«, sagte Zagrosek zu Blessing.

»Schon gut.« Sie sah ihn an. »Da muss ich mich allein durchbeißen.«

»Lammert klang ja geradezu begeistert.«

»Ja, ich freu mich auch. Und es scheint ihm wirklich besser zu gehen.«

Zagrosek sah sie verständnislos an. »Wem?«

Blessing stutzte. »Das mit Werner klappt! Er hat gerade seine Rückkehr ins Team angekündigt. Darauf haben sie begeistert angestoßen.«

Als Zagrosek im ‚Hermkes Bur' eintraf, saß Schäffer schon an einem Tisch am Fenster gegenüber des Tresens. Er blickte auf seine Hände und war so in Gedanken versunken, dass er Zagrosek nicht gleich bemerkte.

Zagrosek setzte sich. »Hey.«

Bis auf zwei ältere Männer, die mit einem jüngeren Mann mit halblangem dunklem Haar hinter der Theke plauderten, war der Gastraum leer.

Der Jüngere verschwand in der Küche, kam mit einer Tasse wieder heraus und stellte sie vor Lars ab. »Und Sie?«, fragte er Zagrosek.

»Was soll das?«, fragte Schäffer.

Der Wirt sah ihn erstaunt an. »Was?«

Schäffer zeigte auf die Tasse.

»Milchkaffee«, sagte der Wirt.

»Wer hat den bestellt?«

Der Wirt grinste, als handele es sich um einen schlechten Scherz. »Du trinkst doch immer Milchkaffee.«

»Heute nicht.«

»Dann nehm' ich ihn eben wieder mit.« Der Wirt griff nach der Tasse.

»Lassen Sie, ich nehm ihn gerne.« Zagrosek blickte zwischen den beiden hin und her.

Schäffer zuckte die Achseln. »Ginger Ale. Mit viel Eis«, sagte er zu dem Wirt. Der entfernte sich wortlos.

Zagrosek tauchte seine Oberlippe in den Milchschaum. Über Schäffer an der Wand hing eine Aufnahme vom Times Square in New York. Schäffer schwieg.

»Schlechte Laune?«, fragte Zagrosek.

»Nein. Aber manchmal macht mich dieser ganze Trott wahnsinnig. Die gleichen Wege fahren, dieselben Menschen sehen. Milchkaffee trinken.«

»Er schmeckt doch.« Zagrosek wollte weiter witzeln, doch Schäffers Blick hielt ihn zurück. Schäffer wirkte verändert. Seine lässige Art, die Zagrosek beim ersten Treffen so sympathisch gefunden hatte, war verschwunden. Seine Augen waren sehr ernst, sehr wachsam, seine Bewegungen nicht mehr schlaksig, sondern voller Spannung. Wie ein Fuchs, der Witterung aufgenommen hat und ein Ziel umschleicht.

»Wenn Ihr Leben plötzlich zu Ende wäre, könnten Sie dann sagen: Ja, das war prima! Ich habe so gelebt, wie ich es wollte?«

Zagrosek musterte Schäffer. »Keine Ahnung. Was soll die Frage?«

»Denken Sie mal drüber nach.«

Zagrosek sah keinen Anlass, hier und jetzt über sein Leben nachzudenken. Und doch sah er sofort Vera vor sich. Er liebte Vera, aber er war nicht mit ihr zusammen. Er hätte gern ein Kind, einen Sohn. Er dachte an die Bruchbude, in der er wohnte.

Wenn er jetzt sterben müsste, hier auf der Stelle ... dann wäre nichts so, wie es sein sollte.

»Ist Ihr Leben so, wie Sie es sich wünschen?«, hakte Schäffer nach.

»Nein«, sagte Zagrosek unwillig.

»Sehen Sie.«

»Sie tun ja so, als könne man sich das einfach aussuchen.«

Schäffer beobachtete den Wirt, der ein Glas mit klimpernden Eisstücken und eine Flasche Ginger Ale vor ihm abstellte. Dann sah er Zagrosek an. »Können Sie. Ich bin sicher, man kann es sich aussuchen.«

»Was wollen Sie mit mir besprechen?«, fragte Zagrosek.

Schäffer goss das Glas voll und trank es in einem Zug aus. »Konrad Verhoeven hatte ein Kaufangebot über bestimmte Grundstücke vorliegen. Da soll ein Neubaugebiet entstehen. Ein Düsseldorfer Investor.«

»Interessant.«

Schäffer lehnte sich zurück. »Die Verhandlungen führt die Kommune. Genau gesagt, eine Tochterfirma, eine Wirtschaftsförderungs- und Entwicklungsgesellschaft. Ich habe mir mal die Unterlagen angesehen. Der eigentliche Bauleitplan liegt noch nicht vor, aber der Flächennutzungsplan weist die konkreten Grundstücke aus.« Schäffer trommelte mit den Fingern gegen das Glas, die Eisstücke am Boden klirrten. »Das Filetstück bildet eine Fläche, die Sie gut kennen.«

»Nämlich?«

»Die, auf der Verhoeven verbrannt ist.«

Zagrosek beugte sich vor. »Die Plantage mit den alten Nordmanntannen?«

»Gesa Hendricks wusste zunächst nichts von dem Kaufangebot, und auch ihr Mann hat wohl nur zufällig davon erfahren. Gesa sagt, es habe ein Termin mit ihrem Vater und Bürgermeister Hünges aus Korschenbroich stattgefunden.«

»Wieso der Bürgermeister?«, fragte Zagrosek.

»Verhoeven hatte einen Verkauf abgelehnt. Daraufhin ist Hünges wohl persönlich bei ihm vorbei gekommen, um ihn von dem Deal zu überzeugen.«

»Und?«

»Tja, Gesa weiß nicht, was dabei rausgekommen ist. Weder sie noch ihr Mann waren bei dem Gespräch dabei, worüber wohl vor allem er stinksauer war. Er hatte die Befürchtung, dass Konrad Verhoeven das Angebot endgültig abgelehnt haben könnte. Laut Gesa hat ihr Mann sich an dem Tag ziemlich die Kante gegeben.«

»Trinker?«, fragte Zagrosek.

»Glaub schon.«

Zagrosek sah Schäffer aufmerksam an. »Sie haben Gesa Hendricks noch mal vernommen?«

»Ein privater Besuch. Sie hatte eine enge Bindung an ihren Vater, und ich wollte mich ein wenig um sie kümmern.«

»Kümmert sich ihr Mann nicht um sie?«

Zagrosek bemerkte eine Veränderung in Schäffers Blick, auf einmal funkelte da etwas. »Er kümmert sich um seine Interessen. Er wird nicht traurig sein, dass Konrad Verhoeven tot ist. Denn jetzt will er selbst mit Hünges verhandeln.«

Zagrosek beugte sich vor. »Verhoeven hat kein Testament hinterlassen. Seine Frau und seine Tochter erben. Würde mich wundern, wenn Gesa Hendricks verkaufen will.«

Schäffer drehte sein Glas in den Händen. »Das interessiert Wolf Hendricks nicht im Geringsten. Er zieht sein Ding durch.«

Auf dem Rückweg ins Präsidium machte Zagrosek einen kleinen Umweg. Er betrat ein Buchkaufhaus in Pempelfort und sah sich suchend um. Bestseller, Krimis. Gab es hier ein Regal mit medizinischen Büchern? Vermutlich weiter hinten.

Eine junge Buchhändlerin kam auf ihn zu. »Kann ich helfen?«

Sie war wirklich sehr jung, vielleicht noch Auszubildende.

»Haben Sie etwas über ... Beckenbodentraining?«, fragte er.

Sie runzelte leicht die Stirn. Dachte sie etwa, er ...? Nein, er hatte die Stöpsel seines iPods noch in den Ohren stecken. Schnell zog er sie heraus.

Nun lächelte sie. »Sie meinen für Schwangere?«

»Nein, eher für ... also gegen ... Inkontinenz.«

Sie führte ihn in die Ratgeber-Ecke.

Eine halbe Stunde später kam Zagrosek zurück ins Büro, wo Blessing gerade einige private Fachbücher in eine Aktentasche steckte. Kleinschmidt stand neben ihr, im Arm einen Karton.

»Warte Werner, du kannst hier sofort ran«, sagte sie.

»Nö, komm erst mal her«, sagte Zagrosek. Kleinschmidt stellte den Karton ab, und Zagrosek umarmte ihn. »Willkommen zurück.«

»Schluss mit der Aktenhaltung.« Kleinschmidt grinste.

»Wo warst du, Tom?«, fragte Blessing.

Zagrosek berichtete von dem Gespräch mit Schäffer. »Ein komischer Typ. Hat mir Fragen gestellt. Wenn ich jetzt sterben würde, ob ich dann mit meinem Leben zufrieden wäre, und so weiter.«

»Und, wärest du?«, fragte Kleinschmidt.

»Ich wär gern noch vorher befördert worden.«

Blessing grinste.

»Übrigens hab ich meinen alten Kumpel Bernd in Kaarst mal auf Lars Schäffer angesprochen«, sagte Kleinschmidt. »Schäffer ist ja noch nicht sehr lange im Team, hat aber schon den Ruf erworben, gern Alleingänge zu machen. Gilt als schräger Typ. Eheprobleme, macht keinen Sport, liest komische Bücher.«

»Was für Bücher?« Zagrosek dachte an den Beckenbodenratgeber.

»Konfuzius. Chinesische Philosophie.«

»Oh.«

»Bernd sagt, Schäffer komme ihm manchmal vor wie

jemand, der ohne Fallschirm aus einem Flugzeug springt. Weiß, dass er unten aufschlagen wird, aber genießt dennoch den Fahrtwind um die Ohren.«

»Hat dein Bernd auch zuviel Konfuzius gelesen?«

»Immerhin sehr kollegial von Schäffer, uns über diese Flächenverkaufspläne zu informieren«, meinte Blessing.

»Er wollte meine Aufmerksamkeit auf Wolf Hendricks' Motiv lenken.«

»Leider muss ich los, Arzttermin«, meinte Kleinschmidt. »Ab morgen früh bin ich hier.«

»Ich komm gleich mit runter.« Blessing verschloss ihre Tasche.

»Warte mal, ich hab noch was für dich«, sagte Zagrosek zu Kleinschmidt. Und mit einem kurzen Blick hinüber zu Blessing. »Sieh es dir zuhause an.«

»Ein Geschenk?«

»Na ja ... zu Weihnachten kriegst du noch was anderes.«

Kleinschmidt warf einen Blick in die Tüte mit dem Aufdruck der Buchhandlung, zuerst erstaunt, dann schüttelte er lächelnd den Kopf.

Zagrosek blieb allein an seinem Schreibtisch zurück. Was für ein Chaos, er musste dringend mal aufräumen. Müde rieb er sich die Augen. Dieser Tag würde so enden wie alle. Er würde in sein leeres, kaltes Zimmer kommen, zu spät, um noch was im Fernsehen mitzubekommen, weil alle Filme längst angefangen hatten. Vielleicht schaute er noch in die Tagesthemen rein, trank dabei ein Bier oder zwei. Er würde das Licht ausschalten und vom Sofa aus auf das Wohnhaus gegenüber blicken.

Er dachte an Schäffers Worte. Ich bin sicher, man kann es sich aussuchen.

Zagrosek nahm sein Handy und schrieb: »Das Leben ist zu kurz, um dich so lange nicht zu sehen.«

Vera würde sich wundern. So poetisch war er sonst nie.

19. Dezember

Kleinschmidt sah auf der Beifahrerseite aus dem Fenster, als gäbe es entlang der A 57 Interessantes zu beobachten. Zagrosek saß am Steuer. Früher war immer Kleinschmidt gefahren. Aber Zagrosek hatte sich mit Wiebke Blessing schnell daran gewöhnt, links einzusteigen. Sie fuhr nicht gern.

Er scheuchte einen Wagen mit der Lichthupe auf die rechte Spur.

»Setz doch das Martinshorn rauf, wenn's dir nicht schnell genug geht«, sagte Kleinschmidt. »Nur würde ich gern lebend ankommen.«

»Hünges hat mittags einen Termin in Düsseldorf. Wir sollten pünktlich da sein.« Zagrosek warf Kleinschmidt einen kurzen Blick zu. »Zurück kannst du fahren. Ist sonst irgendwas?«

»Nicht, dass ich wüsste.«

»Schlechte Laune?«

Kleinschmidt sah wieder aus dem Fenster: »Vielleicht war das Ganze eine Schnapsidee. Ich weiß nicht, ob ich das hier noch kann.«

»Du kannst es«, sagte Zagrosek. Was war bloß mit Kleinschmidt los? Gestern noch hatte er euphorisch gewirkt.

Den Rest der Fahrt schwiegen sie. Zagrosek durchquerte Kaarst, parkte vor dem Rathaus. Da sie sich vorher angemeldet hatten, wurden sie sofort in das Amtszimmer des Bürgermeisters geführt.

Hünges erhob sich von seinem Ledersessel und kam ihnen entgegen, ein kräftiger Mann um die fünfzig im grauen Anzug. Sein Gesicht war sonnengebräunt, nur um die Augen herum war ein blasser Kreis zu erahnen. Vermutlich war er Ski gelaufen.

Sie begrüßten sich. Zagrosek und Kleinschmidt nahmen gegenüber seinem Schreibtisch Platz.

»Ich habe Konrad Verhoeven ja kurz vor seinem Tod noch gesehen«, sagte Hünges. »Und dann diese Tragödie auf dem Nachbarhof.« Er legte beide Hände flach auf die Tischplatte. »Da kommt man nichts ahnend aus dem Urlaub zurück und dann so etwas . . .«

»Sie hatten mit Konrad Verhoeven einen Termin wegen eines Grundstückskaufs?«, fragte Kleinschmidt.

Zagrosek verbarg einen erstaunten Blick. Kleinschmidt übernahm die Befragung. Obwohl er neu in den Fall eingestiegen war. Obwohl er vorhin zugegeben hatte, unsicher zu sein.

»Ja, aus diesem Grund war ich bei ihm.«

»Wann war das?«

»Warten Sie, Frau Schiefner-Wallner hat meinen Terminplan in ihrem Schreibtisch.« Er ging ins Vorzimmer, das heute, am Samstag nicht besetzt war. Der Bürostuhl knarrte, Zagrosek hörte ihn blättern. »Da ist es. Am vierten Dezember, zehn Uhr früh.« Er kam zurück ins Zimmer.

Zagrosek fing einen fragenden Blick von Kleinschmidt auf und nickte. »In der darauf folgenden Nacht ist Verhoeven gestorben.«

»Worum ging es genau bei Ihrem Termin?«, fragte Kleinschmidt den Bürgermeister.

Hünges schob seine Finger ineinander. »Ein Investor will Wohngebiet erschließen. Siebzigtausend Hektar.«

»Warum haben Sie sich eingeschaltet?« Kleinschmidt rückte seine Krawatte zurecht. Hünges schenkte ihm ein Lächeln. »Herr Rohloff, der zuständige Sachbearbeiter, hatte Konrad Verhoeven angerufen und war auf taube Ohren gestoßen. Und bei Verhoevens Flächen handelt es sich sozusagen um das Herzstück des Neubaugebietes. Die anderen Grundstücksbesitzer hatten teilweise schon zugestimmt.«

»Wer sind die anderen?«, fragte Kleinschmidt.

»Die Besitzer der umliegenden Höfe. Nur Walther Martini wollte nicht verkaufen.« Hünges verschränkte die

Arme. »Da greift man sich doch an den Kopf, bitte entschuldigen Sie die Formulierung. Martini war um die Siebzig, es gibt keine Erben, die die Landwirtschaft weiterführen wollen. Und dann bei diesem Angebot zu zögern!« Er atmete hörbar aus. »Dieser Selbstmord geht mir sehr nahe. Ob er sich in die Enge getrieben fühlte? Und wir dachten, wir tun dem Mann was Gutes.«

Er stand auf und ging zum Fenster. »Wir haben nun Kontakt zu der Tochter aufgenommen. Und Herbert Graupner hat direkt mit dem Investor verhandelt. Der Mann müsste ausgesorgt haben.«

»Und wie ist Ihr Gespräch mit Konrad Verhoeven gelaufen?«, fragte Zagrosek.

Hünges kratzte sich an der Augenbraue. »Wir hatten mit Widerstand gerechnet, weil Konrad Verhoeven Herrn Rohloff gegenüber so ablehnend gewesen war. Er hatte ihn beschimpft und sogar persönlich beleidigt. Aber diesmal war Verhoeven wie ausgewechselt. Er war zwar wortkarg und unfreundlich wie immer, aber er hat uns zugehört. Dann kam die Überraschung. Er hat dem Verkauf der Flächen prinzipiell zugestimmt. Soweit ist der Termin in unseren Augen sehr gut gelaufen. Unser Angebot, die Verhandlungen mit dem Investor in seinem Interesse zu führen, hat er abgelehnt. Das mache er alles selbst. Kaum waren wir draußen, machte sich Rohloff Sorgen, dass Verhoeven den Investor mit überzogenen Forderungen verprellen könnte. Er traute Verhoeven nur Übles zu. Ich habe mich von seiner Sorge anstecken lassen. So richtig in trockenen Tüchern war die Sache noch nicht, da musste ich Rohloff zustimmen.«

»Und wie ist es weiter gegangen?«, fragte Zagrosek.

»Noch gar nicht. Wir müssen abwarten, wie sich die Erben zu der Grundstückssache verhalten. Aber da bin ich zuversichtlich. Der Schwiegersohn, Wolf Hendricks, war anfangs bei unserem Gespräch dabei und schien der ganzen Angelegenheit gegenüber sehr aufgeschlossen zu sein.«

»Hendricks war an den Verhandlungen beteiligt?«, fragte Kleinschmidt.

»Nein, das kann man nicht sagen. Er wollte gern bei dem Termin anwesend sein, das hat er deutlich durchblicken lassen, aber Verhoeven hat ihn ... na ja, ich sag es mal so wie es war, er hat ihn rausgeschmissen. Ich glaub, Wolf Hendricks hat es mit ihm als Schwiegervater auch nicht leicht gehabt.« Hünges wischte eine Fluse von seinem Ärmel. »Aber das ist ein ehrgeiziger Bursche, der Wolf. Er will nächstes Jahr Schützenkönig in Büttgen werden. Chancen hat er.«

Auf dem Rückweg nahmen Zagrosek und Kleinschmidt nicht den Weg über das Kaarster Kreuz, sondern fuhren über die Landstraße, an Büttgen vorbei. Kleinschmidt saß am Steuer. Er wollte die Grundstücke sehen, die zum Verkauf standen.

Zagrosek zeigte auf die Nordmanntannenkultur, die weithin sichtbar war. »Da hinten war der Brand.«

»Ich würde mir das gerne mal aus der Nähe anschauen.«

»Dann musst du hier abbiegen.«

Kleinschmidt setzte den Blinker Richtung Kleinenbroich und hielt an der Kultur, in der Konrad Verhoevens Leiche gelegen hatte. Das Tor im Metallzaun war verschlossen. Sie gingen an den Nordmanntannen vorbei, die das Feuer verschont hatte und erreichten die zerstörte Hälfte der Fläche. Schnee bedeckte weiß und unschuldig das verbrannte Gras, doch die verkohlten Stümpfe der Bäume ragten wie Mahnmale empor.

Zagrosek warf Kleinschmidt einen Blick zu. »Übrigens, gerade bei Hünges warst du ganz der Alte. Also mach dir keine Gedanken.«

»Was mich nur nervt, sind mitleidige Blicke.«

»Von mir?«

»Von Dagmar, von den Kollegen, und von dir auch.«

»Im Moment ist es schwer, es dir Recht zu machen.«

»Wenn du dich über mich ärgerst, dann sag es. Hör auf, mich künstlich zu schonen.« Kleinschmidt ging weiter, schneller als zuvor. »Ich komm mit mir selbst nicht klar. Dabei muss ich froh sein. Ich bin froh. Der Krebs hat nicht über die Prostatakapsel hinaus gestreut. Sonst könnte ich schon im Sterben liegen. Ich habe eine zweite Chance bekommen.« Kleinschmidt kickte einen Schneeklumpen vom Weg. »Das ist großartig. Verstehst du? Ein Wunder ist das.«

»Ja«, sagte Zagrosek, »es gibt nichts auf der Welt, wofür ich dankbarer bin.«

»Aber im Alltag, mit diesen Handicaps ... Wenn ich ehrlich bin, fühle ich mich scheißungerecht behandelt. Warum passiert mir das und nicht jemand anderem?«

»Ich darf dich nicht bedauern, aber du ersäufst im Selbstmitleid.« Zagrosek stieß ihm leicht mit dem Ellbogen in die Seite und grinste. Kleinschmidt blieb ernst.

Zagrosek hob die Hand. »Entschuldige. Aber du sagst ja, ich soll dich nicht schonen.«

»Du hast gut reden. Zu wissen, dass ich es meiner eigenen Frau nicht mehr besorgen kann, wenn ich ... wenn wir es wollen.« Er verzog den Mund. »Du denkst vielleicht, bei uns sei nichts mehr gelaufen. Aber da irrst du dich. Dagmar und ich hatten noch immer Sex.«

»Warum auch nicht? Und den könnt Ihr auch wieder haben. Du darfst nicht so ungeduldig sein.«

»Ich fühle mich jedem anderen Mann unterlegen.« Kleinschmidt sah an Zagrosek vorbei. »Spontan geht gar nichts mehr. Der Sex muss generalstabsmäßig geplant werden. Einfach so, nach dem Motto: Jetzt ist mir danach und hopp in die Falle, so läuft es nicht mehr. Diese Vakuumpumpe ist Übungssache. Mal klappt es, mal nicht. Ich spritze dazu noch ein Medikament in den Schwellkörper und das ...«

»Okay«, Zagrosek holte Luft, »vielleicht musst du doch nicht so sehr ins Detail gehen.«

Ihre Blicke trafen sich. »Feigling«, sagte Kleinschmidt und grinste nun doch wieder.

Schweigend gingen sie weiter, stemmten sich gegen den eisigen Wind. Er kam von Westen, genau wie in Verhoevens Todesnacht. Zagrosek klappte den Kragen seiner Lederjacke hoch. Kleinschmidt zog seinen Wollschal vors Gesicht. Er glitt aus und griff nach Zagroseks Arm. Unter der Schneeschicht versteckten sich Eisplatten, gestreut wurde hier nicht.

Ein paar Meter weiter verlief die Landstraße, die von Kleinenbroich nach Herkenbroich führte. Erstaunlich viele Autos fuhren auf der salznassen Fahrbahn vorbei, ab und zu bog eines ab zu Konrad Verhoevens Hof. Die letzten Kunden, die noch einen Weihnachtsbaum kaufen wollten.

»Was denkst du über den Fall?«, fragte Kleinschmidt.

»Ich denke, was Hünges da erzählt, wirft ein ganz neues Licht auf die Sache. Jemand hat gedacht, Konrad Verhoeven macht ihm ein Geschäft kaputt.«

Kleinschmidt nickte.

Sie hatten den Rest der alten Nordmanntannen umrundet. Der Blick öffnete sich über ein paar Kilometer bis nach Korschenbroich. Langsam wurde es dämmerig.

»Verhoevens Grundstücke sind für das Bauvorhaben so wichtig, weil sie direkt an die Landstraße grenzen«, sagte Zagrosek. »Du fährst die Umgehung von Büttgen und bist sofort an der Autobahn.«

»Autobahnkreuz vor der Haustür und trotzdem ruhige Lage.« Kleinschmidt schnäuzte sich die Nase. »Eigentlich schade. Bald ist hier alles flächendeckend zugebaut, und Düsseldorf, Neuss, Mönchengladbach und Krefeld wachsen zu einer Riesenstadt zusammen.«

»Kann passieren«, meinte Zagrosek. Was interessierte ihn das? Sein Handy meldete eine SMS. ‚Das Leben ist zu lang, um auf dich zu warten. Ruf mich nachher an.' Zagrosek lächelte in sich hinein. Kleinschmidt musterte ihn, sagte aber nichts.

Ein paar hundert Meter entfernt, wurde eine große landwirtschaftliche Maschine, ein über zwei Meter hohes, rotes Ungetüm, aus einer Halle gefahren.

»Da drüben, das ist Herbert Graupners Anwesen«, Zagrosek zeigte in die Richtung.

»Der Nachbar, der dem Verkauf seiner Flächen sofort zugestimmt hat?«

»Der Nachbar, der laut Hünges ausgesorgt hat.«

Zagrosek beobachtete die Landmaschine, die vor Graupners Halle wendete. Sie sah aus wie die Kreuzung eines Traktors mit einer Riesenspinne, die in ihren Armen aus rot lackierten Rohren und Querverstrebungen graue Schläuche, Kanister und Kabel transportierte. Die Maschine bog auf einen Feldweg ein und näherte sich ihnen mit gleichmäßig tuckerndem Dieselmotor.

Gesa hängte das letzte T-Shirt über die Wäscheleine. Sie warf einen Blick aus dem Speicherfenster über die Hofmauer. Der Himmel hing wie ein graues, nasses Betttuch über den Feldern, bald würde es wieder schneien. In der Ferne gingen zwei Männer, dunkel gekleidet, vermummt in Schals. Zwei Fremde. Gesas Herz schlug schneller. Vielleicht nur Spaziergänger, Leute aus Büttgen. Gesa blickte auf ihre Tannenbaumkulturen, die Nachbarhöfe. Dort hinten ragte die Turmspitze von St. Dionysius empor. Ihre vertraute Welt. Heimat. Doch seit Vaters Tod war alles anders. Überall lauerten Feinde. Wenn das nun der Georgier mit einem der Schläger war? Die zwei Männer liefen in Richtung von Graupners Halle. Gesa fiel der leere Wäschekorb aus den Händen. Waren sie auf dem Weg zu Graupner, um ihre Zapfen aus der Halle zu holen?

Da sah sie den roten Highlander. Er bewegte sich in die

Richtung der beiden Fremden. Gesa blickte wie gebannt auf die Maschine. Die Männer blieben stehen, der Highlander stoppte und ein Mann sprang vom Führerstand, Gesa konnte ihn nicht erkennen.

Im Hof begann Hasko wie verrückt zu bellen. Gesa sah nach unten. Die Lichterketten brannten, aus den Boxen sang Frank Sinatra »White Christmas«. Die Tür zum Hofladen stand auf. Anna tauchte auf, warf zwei Arme voll Schmuckreisig auf eine Palette. Hasko benahm sich hysterisch. Und wo war Felix? Er war nirgends zu sehen. Sofort überfiel Gesa die Angst. Vor ein paar Minuten, aus der Küche, hatte sie ihn noch gehört, er hatte Ball gespielt. Wolf hatte ihm einen Korb zum Werfen aufgehängt. An das fast regelmäßige dumpfe Aufschlagen seines Balls auf der Erde und den Hall, wenn er die Wand traf, war Gesa schon so gewöhnt, dass sie das Ausbleiben des Geräusches nicht bemerkt hatte. Gesa lief hinunter. Hasko bellte noch immer.

»Mama, wo ist Felix?«

»Keine Ahnung. Hasko! Ruhig! Felix war eben noch hier. Wieso?«

Gesa war schon weitergelaufen, sie sah in die Scheune, rief laut nach ihm. Nichts.

Anna war ihr gefolgt. »Was hast du denn? Lass ihn doch ein bisschen herumstreunen. Möchte bloß wissen, was der Hund hat.«

Gesa versuchte sich zu beruhigen. Wenn das da draußen der Georgier gewesen war, dann hatte er nicht Felix in seine Gewalt gebracht, sondern sprach gerade mit einem der Graupners. Und wenn das nicht der Georgier gewesen war? Wenn er sich wieder auf dem Heuboden der Martinis versteckt hatte, ihr Haus im Blick, und Felix aufgelauert hatte?

Gesa musste ihre Panik vor Anna verbergen. Anna würde vor Sorge umkommen, wenn sie von der Drohung des Georgiers erfuhr. Sie hatten ihr und Felix erzählt, Wolf habe bei der Weihnachtsfeier seiner Kompanie einen über den Durst getrunken und sich halb im Spaß mit einem Schützenbruder geprügelt. Dabei habe Wolf ein blaues Auge abgekriegt. Gesas Hämatom war schon schwieriger zu erklären. Schließlich hatte Gesa eine sehr schonende Version eines Streites zwischen ihr und Wolf erfunden, bei dem Wolf die Hand ausgerutscht war. Sie hatte ihn in Schutz genommen und es auf den Stress und die Trauer wegen Konrads Tod zurückgeführt. Anna hatte Gesa misstrauisch angesehen, dann hatte sie den Kopf geschüttelt, ohne etwas zu sagen.

Gesa lief durch das Hoftor, vorbei an dem bellenden Hasko in seinem Zwinger. Draußen blieb sie stehen, sah nach rechts und links die Straße hinunter. Nichts. Sie wandte sich um. Hinter dem Haus stieg Rauch auf. Sie rannte um das Anwesen herum auf die Rückseite. Ein Feuer! Ein riesiger Haufen Tannen brannte. Wolf hatte die Nordmanntannen und ihre abgeschnittenen Spitzen zu einem Scheiterhaufen aufgeschichtet. Er stand mit dem Rücken zu ihr und blickte in die Flammen, einen Kanister in der Hand. Neben ihm hüpfte Felix aufgeregt herum.

Gesas Herz krampfte sich beim Anblick der Tannen zusammen. Aber Felix war da. Er war in Sicherheit. Ein riesiges Lagerfeuer. Was für ein großartiges Abenteuer.

Gesa drehte sich um und ging. Ein dunkelblauer Wagen passierte die Hofeinfahrt. Gut, dass Anna da war. Gesa fühlte sich nicht in der Lage, Weihnachtsbäume zu verkaufen. Als sie auf den Hof kam, stand da ein Mann in Hut und langem, grauen Mantel. Lars!

Gesa blickte sich zum Hofladen um. Ihre Mutter musste den Wagen gehört haben, aber sie war verschwunden.

Lars lehnte an der Fahrertür und wartete, bis Gesa bei ihm war. Auf dem Beifahrersitz lagen Papiere, auf der Rückbank stand eine Reisetasche.

»Hast du einen Moment Zeit?«, fragte er.

Gesa nickte. Sie spürte seine Unruhe. Ein unangenehmer Druck legte sich auf ihren Magen. Sie betraten das Haus. Gesa nahm Lars mit nach oben in die Küche, er hängte den Mantel über einen Stuhl.

»Möchtest du einen Kaffee?«

»Was? Nein. Oder doch, von mir aus.«

Gesa machte sich an der Maschine zu schaffen. Lars schwieg.

Dann saßen sie sich mit dampfenden Tassen gegenüber.

»Wie läuft es?« Lars räusperte sich.

Gesa zuckte mit den Schultern.

»Hast du mit Wolf über deine Pläne gesprochen?«

»Noch nicht.«

»Willst du Wolf einfach machen lassen, was er will?«

Gesa schwieg. Ich bin die Erbin, dachte sie. Lars hat ja Recht.

»Wolf reißt alles an sich. Er hat dich geschlagen. Und du liebst ihn nicht mehr.«

Was er sagte, stimmte. Und doch hatte er keine Ahnung.

»Warum bist du gekommen?«, fragte sie.

Lars sah sie von der Seite an. »Ich will wissen, was du vorhast.«

»Wie meinst du das?«

»Was wünschst du dir, Gesa? Für dein Leben?«

»Du liebe Güte . . .« Gesa lächelte schwach.

Lars stand auf und umkreiste den Tisch. »Ich fühle eine Kraft in mir, wie ich sie noch nie vorher gefühlt habe. Ich bin fast vierzig, Gesa. Und ich will nicht länger so vor mich hin leben.« Er lächelte verlegen. »Dich wieder zu treffen, hat mich aus der Bahn geworfen. Zuerst dachte ich, vergiss es, du Spinner, es ist dreizehn Jahre her. Aber ich hatte das Gefühl, da ist noch was zwischen uns beiden. Und seit dem Morgen auf dem Heuboden, glaube ich, du empfindest es genauso.« Er stand nun hinter ihr und legte seine Hand auf ihre Schulter. »Sag doch bitte was.«

»Mir geht es auch so, aber wie . . .«

»Kein ‚Aber', kein ‚Wie'! Das ist alles nebensächlich. Was

du willst, ist wichtig. Nur das.« Er setzte sich neben sie, legte die Hand sanft in ihren Nacken.

Gesa wich seinem Blick aus. Aber Wolf . . . und Felix und Anna, dachte sie.

»Gesa . . .?«

Gesa schüttelte stumm den Kopf.

In Lars' Augen erlosch etwas. Das Funkeln versank in mattem und müdem Braun. Er ließ ihre Hand los. »Wie du das immer wieder schaffst«, murmelte er. »Jetzt fühle ich mich wie ausgeleert.«

Gesa verbarg ihr Gesicht in den Händen.

»Und trotzdem brauche ich deine Nähe. Wenn ich nicht bei dir bin, will ich zu dir. Und wenn wir uns sehen«, Lars zögerte, »dann laufe ich wie gegen eine Mauer.«

Es war ihre Schuld. Immer war es so. Gesa griff nach der Schale mit den Tannensamen und schleuderte sie gegen die Küchenwand. Sie traf die Uhr, die von ihrem Haken gerissen wurde und auf der Herdplatte in Einzelteile zersprang. Die Samenkörner prasselten nieder.

Für eine Sekunde war es still in der Küche. Dann packte Lars Gesas Arm und zog sie vom Stuhl hoch. »Ja!«, rief er, »das ist es! Wehr dich doch! Fang an zu kämpfen! Fang endlich an zu leben!«

Gesa starrte ihn an, beide Arme in der Luft, den einen in Lars' Klammergriff, den anderen erhoben, um . . . ja, um sich gegen ihn zu schützen. Sie wollte ihn anbrüllen, doch als sie ihre eigene Stimme hörte, klang sie zittrig und leise.

»Nur weil du jetzt da bist . . .«, begann sie. Nein, das war der falsche Anfang, das war nicht das, was sie sagen wollte. »Ich kann nicht alles ändern, alles wegschmeißen. Du bist auf einmal da, nach dreizehn Jahren. So einfach geht das nicht!«

Lars trat ganz nah vor sie, so dass sie den Kopf in den Nacken legen musste, um seine Augen zu sehen. »Doch, Gesa. So einfach geht das.«

Er ließ ihren Arm los und trat zurück. Sie sah die Enttäuschung in seinem Blick.

»Lass mir noch etwas Zeit.«

»Ja, du hast Recht. Dreizehn Jahre reichen bei dir nicht.«

Gesa stand wie gelähmt, noch lange, nachdem Lars seinen Mantel genommen hatte und gegangen war.

Die rot lackierte Landmaschine war nur noch fünfzig Meter entfernt. Zagrosek erkannte Herbert Graupner auf dem Fahrersitz und winkte ihm zu.

Sie warteten schweigend, bis Graupner heran gerollt war. Er stellte den Motor ab und kletterte zu ihnen hinunter. Zagrosek stellte Kleinschmidt vor.

»Was ist das denn?«, fragte Zagrosek und zeigte auf Graupners Gefährt.

Graupner grinste. »Nennt sich Highlander. Ein Portaltraktor, mit dem man bequem alle Arbeiten in Weihnachtsbaumkulturen erledigen kann. Damit wollte ich Rocco die Arbeit schmackhafter machen.« Er drehte sich kurz zu seinem Anwesen um, zuckte dann die Schultern. »Aber er will wieder weg. Macht sein Studium in Köln weiter. Ist schon richtig so.«

»Wir haben gehört, Sie haben einige Grundstücke verkauft?«, fragte Kleinschmidt.

Graupner zog die Augenbrauen hoch. »Noch nicht unterschrieben. Aber ich habe es vor. Ich hoffe, dass der Deal nicht wegen ein paar Querulanten platzt.«

»Sind die nicht alle tot?«, fragte Zagrosek.

Graupner hielt seinem Blick stand. Zagrosek konnte nicht die leiseste Regung in seinen Augen erkennen.

»Verhoeven und Martini«, setzte Zagrosek nach. »Die alten Sturköpfe. Die Gegner jeglichen Fortschritts. Gut, dass sie weg sind, oder?«

»Das haben Sie gesagt.« Graupners Stimme klang leise

und gereizt. »Aber es stimmt, ich trauere nicht sehr um sie. Wir sollten uns nicht festklammern an unserem Besitz, an unseren Ideen und Lebenszielen. Die neue Generation hat ihren eigenen Kopf. Rocco will Softwareentwickler werden, Wolf Hendricks Spargelbauer und die Tochter der Martinis kauft sich vielleicht mit dem Geld eine schicke Eigentumswohnung. Wer will beurteilen, ob das richtig oder falsch ist? Jeder ist seines Glückes Schmied.«

»Sie haben Gesa Hendricks vergessen«, sagte Zagrosek.

»Ach Gesa . . .« Graupner seufzte. »Gesa steht mit dem Glück auf Kriegsfuß. Ich kannte sie schon als kleines Mädchen, ich hab sie auf meinen Knien geschaukelt. Es reicht nicht aus, klug und begabt zu sein. Wenn man seine Träume verwirklichen will, muss man auch die Verantwortung übernehmen.«

»Und warum tut sie das nicht?«

»Weil sie Angst hat, vermute ich.«

»Wovor?«

»Keine Ahnung.« Graupner zögerte. »Vor sich selbst?«

Zagrosek verschränkte die Arme vor der Brust. »Konrad Verhoeven war übrigens keiner der ,Querulanten'. Er war Befürworter des Bauvorhabens, er wollte seine Grundstücke auch verkaufen. Haben Sie das gewusst?«

»Nein.« Graupner sah ehrlich erstaunt aus. »Sieh mal an, das hätte ich nicht gedacht. Dann war er doch nicht so verbohrt, wie ich dachte.« Er lächelte. »Und ich hab mir umsonst Sorgen um mein Geld gemacht.«

Zagrosek und Kleinschmidt liefen über den Flur in Richtung des Besprechungsraumes. Lammert traf zeitgleich ein. Nellessen saß schon am Tisch und blätterte in seinen Notizen.

»Also noch mal offiziell«, sagte Nellessen, »willkommen

im Team, lieber Werner. Wir sind sehr froh, dich zurück zu haben.«

Bei jedem anderen hätten die Worte herzlich geklungen. Aus Hans Nellessens Mund klang alles nur steif. Zagrosek dachte an Vera. Vielleicht hatte sie das auch schnell gemerkt, Nellessen war ein humorloser Stiesel. Da nützen ihm auch sein gutes Aussehen und sein Ehrgeiz im Job nicht viel.

Kleinschmidt setzte sich. »Dank Tom konnte ich mir schon einen Eindruck verschaffen.« Er schlug sein Notizbuch auf. »Wir sind auf eine Sache gestoßen, die uns eventuell ein Motiv liefern könnte.« Er berichtete von Hünges' Vernehmung und brachte die Begegnung mit Graupner in wenigen Sätzen auf den Punkt.

Zagrosek beobachtete ihn. Er wirkte energiegeladen und selbstbewusst. Der Werner Kleinschmidt, den Zagrosek vorhin auf den Feldern erlebt hatte, der Mann, der im Selbstmitleid ertrank, war wieder verschwunden.

»Wir haben eine ganze Reihe von Kandidaten, die ein starkes Interesse daran haben, die Verkaufsverhandlungen zum Abschluss zu bringen«, sagte Kleinschmidt. »Der Investor selbst. Hünges, der sich profilieren, Infrastruktur schaffen und zahlungskräftige Steuerzahler in die Kommune locken will. Die Tochter der Martinis, die kein Interesse an dem Erhalt des elterlichen Hofes hat. Wolf Hendricks, der den Betrieb umrüsten will. Herbert Graupner, dessen Sohn den Hof nicht übernehmen will und der für seinen Lebensabend vorsorgen muss.«

»Wie steht die Tochter zu dem Verkauf?«, fragte Lammert.

»Sie müsste dagegen sein. Verkaufen heißt Schluss für ihre Pläne mit den Nordmannsamen.«

»Wenn es stimmt, was Schäffer sagt, dann wusste Wolf Hendricks nichts von Verhoevens Meinungswechsel«, nahm Zagrosek den Faden wieder auf. »Er hat ein Motiv.«

»Und der umgekehrte Fall bei der Tochter?«, fragte

Kleinschmidt. »Ging auch sie davon aus, ihr Vater habe abgelehnt? Und hat dann rausgekriegt, dass ihre Tannen bald futsch sein werden?«

»Und fackelt nachts vor Wut alles ab?« Lammert verschränkte die Arme.

»Wut passt nicht zu ihr«, meinte Zagrosek. »Eher Verzweiflung.«

»Und auf einmal steht ihr Vater vor ihr«, ergänzte Kleinschmidt. »Sie streiten sich, merken nicht, dass die Flammen sie einschließen. Gesa Hendricks hat etwas in der Hand. Etwas Schweres, Hartes. Sie schlägt zu. Verhoeven fällt zu Boden, Gesa Hendricks haut ab. Kurzschlussreaktion.«

»Komisch, dass Verhoeven verkaufen wollte«, sagte Zagrosek. »Erst verprellt er diesen Rohloff am Telefon und dann stimmt er auf einmal zu.«

»Vielleicht hat ihm der hohe Besuch geschmeichelt?«, meinte Lammert.

»Passt nicht zu den Beschreibungen, die wir von ihm haben.«

»Er war gegen Veränderungen im Betrieb«, sagte Lammert. »Wieso ändert er plötzlich seine Meinung?«

Einen Moment herrschte Stille.

Dann fragte Zagrosek: »Und warum sagt er niemandem was davon? Nicht mal der Familie?«

»Vielleicht würde er noch leben, wenn er darüber gesprochen hätte«, sagte Lammert.

»Es gab nur eine Person, die sich über seinen Meinungswechsel nicht gefreut hätte und das ist die Tochter«, meinte Kleinschmidt.

Lammert zuckte die Achseln. »Na gut, aber . . . daraus lässt sich kein Motiv ableiten. Nehmen wir mal an, Gesa Hendricks hätte gewusst, dass ihr Vater verkaufen will und ihn getötet. Dann hat sie das gleiche Problem jetzt mit ihrem Mann.«

»Ja, aber sie und ihre Mutter sind die Erbinnen«, warf

Nellessen ein. »Vielleicht glaubte sie, sie kann sich gegen Wolf Hendricks durchsetzen?«

Kleinschmidt sah kurz in sein Notizbüchlein. »Herbert Graupner, der Nachbar, der sie von Kind auf kennt, traut ihr gar nicht zu, ihre Interessen zu wahren.«

»Nächste Version. Verhoeven hat sich Feinde in Georgien gemacht. Jemand ist hier aufgekreuzt und hat ihn umgestimmt, um es mal freundlich auszudrücken.«

»Aber warum jetzt? Was ist der Auslöser?«, fragte Zagrosek. »Und diese georgische Flasche wurde erst zwei Wochen nach Verhoevens Tod auf dem Heuboden gefunden.«

Die anderen schwiegen. Zagrosek rieb sich die Stirn. Irgendetwas vergaßen sie, eine entscheidende Information. Er lehnte sich zurück, nahm die wieder auflebende Diskussion nur noch als Hintergrundgeräusch wahr. Warum hatte Verhoeven sich anders entschieden, als alle es von ihm erwarteten? Ging es ihm um den Paukenschlag, um die Überraschung? War das seine Art, Macht auszuüben, die anderen zu terrorisieren? Oder wurde er gezwungen, erpresst? Was war Konrad Verhoeven für ein Mensch gewesen? Sie wussten viel zu wenig über ihn. Aber auch für die Leute, die ihm nahe standen, oder ihn lange kannten wie Herbert Graupner, schien Verhoeven ein Rätsel gewesen zu sein.

»Wir haben den falschen Blickwinkel«, sagte er laut. Die anderen sahen ihn an. Vermutlich hatte er jemanden mitten im Satz unterbrochen. »Den der Familienmitglieder, Konkurrenten, Geschäftspartner. Was haben sie von ihm erwartet, und wie hat er sich verhalten?« Zagrosek war selbst nicht sicher, worauf er eigentlich hinauswollte, er spürte nur, dass sich ein wichtiger Gedanke in seinem Kopf verbarg. »Er war ein Einzelgänger, ein Eigenbrötler. Die Leute um ihn herum waren ihm schnuppe. Ihn interessierte nur eines, das, was er selbst wollte.«

»Alles beim Alten lassen, das wollte Verhoeven.« Kleinschmidt stand auf. »Und genau dazu passt diese Sprunghaftigkeit nicht.«

Zagrosek schüttelte den Kopf. Es war zum Verzweifeln, er hatte das Ende des Fädchen fast in der Hand gehabt, um den Knoten aufzudröseln, doch nun, nach Kleinschmidts Bemerkung, war alles weg. Kleinschmidt war selbst sprunghaft. Bei dem Gespräch auf den Feldern jammerte er herum, hier am Tisch gab er den coolen Ermittler. Sofort schaltete sich Zagroseks Gewissen ein, Kleinschmidt war . . .

»Noch mal von vorn«, unterbrach Nellessen seinen Gedanken, »was wissen wir über ihn? Verhoeven war ein Einzelgänger, ein Eigenbrödler, machtbesessen, stur . . .«

»Todkrank«, murmelte Zagrosek und holte Luft. Da war das Ende des Fädchens. Die Krankheit war das Ereignis, das Verhoevens Leben auf den Kopf gestellt hatte.

»Was hast du gesagt, Tom?«, fragte Lammert.

»Der Krebs. Auf einmal erfährt er, dass er nicht mehr viel Zeit hat. Er muss sich entscheiden, wem er den Hof überlässt. Wolf Hendricks oder seiner Tochter. Und er entscheidet sich für Wolf Hendricks.«

Fünf Minuten später rief Zagrosek Anna Verhoeven an und ließ sich den Namen von Verhoevens Arzt in Büttgen geben. Er erreichte den Arzt unter seiner Privatnummer.

»Ich habe in der Zeitung von dem Brand gelesen«, sagte Dr. Bohnen, nach der Stimme zu urteilen ein älterer Mann. Er seufzte. »Verhoeven war kurz vorher bei mir in der Sprechstunde.«

»Weswegen?«

„Er hatte Schmerzen. Er war sehr schwer krank."

»Bauchspeicheldrüsenkrebs mit Lebermetastasen. Im Endstadium«, sagte Zagrosek.

»So was bekommen Sie als Hausarzt in Büttgen nicht oft zu sehen.«

»Wann war er bei Ihnen? Wir müssten es bitte genau wissen.«

»Das kann ich Ihnen jetzt am Wochenende nicht sagen. Der Terminkalender ist in der Praxis.«

Zagrosek bat ihn, hinzufahren und nachzusehen.

Eine halbe Stunde später meldete sich der Arzt: »Das war am dritten Dezember, morgens um Zehn.«

»Wie war sein Zustand?«

»Er klagte über Schmerzen im Unterbauch, Schlaflosigkeit und starken Nachtschweiß. Gewichtsverlust. Mir fiel eine gelbliche Verfärbung der Augenpartie auf. Das ließ auf Probleme in der Galle oder Leber schließen. Es waren Lebermetastasen. Dann der Befund im Ultraschall. Ich konnte Tumore sehen.«

»Wollten Sie ihn weiter behandeln?«, fragte Zagrosek.

»Nein, wo denken Sie hin. Ich hab ihn sofort zu einem Spezialisten in die Uniklinik überwiesen. ‚Kann der Mann mich heilen?' Das hat Verhoeven mich ganz direkt gefragt. In Anbetracht der Metastasen . . . Also, ich bin einer ehrlichen Antwort ausgewichen. Man soll einem Menschen niemals die Hoffnung nehmen.«

3. Teil

Wolf nahm die Hofeinfahrt zu schnell. Er musste scharf abbremsen, um nicht an die Mauer zu prallen. Er stieg aus und warf die Wagentür zu. Die Tür des Hofladens stand auf, ein fremder, dunkelblauer Opel parkte dort, aber es war kein Kunde zu sehen. Auch Anna war verschwunden. Die Umstände schienen günstig für einen kurzen Abstecher. Wolf hatte eine neue Flasche hinter dem Marmeladenregal deponiert. Nur ein Schlückchen. Aus den Boxen säuselten Geigen ‚Leise rieselt der Schnee'. Bis zum Ende seines Lebens würde er Weihnachtslieder hassen, da war er ganz sicher. Aber irgendwann würde die Zeit kommen, wo er mit Weihnachten und Weihnachtsbäumen nichts mehr zu tun hatte. Das schwor er sich. Er steuerte auf sein Versteck hinter dem Regal zu. War da ein Geräusch in seinem Rücken gewesen? Er drehte sich um. In der Tür stand Anna.

»Ach, da bist du. Ich hatte dich gerade gesucht«, sagte er.

»Seit wann hab ich einen schlanken Hals und ein Etikett um den Bauch, auf dem ‚Cognac' steht?« Anna trat zur Kasse, ließ die Lade herausfahren und legte einen Zettel hinein.

Wolf stand da, ertappt wie ein kleiner Junge. Ihm fiel nichts darauf ein. Aber im Grunde war es egal, ob er etwas sagte oder nicht.

Anna schloss die Kassenlade mit einem Knall. »Du solltest aufpassen, Wolf. Hier gehen Dinge vor, von denen du nichts weißt.«

Wolf runzelte die Stirn. »Ist etwas mit Felix?«

»Nein, wie kommst du denn darauf? Er ist bei seinem Freund Kai. Gesa wollte sich in Ruhe mit jemandem ... unterhalten.«

»Was heißt das?«

Anna wandte sich ab und fuhr mit einem Staubtuch über die Regalbretter. »Ich habe schon damals nicht begriffen, wie man sich in so einen verlieben kann.«

In Wolfs Kopf klickte etwas. »Dieser Schäffer war schon wieder hier?«

Anna wedelte mit dem Tuch. »Tja, er will sie mitnehmen. Er hat oben in der Küche herum geschrieen: ‚Wehr dich. Fang endlich an zu kämpfen!' Wenn du mich fragst, hetzt er sie ganz schön gegen dich auf.«

»Ich wusste, da läuft was. Das wird er mir büßen. Das werden sie mir beide büßen.«

Anna nickte mit dem Kopf nach draußen. »Er ist noch hier. Der blaue da, das ist sein Wagen.«

»Er ist noch drinnen? Bei Gesa?«

»Nein, ich habe ihn rauskommen sehen.«

Wolf griff nach der Flasche, nahm einen großen Schluck, stellte sie zurück. Er ließ Anna stehen und lief ins Haus. Er rief nach Gesa, aber sie antwortete nicht. Er sah in der Küche nach, dann im Bad, wo Licht brannte. Nichts. Er fand sie im Schlafzimmer. Sie lag im Bett, den Kopf ins Kissen vergraben.

»Gesa! Was machst du hier?«

Er packte sie an der Schulter, spürte wie sich ihr Körper versteifte. »Ich hab Kopfschmerzen. Lass mich bitte in Ruhe!«

»Wir beide sprechen uns später!«

Wolf sah sich im Zimmer um. Seine Frau betrog ihn! Einen Moment war er versucht, den Kleiderschrank aufzureißen, um Schäffer nackt und kauernd darin zu finden. Das alles war wie in einem schlechten Film.

Wolf rannte die Treppe wieder herunter. Im Hof blickte er unschlüssig um sich, dann lief er hinaus und postierte sich vor dem Haus. Schäffer war nicht auf dem Grundstück, aber wenn er zu seinem Wagen wollte, musste er hier vorbei. Er spähte nach rechts und links die Straße hinunter. Niemand war zu sehen. Es dämmerte schon. Vor Wolf lag dunkel und abweisend die Hofmauer der Martinis. Vielleicht hatte sich Schäffer irgendwo versteckt und wartete darauf, dass Wolf wegfuhr. Um wieder zu Gesa zu gehen. Sich zu ihr ins Bett zu legen. »Dich mach ich fertig, du halbe Portion«, murmelte er.

Da! Ein Licht blitzte auf. Sein Blick schnellte nach oben zum Fenster von Martinis Scheune. Ein kleine Flamme, eine Kerze oder ein Feuerzeug? Jetzt war alles wieder dunkel.

Wolf schlich um das Haus herum, durch den verwahrlosten Hof der Nachbarn. Er ging in die Scheune, setzte lautlos einen Fuß vor den anderen. Da war die Leiter nach oben. Er hörte ein Rascheln und hielt inne. Dann stieg er Sprosse um Sprosse hinauf, er war selbst erstaunt, dass es trotz seiner hundert Kilo nur leise knarrte. Er sah durch die Luke ins Heu. Lars Schäffer saß drei Meter entfernt auf einem Ballen und rauchte. Die Spitze seiner Zigarette tanzte als kleiner roter Punkt in der Luft. Einige Sekunden verstrichen in gespannter Stille. Der rote Punkt glühte auf, verblasste, glühte wieder auf.

»Was wollen Sie?«, fragte Schäffer.

Wolf wollte Schäffer eine reinhauen. Ihn richtig durchprügeln. Was er nicht wollte, war ein Plauderstündchen. Aber er musste erst mal richtig rauf auf den Heuboden und Abstand zur Luke gewinnen. »Sind Sie bescheuert, im Heu zu rauchen?«

»Keine Sorge, ich hab alles im Griff.«

»Ach ja? So wie meine Frau?« Wolf setzte sich auf die Bretter neben der Luke und zog die Beine nach oben. Eine Position in der er sich schlecht verteidigen konnte. Gefährlich. Doch Schäffer rührte sich nicht.

»Was ist?« Wolf schob sich wie in Zeitlupe von der Bodenöffnung weg. »Hat's dir die Sprache verschlagen? Ich bin nicht so blöd wie ihr denkt. Ich hab gemerkt, dass da was läuft. Aber nicht mit mir.« Er kam hoch auf die Knie. Jetzt aufstehen und Schäffer die Abreibung geben, die er verdient.

»Gesa liebt Sie nicht mehr«, sagte Schäffer mit müder Stimme. »Sie wissen es längst. Aber Sie brauchen sich deswegen keine Sorgen zu machen. Sie wird Sie nicht verlassen. Sie hat den Mumm nicht dazu.«

Wolf behielt Schäffer im Blick. Er würde den Kerl umbringen.

»Alles bleibt wie es ist«, flüsterte Schäffer. »Verstehen Sie? Alles bleibt wie es ist. Ist das nicht schrecklich?«

Wolf hielt in der Bewegung inne. Schäffer machte ihn ganz kirre. Diese verzweifelte, flüsternde Stimme. Wolfs Wut schwand, er fühlte sich ganz verloren, so als blicke er in einen dunklen Abgrund. Er verkrampfte die Hände zu Fäusten. »Ich werd dir zeigen, was schrecklich ist!«

»Sie sind wütend. Wie ein Kind, dem jemand was wegnehmen will. Aber später werden Sie kapieren, dass ich nur eine Randfigur bin. Ich spiele gar keine Rolle. Ich habe mein eigenes Leben, das ich gerade verpfusche. Und Sie haben Ihres. Ihre Ehe, Ihre Familie. Wenn Ihre Wut verraucht ist, werden Sie verstehen, was ich meine.«

»Ein arrogantes Arschloch bist du, nichts weiter«, schrie Wolf.

»Arrogant? Ja, vielleicht.« Schäffer sog an der Zigarette. »Was wissen Sie über Gesa? Wissen Sie, was sie fühlt? Sie zerstören ihre Zukunftsträume, Sie denken nur an sich und Ihre Pläne, Sie reden nicht mit Ihr. Sie nehmen Sie nicht ernst.«

»Ach, halt doch die Klappe!«

»Wussten Sie, dass Ihr Schwiegervater todkrank war? Er hatte noch ein paar Monate zu leben, vielleicht nur Wochen. Haben Sie davon was gemerkt?«

»So ein Quatsch! Mir reicht es jetzt!« Wolf stürzte auf

Lars zu, er packte ihn und schleuderte ihn von dem Heuballen. Schäffer lag am Boden. Wolf beugte sich über ihn und hob die Faust.

»Papa?«, rief eine Kinderstimme. Felix' Kopf erschien oberhalb der Luke. »Papa, bist du das?« Der grelle Schein einer Taschenlampe traf Wolfs Gesicht.

Wolf richtete sich auf. Schäffer kam blitzschnell auf die Knie und suchte sofort nach der Kippe, die ihm bei Wolfs Angriff heruntergefallen. Sie glimmte im Heu vor sich hin. Er benetzte die Finger mit Spucke und löschte die Glut aus.

»Felix. Alles in Ordnung«, sagte Wolf.

»Was machst du? Habt ihr Streit?« Felix beleuchtete abwechselnd Schäffer und Wolf.

»Wir haben auch was gehört und haben hier oben nach dem Rechten gesehen. Es war aber nur eine Katze«, sagte Schäffer. Seine Stimme klang ruhig und Vertrauen erweckend.

»Aber wieso hast du geschrieen, Papa?«

»Dein Papa war wütend, weil ich hier oben geraucht habe. Du weißt doch, dass man im Heu nicht rauchen darf?«

Wolf musste lachen. Schrill und hysterisch. Er konnte gar nicht mehr aufhören.

»Papa?«

»Hör mal auf, ihm ins Gesicht zu leuchten.« Schäffer trat zu Felix. »Mann, das ist ja eine riesige Taschenlampe. Ist das deine?«

»Nein, die ist von Papa.« Felix hielt den Lichtstrahl auf den Boden gerichtet.

Wolfs Lachen erstarb.

»Tolles Ding. Darf ich mal sehen?« Schäffer streckte die Hand aus.

»Gib sie ihm nicht!«, sagte Wolf. Felix hielt die Lampe fest.

»Das ist gar nicht meine, wie kommst du nur darauf«,

sagte Wolf. »Meine hab ich mal in der Kultur liegen lassen, und als ich sie holen wollte, war sie weg. Hat Beine gekriegt.«

»Du hast doch den roten Klebestreifen um den Griff gemacht.«

Wolf hielt den Atem an. Hatte Felix ihm dabei zugesehen? Wolf konnte sich nicht erinnern. »Zeig mal her!« Wolf tat so, als würde er die Lampe genau inspizieren. »Stimmt. Das ist wirklich meine. Hast du sie mir etwa geklaut?«

Felix zögerte und sah auf seine Schuhe. »Nein, ich hab sie gefunden.«

»Wo denn, Felix?«, fragte Schäffer.

Felix warf seinem Vater einen ängstlichen Blick zu.

»Felix, du weißt doch, dass ich Polizist bin. Wenn ein Polizist dich etwas fragt, dann musst du Antwort geben.«

»Sie lag in dem großen Haufen Tannen, die du verbrannt hast.« Er wandte sich Schäffer zu. »Das war ein riesengroßes Lagerfeuer!«

»Na, das ist doch toll, dass du die Lampe wieder gefunden hat. Ich wette, dein Vater freut sich darüber.«

Wolf suchte noch nach einer Antwort, da klingelte sein Handy. Unbekannte Nummer. Eine plötzlich einsetzende Angst drückte auf Wolfs Magen. Er meldete sich.

Eine leise, kalte Stimme in der Leitung. Guram! »Es ist so weit. Wir holen die Zapfen jetzt ab. Wir treffen uns an der Kultur mit den alten Nordmännern. Und diesmal – keine Verarschung mehr.«

»Okay, ich komme«, sagte Wolf und fuhr sich mit der Hand über die Augen. In seinem Kopf wirbelten die Gedanken durcheinander. Wolf musste sich beeilen, er wollte Guram nicht reizen. Aber Schäffer durfte die Lampe nicht bekommen.

»Danke Felix, gib sie mir nun zurück und geh zu Mama«, sagte Wolf streng. »Ich muss noch zu einem Kunden. Dringend.«

Er nahm Felix die Lampe aus der Hand und wartete,

bis sein Sohn durch die Luke hinab gestiegen war. Dann kletterte er selbst auf die Leiter.

»Passen Sie gut auf sich auf, Herr Hendricks«, sagte Schäffer und steckte sich eine neue Zigarette an.

Es war nun dunkel zwischen den Heuballen. Wolf sah das rote, glühende Pünktchen vor Schäffers Gesicht aufleuchten und wieder verglühen. Er stieg die Leiter hinab und verließ den Hof der Martinis.

Gesa saß am Küchentisch, ihre Augen brannten vom Weinen.

Anna wirbelte mit einem Handfeger um sie herum. »Wie sieht das hier oben aus! Und dich finde ich am helllichten Tage im Bett!« Sie griff nach dem Kehrblech. »Überall Tannensamen. In jeder Ritze sind welche.«

Gesa hob den Kopf. »Lass doch, ich hole gleich den Staubsauger rauf.«

»Gar nichts holst du!« Anna öffnete den Küchenschrank unter der Spüle, zog den Mülleimer hervor und kippte Samen vom Kehrblech hinein. »Die Polizei ist gleich da. Was sollen die denn von uns denken.«

Unten klopfte es laut an die Hoftür.

»Augenblick!« Anna band ihre Schürze ab und lief die Treppe hinunter.

Einige Augenblicke später trat der blonde Kommissar ein. Zagrosek. Sein Name fiel Gesa erst nach einem Moment wieder ein. Er hatte einen wesentlich älteren Kollegen dabei, der schlecht gelaunt wirkte und sich als Werner Kleinschmidt vorstellte. Gesa rieb ihren Augenwinkel, um mit der Handfläche ihre lädierte Gesichtshälfte verbergen zu können. Aber gleich würden sie es sowieso entdecken. Als sie den Arm sinken ließ, veränderte sich Zagroseks Gesichtsausdruck, nahm eine Mischung aus Erschrecken und Misstrauen an. Er musterte ihre Hämatome, die zwischen lila, grün und gelb auf der angeschwollenen Haut schillerten.

Gesa bot Kaffee an. Milch, Zucker? Selbst die bescheidensten Höflichkeitsfloskeln kosteten sie eine übermenschliche Kraft. Anna drückte sie auf ihren Küchenstuhl zurück und hantierte an der Kaffeemaschine herum.

Gesa fühlte sich weiter von Zagrosek beobachtet. Musste er sie die ganze Zeit so anstarren? Und natürlich fragte er.

»Was ist mit Ihrem Gesicht passiert?«

»Mein Mann und ich hatten einen kleinen Streit. Nichts Ernstes. Er hatte beim Schützentreffen einen über den Durst getrunken. Und als ich gemeckert habe, dass er so spät nach Hause kommt, ist ihm die Hand ausgerutscht.«

»Kommt das öfters vor?«

Gesa bemerkte Annas Blick, der durch den Raum huschte wie eine Maus auf der Flucht und Gesas Gesicht nur streifte. »Nein«, antworte sie und war froh, dass sie diesmal nicht lügen musste, »nein, das ist noch nie vorgekommen.«

Der Kommissar sah nicht sehr zufrieden aus. Er wechselte einen Blick mit seinem älteren Kollegen. Anna umkreiste den Tisch, rückte die leeren Stühle heran. Gesa machte dieser Aktionismus wahnsinnig. Konnte sich Anna nicht für einen Moment setzen und ruhig verhalten?

»Wir haben mit Dr. Bohnen in Büttgen gesprochen«, sagte Kleinschmidt. »Konrad Verhoeven war am dritten Dezember bei ihm und hat erfahren, wie ernst sein Zustand war. Der Krebs war unheilbar. Bohnen hatte ihn zu einem Spezialisten in die Uniklinik überwiesen. Dort hat sich Ihr Vater nicht gemeldet.«

»Am dritten Dezember? Das war einen Tag, bevor er gestorben ist«, sagte Gesa.

»Gesa, da liegt ja Glas!« Anna hatte die Scherben von Gesas Küchenuhr zwischen Herd und Spüle entdeckt. Sie versuchte sie mit dem Griff des Handfegers herauszufischen.

Zagrosek ließ Gesa nicht aus dem Blick. »Er hat mit Ihnen beiden nicht über die Diagnose gesprochen. Warum nicht? Was glauben Sie? Was könnte in Ihrem Vater vorgegangen sein?«

Gesa fror. Sie wusste keine Antwort. Zumindest keine, die ein Fremder verstehen würde.

Der ältere Kommissar räusperte sich. »Frau Hendricks, auch ich habe vor einem halben Jahr eine Krebsdiagnose bekommen. Ich erinnere mich an den Moment, wo der Arzt es mir sagte. Ich habe schlagartig begriffen, dass mein altes Leben beendet ist, dass es niemals mehr so sein wird wie zuvor. Aber ich erfuhr auch, dass ich geheilt werden kann. Ihrem Vater wurde diese Hoffnung nicht gegeben.« Er atmete aus. »Und trotzdem hat er nicht die Nähe der Menschen gesucht, die er liebt. Und die ihn lieben. Vielleicht wollte er sich und Ihnen die Illusion der Normalität erhalten? Die Diagnose verdrängen? Oder wollte er Sie schonen? Sie mit der schrecklichen Nachricht nicht belasten?«

Gesa ballte die Hände. Das alles wäre so nachvollziehbar gewesen. Aber der Grund war ein anderer. Konrad hatte Angst gehabt, die Kontrolle zu verlieren, wenn er zugab, dass er schwach und verletzlich war. Todkrank, dem Ende nahe.

Er hatte gedacht, sie tanzten ihm auf der Nase rum, machten auf dem Hof, was sie für richtig hielten. Konrad hatte ihnen nicht vertraut.

Anna kniete vor dem Herd und warf mit spitzen Fingern Scherben in den Müll.

Gesa verstand auf einmal, warum auch sie es nicht fertig brachte, anderen zu vertrauen. Sie waren ein Haufen Gefühlskrüppel. Ob sie ihre Unfähigkeit an Felix weitergab? Und er an seine Kinder? Felix! Sie erschrak so sehr, dass es ihr den Atem nahm: Sie hatte ihn ganz vergessen. Und sie hatte sich doch vorgenommen, ihn nicht aus den Augen zu lassen.

»Wo ist Felix eigentlich?« Gesa rieb ihre eiskalten Finger aneinander. »Mama!«

»Gerade eben war er noch unten im Hof. Er hat Hasko gefüttert.« Anna runzelte die Stirn. »Dreh nicht durch, Gesa. In letzter Zeit übertreibst du, was das Kind angeht.« Sie blickte die Kommissare an. »Der Junge darf nicht mehr allein auf die Straße. Ich weiß nicht, was das soll.«

Zagrosek räusperte sich. »Wir haben uns den Kopf zerbrochen, warum Konrad Verhoeven dem Verkauf von Grundstücken an die Kommune zugestimmt hat, obwohl er ursprünglich dagegen war. Er war am dritten Dezember bei Dr. Bohnen, am vierten fand das Gespräch mit Bürgermeister Hünges statt. Und in der darauf folgenden Nacht ist er gestorben.«

Gesa spürte seinen bohrenden Blick und wich ihm aus.

»Sehen Sie da einen Zusammenhang? Wir tun es.«

»Wir vermuten folgendes«, sagte Kleinschmidt. »Durch die Diagnose hat er erkannt, dass er das Unternehmen nicht mehr lange leiten kann. Er hat begonnen, die Dinge zu regeln. Ohne jemanden einzubeziehen. Er wusste, Sie und Ihr Mann Wolf hatten unterschiedliche Pläne. Kann darin der Grund liegen? Wollte er Streit und Diskussionen vermeiden? Würde dieses Verhalten zu ihm passen?«

Gesa nickte stumm. Konrad hatte immer alles allein entschieden.

Kleinschmidt stand auf. »Er hat für Sie beide bestimmt, wie es weitergehen wird. Zu Gunsten Ihres Mannes.«

»Mein Vater hat mir nicht zugetraut, das Unternehmen zu leiten«, sagte Gesa. »Er hat auf Wolf gesetzt, obwohl Konrad die Vorstellung einer Neubausiedlung vor seiner Haustür entsetzlich fand. Obwohl er seine geliebten alten Nordmanntannen dafür opfern musste. Und obwohl er nie ein Spargelbauer sein wollte.«

Sie warf Anna einen Blick zu, doch die stand am Fenster und sah hinaus. »Mein Vater hatte Recht. Er kannte mich durch und durch. Er wusste, ich bin nicht geeignet.

Ich hab ihn wohl immer nur enttäuscht.«

Sie trat zu Anna ans Fenster. Ein Wort, dass es nicht so war, ein liebevoller Blick, eine Geste ... Nein, Anna schwieg mit versteinertem Gesicht.

Gesa sah hinunter. Im Hof war es still. Auf den Feldern wurde es dunkel, dort waren Fremde unterwegs, die ihre Gesichter hinter Schals versteckten. Felix war in Gefahr. Sie musste sofort wissen, wo er war, musste sehen, dass es ihm gut ging.

»Bitte entschuldigen Sie. Ich muss nach meinem Sohn sehen!« Gesa verließ die Küche, lief die Treppe herunter über den Flur, trat durch die Hoftür hinaus. Hasko döste im Zwinger auf seiner Decke.

Wolf entschied sich, seinen Wagen in der Scheune stehen zu lassen. Er wollte jetzt nicht Anna oder Gesa begegnen. Stattdessen lief er bis zur Nordmannkultur. Er hatte noch keinen Plan, wie er mit Guram umgehen wollte. Seit der Begegnung auf dem Heuboden fühlte er sich leer und ausgepowert. Und sein Hirn arbeitete nur schleppend. Ihm fehlte dringend ein Schluck.

Wolf sah den fremden Wagen schon von weitem vor dem Zaun stehen. Ein nagelneu aussehender Mercedes Sprinter. Der Georgier hatte für die nötige Ladefläche gesorgt. Er und einer seiner Schläger standen an die Front gelehnt. Nur einer? Oder hielt der andere sich versteckt? Als die Männer Wolf entdeckten, lösten sie sich vom Wagen, spannten ihre muskulösen Körper an, blickten ihm mit zusammen gekniffenen Augen entgegen. Wolf wischte sich den Schweiß von der Oberlippe. Er würde keinen Widerstand leisten und Guram gleich zu Graupners Halle schicken. Was dort geschehen würde, konnte er nicht beeinflussen. Er musste seinen eigenen Kopf retten. Notwehr war das.

Wolf trat vor Guram hin und hielt seinem Blick stand.

»Wo sind sie?« Der Georgier verschränkte die Arme.

Wolf nickte mit dem Kopf in Richtung von Herbert Graupners Anwesen. »In der Halle.«

Gurams Faust kam blitzschnell angesaust, traf Wolfs Kinn. Wolf schrie auf und ließ die Lampe fallen. Es tat so weh, dass er dachte, der Knochen sei zerschmettert.

»Ich hab gesagt, keine Verarschung mehr!«

»Das ist die Wahrheit!«, brüllte Wolf. »Meine Frau hat die Säcke da hin gebracht, ich wusste nichts davon.«

Guram ballte die Finger. »Wem gehört diese Halle? Ist das eure?«

»Nein, von unserem Nachbarn. Herbert Graupner.«

Guram wechselte einen Blick mit seinem Begleiter, schien unsicher zu sein, was er tun sollte. »Okay«, sagte er zu Wolf. »Du gehst hin und sagst, du willst deine Zapfen abholen. Wir sind deine Mitarbeiter und helfen dir, sie in den Sprinter zu laden.«

»Ich kann da nicht hingehen.« Wolf hob abwehrend die Hand. »Graupner und ich sind zerstritten. Feinde. Das müsst ihr allein durchziehen.«

Nur eine winzige Bewegung von Gurams Kopf war nötig, ein kurzer Blick zu dem Schläger, ein Nicken in Wolfs Richtung. Beide stürzten sich auf Wolf. Der Schläger hielt seine Arme fest und Guram schlug zu. In den Magen.

»Bitte . . . nicht . . .«, keuchte Wolf.

Gurams Atem ging stoßweise. Er packte Wolfs Haar und riss seinen Kopf nach oben, bis Wolf ihn ansehen musste. »Ist das deine Art, ja? Deinen Bruder zu belügen?«

Wolf sah die Wut in Gurams Augen. Bruder?

»Was?«, formten seine Lippen, er konnte keinen Laut herausbringen.

»Deinen Scheißbruder!« Guram hob die Faust.

»Hey! Guram«, sagte der Deutsche. Er ließ Wolfs Arm kurz los, zeigte auf etwas hinter Guram.

Der drehte sich um. »Was ist?«

Der andere senkte die Stimme. »Ein Auto.«

Guram nickte knapp. Er gab dem anderen mit den Augen ein Zeichen. Wolf versuchte, den Kopf zu wenden. Er konnte nichts erkennen, hörte aber leise ein Motorengeräusch, dann wurde es abgestellt. Kam da jemand? Sollte er um Hilfe schreien?

»Ist das dein Vater?«, sagte Guram leise und gefährlich. »Konrad Verhoeven? Kommt er, um dich zu retten?«

Wolf gelang es, schwach den Kopf zu schütteln. »Konrad ist nicht mein Vater. Er war mein Schwiegervater. Er ist tot.«

Gurams Mund entwich ein Laut, eine Mischung aus Aufschrei und schmerzvollem Stöhnen. Er ließ Wolfs Kopf los.

»Guram? Was ist?«, fragte der Deutsche. »Soll ich weitermachen?«

Wolf sah an Gurams Augen, dass der Georgier mit seiner Fassung rang. Wenn Guram dachte, Konrad sei Wolfs Vater und Wolf sei sein Bruder, dann musste Guram ...

»Sind Sie ... Konrads Sohn?«, fragte Wolf.

»Ich scheiß auf euch alle.« Guram spuckte auf den Boden.

»Konrad ist erstickt, keine zwanzig Meter von hier. Da, sehen Sie die Baumstümpfe hinter dem Zaun? Er ist mit den Nordmanntannen verbrannt.«

»Gut so. Gut, dass er verreckt ist.«

Der Deutsche ließ Wolfs Arme los. Wolf hörte Schritte in seinem Rücken. Er betete stumm, dass es jemand war, der ihm half. Jemand, der mit zwei brutalen Schlägern fertig werden konnte.

»Alles in Ordnung?«, fragte eine ruhige Männerstimme. »Haben Sie Schwierigkeiten?«

»Nicht im Geringsten«, sagte Guram unfreundlich. »Nur was zu besprechen. Am besten, Sie ...«

»Und Sie, Herr Hendricks? Auch bei Ihnen alles okay?« Wolf hatte die Stimme erkannt, es war Lars Schäffer.

»Ja«, sagte Wolf. Er verdrehte den Kopf so weit er konnte, sah, wie Schäffer sich bückte und Wolfs Taschenlampe aufhob. Wolf fluchte leise. Dann war es wie eine Eingebung: Plötzlich wusste er, was er zu tun hatte.

Er stöhnte und griff sich an den Magen. »Jetzt, wo die Polizei da ist. Diese Männer haben mich brutal geschlagen. Das sind die Typen, die mich schon mal überfallen haben.«

»Polizei?« Der Deutsche quetschte das Wort durch seine Zähne. Gurams Gesichtszüge verkrampften sich.

Für eine Sekunde lief eine stumme Zwiesprache zwischen Guram und dem Deutschen. Wolf sah, wie Guram mit den Augen Zeichen in Richtung des Sprinters gab.

»Wir wollen keinen Streit«, sagte Guram. »Am besten gehen wir jetzt.« Er wandte sich dem Deutschen zu. Der nickte.

»Nicht so hastig«, sagte Wolf. »Das war Körperverletzung. Damit kommt ihr nicht durch!«

»Können Sie sich ausweisen?«, fragte Schäffer.

Dann ging alles sehr schnell. Guram versetzte Schäffer einen Schlag ins Gesicht. Schäffer fiel nach hinten. Es gab einen Knall, als er mit dem Kopf auf den Boden aufschlug, doch das bekamen Guram und der Deutsche schon nicht mehr mit. Sie liefen zu dem Sprinter, sprangen hinein und fuhren in Richtung Kleinenbroich davon.

Wolf richtete sich auf. Er berührte vorsichtig sein Kinn, es fühlte sich an wie ein aufgeplatzter Pfirsich, klebrig und pelzig.

Langsam kroch er zu Schäffer hinüber. Erst jetzt begriff er, was so geknallt hatte. Schäffer war mit dem Kopf auf einen Stein geprallt. Aus seinem Gesicht war alles Blut gewichen, seine Augen waren geschlossen. War er ...? Das wäre eine Fügung des Schicksals. Er befühlte Schäffers Hals. Da war ein schwacher Puls. Er lebte. Wolf stand auf, Schweiß lief ihm am ganzen Körper herab.

Einen Meter neben dem Polizisten lag Wolfs Taschenlampe. Wolf griff nach ihr, hielt sie fest.

Schäffer lebte ... Schäffer war sein größtes Problem.

Wolf blickte um sich. Es wurde bald dunkel. Vielleicht hatte er eine Chance.

Zagrosek sprintete die Treppe hinunter. Hinter sich hörte er Schritte, Kleinschmidt und Anna Verhoeven liefen hinter ihm her. Es war fast dunkel im Hof, niemand hatte heute die Lichterketten und die Fluter eingeschaltet.

»Felix! ... Felix!«

Zagrosek hörte Gesa Hendricks rufen. Sie suchte zwischen den aufgestellten Tannen.

»Frau Hendricks ...«

Sie beachtete ihn nicht, rief in den Hofladen hinein. Zagrosek erhaschte einen Blick, dort war alles düster und still. Gesa lief auf die Straße.

»Frau Hendricks«, sagte Zagrosek. »Warten Sie, wo könnte Ihr Sohn sein? Bei Nachbarn? Hat er Freunde hier in der Nähe?«

Gesa rieb über ihre Stirn. »Er könnte zu Kai gelaufen sein. Kai Stegermann. Ein Klassenkamerad. Ich frag seine Mutter.« Sie lief zurück und verschwand im Hof.

Kleinschmidt kam Zagrosek entgegen. »Was hat sie denn? Warum die Panik?«

Zagrosek zuckte mit den Schultern. »Jetzt ruft sie bei einem Klassenkameraden an.«

Zagrosek und Kleinschmidt gingen zurück zum Haus und hörten Gesa Hendricks in der Küche ihrer Mutter telefonieren. Als sie eintraten, legte sie gerade den Hörer auf. In ihren Augen sah Zagrosek Angst.

»Da ist er auch nicht«, rief sie und wollte wieder zur Tür hinaus, doch Zagrosek hielt sie am Arm fest. „Frau Hendricks, beruhigen Sie sich. Es gibt meist eine ganz harmlose Erklärung. Vielleicht ist Felix bei Ihrem Mann? Haben Sie ihn schon angerufen?«

Gesa sah ihn an, für einen kurzen Moment flackerte ein Hoffnungsschimmer in ihren Augen auf. Sie nahm das Telefon und wählte, umklammerte den Hörer so fest, dass ihre Knöchel weiß hervor traten.

»Wolf! . . . Ist Felix bei dir?« Gesas Blick irrte zwischen Zagrosek und Kleinschmidt hin und her, während sie mit angespanntem Gesicht in den Hörer lauschte. »Ach so . . . Wo bist du denn? Du bist so außer Atem? . . . Ist alles in Ordnung?« Sie hielt den Hörer ein Stück vom Ohr weg und blickte dann erstaunt darauf.

»Und?«, fragte Zagrosek.

»Wolf hat plötzlich aufgelegt. Aber er hat Felix auch nicht gesehen. Wolf ist auf dem Lagerplatz.« Gesa sank auf einen Küchenstuhl. »Ich fürchte, Felix ist in Gefahr.«

Zagrosek legte ihr eine Hand auf die Schulter. »Wie kommen Sie darauf? Gibt es etwas, das wir wissen sollten?«

Anna Verhoeven kam herein, auch sie sah nun besorgt aus. »Ich war noch mal ein Stück die Straße runter. Wo kann er denn nur stecken?«

Gesa Hendricks richtete sich auf. »Wolf ist bedroht worden. Ein Mann will die Zapfen haben, die ich von den Nordmanntannen geerntet habe. Er ist auf einmal aufgetaucht, mit zwei anderen. Wolf wollte ihnen die Zapfen geben, aber er wusste nicht, dass sie nicht mehr bei uns lagerten. Ich hatte sie in Graupners Halle gebracht. Die Männer haben Wolf zusammengeschlagen. Und gedroht, Felix etwas anzutun, wenn wir die Polizei . . .« Ihre Stimme brach.

»Reden Sie weiter. Es ist richtig, uns zu informieren. Das hätten Sie schon früher tun sollen«, sagte Kleinschmidt.

Gesa suchte Zagroseks Blick. »Ich habe mit Lars Schäffer darüber gesprochen. Er weiß von der Drohung gegen Felix. Aber er kennt die Hintergründe nicht.«

Zagrosek spürte Kleinschmidts fragenden Blick. Lars Schäffer steckte seine Nase ziemlich tief in den Fall. Und er hatte sie nicht informiert.

Kleinschmidt stützte beide Arme auf den Tisch. »Wer sind diese Männer?«

»Der eine ist Georgier. Er soll Guram heißen. Die anderen sind Deutsche, meint Wolf. Er sagt, einer von ihnen trug einen Ohrring mit einem silbernen Totenkopfanhänger. Wie . . .« Sie blickte auf, sah auf einmal erstaunt aus.

Zagrosek hatte sofort ein Bild vor Augen. Das Bild eines jungen Mannes in Motorradkluft. »Wie Rocco Graupner?«

Gesa nickte. »Aber da stimmt etwas nicht . . . Rocco wusste die ganze Zeit, wo die Zapfen sind. Wenn er bei dem ersten Überfall auf Wolf dabei gewesen wäre, dann hätten sie Wolf nicht verprügeln müssen.«

»Mal hören, was er selbst dazu sagt.« Zagrosek griff nach seiner Lederjacke. Er blickte Gesa an. »Bleiben Sie hier. Es sollte jemand zuhause sein, wenn Felix zurückkommt. Rufen Sie alle an, bei denen er sich aufhalten könnte. Wir sind bald zurück.«

Kleinschmidt und Zagrosek waren schon im Hof, als sie Anna Verhoevens Stimme hinter sich hörten. »Moment noch!« Sie kam zu ihnen, warf dann einen Blick nach oben zum Küchenfenster. Ihre Tochter stand dort. Anna Verhoeven senkte die Stimme, als könne Gesa sie durch das geschlossene Fenster hören. »Vielleicht sollten Sie noch etwas wissen. Lars Schäffer war eben noch hier. Er hatte Streit mit Gesa. Ich habe ihn schreien gehört. Dann kam er nach unten, bleich wie eine Wand. Er lief zum Hoftor hinaus, aber sein Wagen stand noch hier.« Sie zeigte auf die Ecke, in der der blaue Opel geparkt hatte. »Ich habe ihn dann vorhin wegfahren hören. So vor einer halben Stunde.«

»Was war das für ein Streit?«, fragte Zagrosek.

»Er wollte Gesa gegen Wolf aufhetztten. ‚Wehr dich, wehr dich!', hat er geschrieen.«

»Haben Lars Schäffer und Ihre Tochter ein Verhältnis?«, fragte Kleinschmidt.

»Wolf hatte ja keine Ahnung. Aber ich hab es ihm gesagt. Und nun ist er los gelaufen und sucht Lars.« Anna Verhoevens Stimme zitterte. »Er war sehr ... wütend. Ich dachte, das sollten Sie besser wissen.«

»Ich denke, Wolf Hendricks ist auf dem Lagerplatz?«, fragte Zagrosek.

Er bekam keine Antwort von Anna Verhoeven. Und Kleinschmidt stieg schon in den Dienstwagen und startete den Motor.

Im Wohnhaus der Graupners war nur der Flur im Erdgeschoss erleuchtet. Zagrosek und Kleinschmidt drückten die Klingel, zweimal, dreimal, doch niemand öffnete. Sie gingen zurück zum Wagen. Kleinschmidt wollte gerade von Graupners Privatweg in die Landstraße einbiegen, als ihr Blick auf die große Gerätehalle fiel.

»Da ist er ja«, sagte Zagrosek.

Im Flutlicht vor dem Rolltor lief Rocco Graupner herum. Er trug ein Gerät über der Schulter. Er hob den Kopf, und sah in ihre Richtung, bog ab hinter die Halle. Sekunden später kam er mit leeren Händen zurück und winkte sie hektisch heran.

»Was hat er da weg getragen?«, fragte Kleinschmidt. Er fuhr hinüber, und sie stiegen aus.

Rocco lief auf sie zu. »Gut, dass Sie kommen! Aber woher wussten Sie denn ...?« Der silberne Totenkopfanhänger an seinem Ohr blinkte.

»Was ist los?«, fragte Zagrosek.

Rocco zeigte auf eine Tür neben dem Rolltor. »Da drin sind zwei Typen! Ich hab sie eingesperrt!«

»Haben Sie ein Kind gesehen? Wir suchen den Sohn von Gesa Hendricks.«

»Felix? Nein. Da drin sind zwei Männer. Ich wollte hier abschließen und nach Hause, da hab ich gemerkt, dass ich meinen Schlüsselbund auf dem Highlander vergessen hatte«, sagte Rocco. »Ich bin noch mal rein, hab aber das Licht ausgelassen, ich wusste ja, wo der Schlüssel liegt. In dem Moment hab ich Stimmen an der Tür gehört. Zwei Männer mit Taschenlampen kamen rein. Sie haben den Boden abgeleuchtet und sind dann zu den Säcken von Gesa Hendricks gegangen. Ich hab mich hinter dem Highlander versteckt, bin dann raus geschlichen und hab zuschlossen.«

»Was sind das für Säcke?«, fragte Kleinschmidt.

»Da drin sind Zapfen von Nordmanntannen. Gesa Hendricks hat mich gebeten, sie hier zu lagern.«

Zagrosek und Kleinschmidt wechselten einen Blick. Zagrosek forderte per Handy einen Streifenwagen als Verstärkung an.

»Wir waren gerade auf dem Weg zu Ihnen«, sagte er dann. »Am vergangenen Donnerstag in der Nacht wurde ein Mann vor dem Brauhaus in Büttgen zusammengeschlagen. Er wurde gezwungen, in ein Fahrzeug einzusteigen. Dann hat man ihn auf den Feldern, da vorn bei Verhoevens Gerätehalle, übel zugerichtet. Uns liegen Hinweise darauf vor, dass Sie an dem Überfall beteiligt waren.«

»Ich? . . . Was soll ich gemacht haben?«

Kleinschmidt verschränkte die Arme. »Wo waren Sie vergangenen Donnerstag, am siebzehnten Dezember, gegen Mitternacht?«

Rocco rieb hektisch an seiner Nase herum. »Am Donnerstag? Um Mitternacht?«

»Sind Sie taub?«

»Ich war zuhause. Hab bestimmt schon geschlafen.«

»Kann Ihr Vater das bezeugen?«, fragte Zagrosek.

»Weiß nicht.« Rocco sah verunsichert aus. »Er geht immer total früh ins Bett. Und er schläft unten, zur Gartenseite raus.«

»Das Opfer hat Ihren Ohrring beschrieben«, sagte Kleinschmidt. »Dazu kommt, dass Sie mit dem Mann, dem der Überfall galt, verfeindet sind. Es ist Wolf Hendricks.«

Nun kam Rocco in Fahrt. »Der Sauhund!« Er kniff die Augen zusammen. »Das hat er sich ausgedacht. Er will mich da in was reinreiten.« Als Kleinschmidt nicht reagierte, rief er: »Das ist doch Schwachsinn. Das glauben Sie ihm doch nicht?«

»Wer hat es auf die Säcke abgesehen? Wer sind die Männer da drin?«

»Das weiß ich doch nicht!«

»Kennen Sie jemanden aus Georgien? Einen Mann, der Guram heißt?«

Rocco schüttelte den Kopf. »Nein. Mein Vater vielleicht. Der war früher oft im Kaukasus.«

Zagrosek tauschte einen Blick mit Kleinschmidt. »Na gut. Dann schauen wir mal nach, wen Sie da eingefangen haben.«

Wolf rannte los bis zu seiner eigenen Halle. Dort stand der Traktor mit der Tiefenfräse geparkt. Er startete den Motor und fuhr mit Vollgas zu Schäffers reglosem Körper. Wolf sprang vom Führerstand und hievte den Polizisten hoch. Schäffer wog vielleicht dreißig Kilo weniger als er selbst, trotzdem war er in diesem schlaffen Zustand unglaublich schwer. Wolf nahm seine ganze Kraft zusammen. Er musste sich beeilen. Er zog Schäfer hoch in den Stand, kippte ihn über seine Schulter und trug ihn zur Fräse. Er legte ihn über die stählernen Querverstrebungen, an denen die Stahlmesser montiert waren. Nun, im inaktiven Zustand, schwebten sie einen halben Meter über der Erde. Schäffers Kopf schlug gegen eine der Stangen, doch er rührte sich nicht.

Wolf fuhr los. Je näher er seinem eigenen Hof kam, desto mehr drosselte er die Geschwindigkeit, bis der Dieselmotor nur noch leise tuckerte. Er fuhr einen Bogen um das Anwesen.

Endlich erreichte Wolf das Feld. Hier hatten Gesas siebenjährige Tannen gestanden. Weihnachtsbäume ohne Spitzen. Der albernste Anblick, den Wolf sich vorstellen konnte. Hier würde sein Spargel wachsen, hier hatte er gerodet und schon einen Großteil der Fläche gefräst. Den Rest würde er jetzt erledigen. Im Westen glühte ein roter Streifen am Horizont. ‚Christkind backt Plätzchen' hatte seine Mutter immer gesagt. Noch konnte Wolf etwas sehen, aber er musste sich beeilen, bald würde es stockfinster sein.

Wolf stoppte den Traktor, sprang zu Boden. Er zog Schäffer von den Querverstrebungen und ließ ihn zwischen die Baumstümpfe fallen. Die Fräse würde ein paar Meter Anlauf brauchen, bis die Rotoren warm gelaufen waren. Er stieg auf und legte den Rückwärtsgang ein. Zehn Meter Abstand mussten reichen. Schäffer lag quer zur Fräsrichtung, so hatten die Messer die beste Angriffsfläche. Er warf den Motor an und brachte die Rotoren in ihre Arbeitsposition am Boden, stellte die höchste Drehzahl ein. Der Motor dröhnte, die Messer griffen in den Boden. Baumstümpfe zerknackten wie Streichhölzer. Er kam einen Meter voran, zwei Meter. Auf einmal ein Schlag! Der Antrieb blockierte. Wolf fluchte und sprang vom Traktor. Er war so kurz vor dem Ziel! Er musste es schaffen. Ein Stein, groß wie eine Männerfaust, klemmte zwischen den Messern und legte die Rotoren lahm. Wolf kletterte wieder auf den Führerstand und rollte ein kleines Stück zurück. Die Rotoren ruckten nur kurz, blockierten wieder. Verdammter Stein! Wolf lief umher und suchte einen zweiten großen Stein und hieb mit aller Kraft auf den festgeklemmten ein, bis er zu Boden krachte. Die Rotoren waren frei. Hatte Lars Schäffer gerade den Kopf bewegt? Es lagen noch acht Meter zwischen ihm und den Messern.

*

Zagrosek nahm Rocco Graupner den Schlüsselbund aus der Hand. »Welcher ist es?«

»Der rote.«

Sie zogen die Dienstwaffen, Zagrosek schloss auf und stieß sie Tür mit dem Fuß auf. »Hier ist die Polizei. Kommen Sie mit erhobenen Händen raus.«

Nichts rührte sich.

»Wo geht das Licht an?«, fragte Zagrosek.

»Rechts in dem Kasten, der erste Schalter«, sagte Rocco.

Das Deckenlicht sprang an.

»Polizei. Kommen Sie raus!«

Ein paar Sekunden verstrichen, ohne dass sich etwas bewegte. Dann traten zwei Männer mit erhobenen Händen hinter den Säcken hervor. Der eine sah deutsch aus, der andere war schwarzhaarig und von dunklerer Hautfarbe.

Während Kleinschmidt die Waffe auf sie richtete, durchsuchte Zagrosek die Kleidung und Taschen der beiden. »Nicht bewaffnet«, sagte er über die Schulter und dann, den Männern zugewandt: »Die Ausweise.«

Zagrosek nahm die Dokumente entgegen. Der Name des Schwarzhaarigen war Guram Tsiklauri.

»Sie kommen aus Georgien?«, fragte Zagrosek.

Guram nickte. Er stand gebeugt, hatte die Arme um den Oberkörper gelegt, als würde er frieren.

»Was machen Sie hier?«

»Ich bin Samenhändler. Ich mache Geschäfte mit deutschen Händlern und Baumschulen.«

»Und hier?« Zagrosek zeigte in Graupners Halle. »Hier machen Sie auch Geschäfte?«

Guram schwieg und sah zu Boden.

»Sie haben Konrad Verhoevens Schwiegersohn bedroht und zusammengeschlagen. Sie haben gedroht, sein Kind zu entführen. Wo ist Felix Hendricks? Haben Sie etwas mit dem Verschwinden des Kindes zu tun?«

Guram hob den Blick, in seinen Augen stand Verzweiflung. »Nein! Ich wollte ihn nur einschüchtern. Ich würde niemals einem Kind etwas tun, ich habe selbst zwei Kinder daheim in Georgien.«

Kleinschmidt zeigte auf Gesa Hendricks Säcke. »Sie hatten es auf diese Säcke mit Zapfen abgesehen?«

Guram biss auf seiner Lippe herum.

»Die Samen stehen ihm zu!«, warf der Deutsche an Gurams Seite ein.

»Kapier ich nicht«, sagte Zagrosek. »Das sind doch Samen von Konrad Verhoevens alten Nordmanntannen.«

»Um die zu kriegen, aus purer Geldgier, hat Konrad Verhoeven meinen Vater in den Tod geschickt«, sagte Guram. »Den Mann, den ich dreißig Jahre lang für meinen Vater gehalten habe. Verhoeven hat die Samen gestohlen und hier gepflanzt.«

»Moment mal«, Zagrosek runzelte die Stirn. »Das ist dreißig Jahre her. Warum kreuzen Sie jetzt hier auf?«

»Das geht Sie einen Dreck an.«

»Vorsicht.« Zagrosek wechselte einen Blick mit Kleinschmidt. Der hielt die beiden mit seiner Dienstwaffe in Schach. »Dann sag ich es Ihnen. Sie sind hier, um sich zu rächen. Sie haben die Nordmanntannen angezündet. Hat Konrad Verhoeven Sie überrascht? Oder haben Sie ihn in die Kultur bestellt, um ihn zu töten?«

»Ich weiß nicht, wovon Sie reden.«

Draußen hielt ein Wagen, zwei Schutzpolizisten betraten mit gezogenen Dienstwaffen die Halle.

»Alles unter Kontrolle«, rief Kleinschmidt ihnen zu. »Die beiden hier brauchen einen Lift ins Präsidium.« Die Polizisten übernahmen Guram und den Deutschen und brachten sie zum Streifenwagen.

Kleinschmidt verständigte Lammert. Er wollte sofort mit der Vernehmung beginnen, Kleinschmidt und Zagrosek sollten so schnell wie möglich nachkommen.

Es gab noch viele offene Fragen, aber diese Festnahme war ein Durchbruch. Endlich hatten sie zwei Verdächtige.

Der Streifenwagen fuhr los.

Rocco Graupner wartete mit dem Schlüsselbund in der Hand neben der Tür.

»Was haben Sie da vorhin hinter die Halle gebracht?«, fragte Zagrosek.

Rocco Graupner zuckte die Schultern. »Nur eine Gartenspritze. Ich will sie morgen saubermachen.«

»Dürfen wir mal sehen?«

»Klar.« Rocco Graupner ging voraus.

Zagrosek hob das Spritzgerät am Schulterriemen an. Es schien leer zu sein. Er schnupperte. Es roch nach Diesel.

»Wozu haben Sie die benutzt?«, fragte Kleinschmidt.

»Als Giftspritze«, sagte Rocco Graupner und nestelte mit zwei Fingern an seinem Ohrring herum. »Die Thujahecke vor unserem Parkplatz hat Pilzbefall. Da spritz ich ab und zu 'ne Ladung Chemie drüber.«

»Das riecht nicht nach Chemie, sondern nach Diesel. Besser gesagt, stinkt zum Himmel.«

Rocco Graupner biss hektisch an seinem kleinen Finger herum.

»Schluss mit den Märchen«, sagte Kleinschmidt. »In der Nacht vom neunten auf den zehnten November wurden in Verhoevens Tannenbaumkultur die Spitzen abgeschnitten. Auf Verhoevens Lagerplatz und auch auf Ihrem Grundstück wurden Tannen mit Diesel besprüht.«

Zagrosek musterte Kleinschmidt von der Seite. Sein Partner hatte ein unglaubliches Gedächtnis für Zahlen und Daten.

Kleinschmidt fuhr fort: »Im Bericht der Kaarster Polizei steht, dass Sie um ein Uhr in dieser Nacht auf Ihrem Motorrad in eine Radarfalle gefahren sind. Das war auf der Landstraße 361, die auf dem Weg von Verhoevens Lagerplatz zu Ihrem Grundstück liegt. Und nun finden wir eine Gartenspritze mit Dieselresten. Sagen Sie es mir: Was sollen wir davon halten?«

»Ich weiß nicht, wovon Sie reden.«

»Der Schaden, der durch den Diesel entstanden ist, beläuft sich vielleicht auf zweitausend Euro«, sagte Kleinschmidt. »Sagen wir mal, das läuft noch unter Dumme-Jungen-Streich. Aber knapp siebentausend Tannenspitzen abzuschlagen und ein Unternehmen an den Rand einer Pleite zu bringen, dafür könnte es eine ernstzunehmende Strafe geben.«

Zagrosek nickte. »Packen Sie aus, Mann. Wir können ein gutes Wort für Sie einlegen, wenn Sie jetzt die Wahrheit sagen.«

Rocco Graupner ließ Arme hängen. »Ich wollte Verhoeven nur einen kleinen Denkzettel verpassen. Er ist selbst schuld. Hetzt uns gleich einen Anwalt auf den Hals, nur weil wir auch vor dem Rathaus verkaufen wollten.«

Kleinschmidt grinste. »Ein guter Anfang. Und nun weiter. Um den Verdacht von sich abzulenken, haben Sie die eigenen Tannen auch besprüht.«

Rocco Graupner schwieg. Endlich nickte er.

»Okay«, meinte Kleinschmidt. »Kommen wir zum Thema Tannenspitzen.«

Rocco hob abwehrend die Hand. »Damit hab ich nichts zu tun. Ich bin da vorbei gekommen, das stimmt. Es war Vollmond.« Er zögerte. »Ich hab was gesehen. Da waren Leute in Verhoevens Kultur.«

»Und das haben Sie verschwiegen, weil Sie sich nicht wegen der Dieselattacken in die Schusslinie bringen wollten.« Kleinschmidt seufzte, wandte sich zu Zagrosek. »Ich bring ihn nach Kaarst auf die Wache. Ruf Lars Schäffer an, er soll ihn übernehmen. Es wird Schäffer freuen, dass wenigstens ein Teil seines Falles gelöst ist.«

Zagrosek wählte Schäffers Nummer, während Kleinschmidt Rocco Graupner zum Wagen brachte. »Er geht nicht dran, nicht mal eine Mailbox«, sagte Zagrosek und steckte das Handy ein.

»Der Kollege ist etwas merkwürdig, oder? Ich versuch es gleich selbst noch mal«, meinte Kleinschmidt. »Steig ein, ich fahr dich vorher zu den Hendricks.«

»Lass mal, ich geh zu Fuß«, meinte Zagrosek. »Es sind ja nur fünf Minuten.«

Kleinschmidt stieg ein. »Wenn Felix Hendricks bis zwanzig Uhr nicht auftaucht, leiten wir die Fahndung ein.« Er schloss die Tür und fuhr mit Rocco ab.

Zagrosek lief ein kurzes Stück auf der Landstraße und bog ab in Richtung von Konrad Verhoevens Hof. Es war fast dunkel. Rechts und links sah Zagrosek Reihen von Tannenkulturen, Miniaturbäumchen, die kaum einen halben Meter erreicht hatten. Vom Hof konnte man von hier aus nur die dunkle, hohe Mauer erahnen.

Im Augenwinkel sah er linker Hand auf dem Feld ein Licht flackern. Da lief jemand herum, der Strahl einer Taschenlampe leuchtete auf, streifte kurz einen Traktor. Zagrosek blieb stehen. Er hörte lautes Hämmern und Flüche. Ein Dieselmotor startete, tuckerte schwerfällig, fand seinen Rhythmus. Scheinwerfer wurden eingeschaltet. Der Traktor rollte langsam an.

Zagrosek ging auf die Maschine zu. Das Grundstück gehörte zum Hof der Verhoevens. Das musste die Fläche sein, auf der die Tannen mit den abgeschlagenen Spitzen gestanden hatten. Es waren nur noch Baumstümpfe zu sehen. Aus der Nähe erkannte Zagrosek, wie sie von einer großen Fräse zermalmt wurden. War das Wolf Hendricks? Warum arbeitete er im Dunkeln?

Zagrosek war nur noch zwei Meter entfernt. »Hallo? Herr Hendricks!« Seine Stimme ging im Dröhnen des Motors unter. Er stellte sich vor den Traktor, so dass das Licht der Scheinwerfer ihn erfasste und schwenkte die Arme. »Stopp! Herr Hendricks!«

»Gehen Sie da weg!«, rief Wolf Hendricks, ohne den Motor zu stoppen. »Sie stehen mir im Weg!«

Zagrosek versuchte sein Gesicht zu erkennen, aber es war nur ein verschwommener Fleck, etwas heller als die Umgebung. »Ist Ihr Sohn gefunden worden?«

»Ich weiß nicht. Lassen Sie mich weitermachen!«

Zagrosek blieb vor der Fräse stehen. Wenn Hendricks sich die Drohung des Georgiers, seinem Sohn etwas anzutun, nicht ausgedacht hatte, war seine Reaktion auf dessen Verschwinden ausgesprochen merkwürdig.

»Haben Sie eine Idee, wo Felix sein könnte?«

Statt einer Antwort fuhr der Traktor an. Die Rotoren gruben sich direkt vor Zagrosek in die Erde, Steine und Holzstücke flogen empor. Zagrosek wich zurück. Schnell, aus der Fahrspur der Fräse heraus, auf die Seite, in Sicherheit. Er stolperte über etwas, das hinter ihm im Weg lag, lang wie ein Baumstamm, aber viel weicher. Zagrosek verlor das Gleichgewicht und fiel. Da lag ein Mann! Die Scheinwerfer des Traktors beleuchteten sein Gesicht. Es war Lars Schäffer. Über seine Stirn lief Blut.

»Schäffer!« Zagrosek packte seine Schultern, rief seinen Namen, er konnte seine eigene Stimme kaum hören, so laut dröhnte die Fräse. Da öffnete Lars Schäffer die Augen, er starrte auf die Stahlmesser, die sich unerbittlich drehten. Er begann zu schreien, heiser und schrill zugleich.

Die Messer näherten sich, gruben sich in die Erde, zerhäckselten die Baumstümpfe und Wurzeln.

Zagrosek brüllte so laut er konnte: »Stopp! Stopp!« Er kam auf die Beine, drehte Lars Schäffer auf den Rücken, fasste ihn unter den Armen und zog. Schäffers Rumpf klemmte zwischen Baumstümpfen und ließ sich kaum bewegen.

Zagrosek zog seine Waffe und zielte auf den Führerstand des Traktors. Die Scheinwerfer blendeten, er konnte Wolf Hendricks nicht sehen. »Stopp! Oder ich schieße!«

Die Fräse grub weiter. Holzreste und Erdklumpen spritzen hoch in Zagroseks Gesicht. Er schoss.

Das Dröhnen wurde leiser, Zagrosek hörte laute Fußtritte auf den Eisenstufen. Wolf Hendricks flüchtete. Zagroseks Erleichterung währte keine Sekunde, da begriff er: Der Motor lief weiter, die riesige Maschine fuhr noch immer auf sie zu. Zagrosek keuchte vor Angst und Entsetzen. Er wuchtete Schäffers Oberkörper vom Boden hoch und zog ihn gleichzeitig zur Seite. Das ging besser, aber immer noch viel zu langsam. Nur noch Sekunden, und sie würden beide sterben!

Plötzlich wurde Schäffers Stiefel in die Luft geschleudert. Zagrosek stemmte die Beine in den weichen Boden, zog Schäffers Körper mit aller Kraft weg von der Fräse. Würde es reichen? Gleich griffen die Stahlmesser nach Schäffers Bein, gleich rissen sie seinen Körper mit, begruben ihn unter sich. Lars Schäffer hatte aufgehört zu schreien, sein Mund stand noch offen, seine Augen verdrehten sich. Da stoppte die Fräse. Die Maschine stand.

Zagrosek verlor den Halt, er kippte nach hinten, Schäffer fiel halb auf ihn.

Es war unglaublich still. Zagrosek schob Schäffers Körper vorsichtig zur Seite, bis er sich selbst bewegen konnte. Schäffers Beine sahen unversehrt aus. Aber seine Kopfwunde blutete noch immer.

Zagrosek tastete nach seinem Handy. Kleinschmidt ging sofort dran. Zagrosek verhaspelte sich fast, so schnell redete er: »Werner, ruf einen Rettungswagen! Schäffer hat eine Kopfverletzung. Wolf Hendricks hat versucht, ihn zu töten. Hendricks ist flüchtig. Wir sind auf einem abgeholzten Feld, sehr nah beim Hof von Hendricks, etwas südlich in Richtung Kleinenbroich, hier steht ein Traktor mit eingeschalteten Scheinwerfern. Mach schnell!« Sie legten auf.

Schäffer stöhnte. »Zagrosek . . .« Seine Augenlider flatterten. Er versuchte, etwas zu sagen! Zagrosek näherte sich mit dem Ohr seinem Mund. Er verstand nur Wortfetzen. »Taschenlampe . . . Felix . . . Lampe . . .«

»Schäffer! Wissen Sie, wo Felix ist?«

»Nein . . . Taschenlampe . . . Wolf . . .« Lars stöhnte wieder.

»Okay. Später«, flüsterte Zagrosek. »Jetzt nur nicht anstrengen.«

Schäffer verlor erneut das Bewusstsein. Zagrosek bemerkte erst jetzt, wie kalt ihm selbst war. Alle Kraft war aus seinen Gliedern gewichen, er verspürte ein übermächtiges Bedürfnis, sich hinzulegen und die Augen zu schließen.

Nach fünf Minuten, die ihm erschienen wie eine Ewigkeit, sah er, wie sich ein Wagen auf dem Feldweg näherte. Jemand stieg aus.

»Hilfe!«, rief Zagrosek. »Hier! Werner! Hier!«

Eine Taschenlampe blendete auf. Der Schein schwenkte in seine Richtung. In der Ferne Blaulicht. Auf der Landstraße fuhr ein Rettungswagen heran, parkte am Rand der Plantage. Ein Notarzt und ein Sanitäter rannten herbei, untersuchten Schäffers leblos scheinenden Körper. Der Notarzt gab knappe Anweisungen.

Kleinschmidt ging vor Zagrosek in die Hocke. »Tom! Bist du auch verletzt?«

Zagrosek schüttelte den Kopf. Er zitterte am ganzen Körper. Kleinschmidt ließ sich von den Sanitätern eine Decke geben und legte sie um Zagroseks Schultern.

»Tom. Hast du Schmerzen?«

»Ich habe auf Wolf Hendricks geschossen«, sagte Zagrosek, doch er konnte seine eigene Stimme kaum hören. In seinem Kopf dröhnte noch immer die Fräse. »Sieh mal nach«, versuchte er es noch einmal, lauter. »Sieh mal nach, ob du eine Taschenlampe finden kannst.«

Kleinschmidt leuchtete die Umgebung ab, kletterte dann auf den Führerstand des Traktors. Als er zurückkam, hatte er eine große Taschenlampe in der Hand. Um den Griff war rotes Klebeband gewickelt.

»Gehört die Wolf Hendricks?«, fragte Kleinschmidt.

»Ja, Lars Schäffer hat . . .« Zagrosek kam nicht dazu, den Satz zu beenden. Sie hörten ein Keuchen. Jemand rannte herbei. Es war Gesa Hendricks. »Was ist passiert? Ist etwas mit Felix?«, rief sie atemlos.

Kleinschmidt beruhigte sie. In diesem Moment hoben

der Notarzt und sein Helfer Lars Schäffer vorsichtig auf eine Trage.

»Lars!« Sie lief zu ihm. Keine Reaktion. Lars Schäffer hatte die Augen geschlossen. Die Helfer trugen ihn zum Rettungswagen, schoben ihn hinein und fuhren mit Blaulicht davon.

»Was ist mit ihm?«, fragte Gesa Hendricks.

»Er ist bewusstlos«, sagte Kleinschmidt. »Eine Kopfverletzung.«

Gesa sah ihn mit geweiteten Augen an.

Kleinschmidt wandte sich wieder an Zagrosek. »Tom, kannst du aufstehen? Ich bringe dich zum Wagen.«

Gestützt von Kleinschmidt kam Zagrosek auf die Beine. Er fühlte sich noch wackelig, aber er konnte laufen.

Kleinschmidts Handy klingelte. »Ja? . . . Wir kommen. Fangt schon mal an. Was ist mit Wolf Hendricks? . . . Okay.« Kleinschmidt steckte das Handy ein und warf Zagrosek einen Blick zu. »Hendricks ist noch flüchtig.«

Gesa sah ihn an. »Hat Wolf Lars das angetan?«

Kleinschmidt nickte. »Wir fahren zu Ihnen, da können wir reden.«

Sie liefen zu Kleinschmidts Wagen. Zagrosek fühlte sich mit jedem Schritt besser, seine Kräfte kehrten zurück. Als sie sich der Hofeinfahrt näherten, sahen sie, dass der Nachbarhof hell erleuchtet war.

»Was ist denn da los?« Gesa Hendricks bat Kleinschmidt, zu halten und lief durch das Tor des Martinihofes. Kleinschmidt und Zagrosek folgten ihr. Ein Wagen mit Düsseldorfer Kennzeichen stand dort, im Wohntrakt brannte Licht.

»Juliane«, rief Gesa Hendricks.

Sie klopfte an die Holztür. Nichts regte sich. Sie öffnete und zu dritt traten sie in den Flur. Es roch nach Pfefferminze. Gesa Hendricks ging weiter bis zur Küche. Die Tür war verschlossen. Sie klopfte und rief laut: »Juliane?«

Ein kurzer Aufschrei war die Antwort. Die Küchentür

wurde aufgerissen und Juliane Martini erschien im Türrahmen.

»Gesa, du bist das! Mann, hast du mich erschreckt!«

Zagrosek sah an ihr vorbei ins Innere der Küche. Dort saß Felix am Tisch, vor sich eine Tasse Tee.

»Felix!« Gesa stürzte zu ihrem Sohn, fasste ihn an den Schultern. »Wo warst du?« Er blickte sie erstaunt an.

Gesa schüttelte ihn. »Wo warst Du? Wir haben dich überall gesucht!« Sie sank auf einen Stuhl.

»Was ist denn los? Gesa?« Juliane trat zu ihr. »Was hast du denn?«

Gesa brachte nur Flüstern zustande. »Felix . . .«

»Frau Hendricks sucht seit einer Stunde nach ihm«, sagte Kleinschmidt. »Sie hat sich große Sorgen gemacht.«

»Warum denn das? Er war nur hier drüben. Aber er hat mich ganz schön erschreckt«, sagte Juliane Martini streng. »Hatte sich auf dem Hof versteckt. Auf einmal steht er da im Schatten wie eine Geistererscheinung. Ich hab fast einen Herzinfarkt bekommen. Er ist schon eine ganze Weile bei mir. Ich wusste ja nicht . . .«

»Hier war alles dunkel. Ich bin gar nicht auf die Idee gekommen, hier nachzusehen.« Gesa Hendricks rieb sich über die Augen. »Wieso sind denn jetzt die Fluter an?«

»Die Sicherung war rausgesprungen. Felix wusste, wo der Sicherungskasten ist.«

»Aber was machst du denn hier?«, fragte Gesa Hendricks. »Was ist mit deiner Mutter?«

»Sie ist aufgewacht. Zum Glück. Es geht ihr besser«, sagte Juliane Martini. »Ich wollte ihr ein paar Sachen holen. Saubere Wäsche, Nachthemden.« Sie musterte Gesa Hendricks. »Du bist ja vollkommen fertig mit den Nerven.«

»Wolf . . . Er hat . . . Felix sollte das nicht hören«, sagte Gesa Hendricks leise.

Felix kam zu seiner Mutter und setzte sich auf ihren Schoss. Sie schmiegte ihren Kopf an seinen Rücken.

Felix wandte den Blick nicht von der Taschenlampe, die

Zagrosek in der Hand hielt. »Kennst du diese Lampe?«, fragte er den Jungen.

Felix nickte. »Die gehört Papa. Er will sie mir schenken. Aber er hat sie heute noch mal gebraucht.« Er drehte sich zu seiner Mutter um. »Wo ist Papa?«

Gesa Hendricks blickte Zagrosek hilflos an.

»Er ist in Düsseldorf. Bei Kollegen von uns.« Zagrosek strich Felix über den Kopf. »Und leider ... muss ich auch die Lampe mitnehmen.«

»Aber später gibst du sie mir wieder?«

»Ich fürchte, wir müssen sie behalten. Aber ich verspreche dir, du bekommst eine andere. Vielleicht eine noch größere. So eine, wie Polizisten haben.«

Felix nickte feierlich. »Ich will später auch Polizist werden.«

Zagrosek und Kleinschmidt öffneten die Tür des Vernehmungsraums. Lammert und Guram Tsiklauri saßen sich gegenüber. Guram schien zu frieren, hatte die Arme um den Oberkörper geschlungen. Gleichzeitig sah er verschwitzt aus, sein Haar klebte feucht am Kopf. Lammert drückte die Pausentaste des Aufnahmegeräts.

»Einen Kaffee?«, fragte er den Georgier.

»Ja, bitte.«

Die Kommissare verließen zu dritt den Raum.

»Wie siehst du denn aus?«, fragte Lammert Zagrosek. »Hast du dich in einem Acker gewälzt?«

»Hat er«, meinte Kleinschmidt grinsend. Er berichtete Lammert von Zagroseks Rettungsaktion.

»Gut gemacht.« Lammert nickte Zagrosek zu.

»Wie weit bist du da drin?«, fragte Kleinschmidt mit Blick in Guram Tsiklauris Richtung.

»Es ist zäh. Ich habe ein Geständnis von ihm, was die Zerstörung der Tannenkultur angeht. Er hat mit drei Helfern die Spitzen abgeschlagen. Dieser Typ, den ihr mit ihm zusammen in der Halle geschnappt habt und noch zwei andere Deutsche. Die haben alle schon mal als Erntehelfer gearbeitet, die wussten genau, was sie da anrichten.« Lammert holte Luft. »Aber wenn die Sprache auf Konrad Verhoeven und den Brand kommt, blockt er. Mit Verhoevens Tod will er nichts zu tun haben. Am vierten Dezember wäre er nicht in Deutschland, sondern zuhause im Kaukasus gewesen.«

»Kann er das beweisen?«, fragte Zagrosek. »Ein Visum hat er nicht gebraucht, also gibt's auch keine Stempel im Pass. Aber was ist mit Flugtickets?«

»Hat er nicht mehr. Nur noch ein Rückflugticket, gebucht auf den sechzehnten Dezember, das hat er verfallen lassen. Maxi checkt gerade die Buchungen bei den Airlines.«

»Willst du 'ne Pause?«, sagte Kleinschmidt.

»Gern. Ich hol euch Kaffee.« Lammert verschwand Richtung Geschäftszimmer.

»Willst du . . .?«, fragte Kleinschmidt. Zagrosek nickte und Kleinschmidt ließ ihm den Vortritt.

Zagrosek setzte sich Guram gegenüber und drückte auf ‚Aufnahme'. Kleinschmidt blieb im Hintergrund stehen.

»Sie haben erzählt, Sie sind Samenhändler?«, fragte Zagrosek. »Was machen Sie da genau?«

Guram wippte nervös mit einem Bein. »Ich mache Geschäfte mit deutschen Samenhändlern und Baumschulen. Sie bestellen Nordmannsamen, ich liefere. Sie sparen sich die Reise in den Kaukasus, ich komme her und bringe ihnen georgische Qualitätssamen.«

»Macht Ihnen der Beruf Spaß?«

Guram stieß Luft durch die Nase aus. »Macht Ihnen Ihr Job etwa Spaß?«

»Manchmal«, meinte Zagrosek. »Aber wenn ich ehrlich bin – heute nicht.«

Lammert kam mit einem Tablett und drei Tassen Kaffee.

»Haben Sie Familie, Kinder?«, fragte Zagrosek.

»Zwei Söhne habe ich.« Guram schien sich ein wenig zu entspannen. Er nippte an dem heißen Getränk.

»Sie reisen ins Ausland, Sie sprechen fließend Deutsch. Können Sie gut leben von Ihrem Job?«, fragte Zagrosek.

»Mir geht es besser als den meisten. Das Geschäft läuft gut. Ich habe mir geschworen, nie wieder arm zu sein. Mein Vater war Pflücker. Für einen Hungerlohn ist er auf dreißig, vierzig Meter hohe Tannen gestiegen. Hat sein Leben riskiert. Und musste sich behandeln lassen wie den letzten Dreck.«

»Von Leuten wie Konrad Verhoeven?«, fragte Zagrosek.

Guram schwieg.

»Hat Ihre Mutter später wieder geheiratet?«

Gurams Gesicht nahm einen verbitterten Ausdruck an. »Niemand hätte sie mehr genommen. Und schuld daran war Konrad Verhoeven. Als ich älter wurde, habe ich begriffen, was die Nachbarn redeten. Meine Mutter habe ihren Ehemann betrogen. Habe sich mit einem Fremden eingelassen. Weil sie dachte, er würde sie mitnehmen ins reiche Deutschland. Ich habe jedem eine rein gehauen, der diese Lügen verbreitet hat. Ich habe meine Mutter verehrt wie keinen anderen Menschen.«

Guram schwieg eine Weile. Dann sagte er: »Deshalb bin ich Samenhändler geworden, nicht Pflücker wie mein Vater. Er hat sich von den Ausländern herum schubsen lassen. Ich wollte Macht, wollte es ihnen zeigen, das Sagen haben, die Preise diktieren.« Er sah auf. »Vor drei Monaten ist meine Mutter gestorben.«

Zagrosek beugte sich vor. »Und vorher hat sie Ihnen gesagt, dass Konrad Verhoeven Ihr Vater ist?«

Guram zögerte, nickte.

»Sie sind nach Deutschland gefahren, um sich zu rächen?«

Guram zog die Mundwinkel nach unten. »Ich habe versucht, damit fertig zu werden. Einen fremden Vater zu haben, diesen Vater, und eine Mutter, die mich all die Jahre belogen hat. Die ihren Ehemann betrogen hat. Ich habe für ihre Ehre gekämpft. Und sie . . .« Er biss auf seiner Lippe herum. »Aber niemals werde ich glauben, dass sie das freiwillig getan hat. Konrad Verhoeven muss sie gezwungen haben, mit ihm zu schlafen. Er war der reiche Mann aus Deutschland, er konnte auch meinen Vater zwingen, bei Sturm auf eine hohe Tanne zu klettern. Ich habe Konrad Verhoeven mein ganzes Leben lang gehasst. Nun muss ich mit dem Wissen leben, dass ich sein Fleisch und Blut bin.«

»Warum sind Sie hierher gekommen?«, fragte Zagrosek leise.

»Ich wollte nicht kommen. Ich habe um meine Mutter getrauert. Die Monate vergingen. Und irgendwann dachte ich, ich hab mich wieder im Griff. Doch vor einigen Wochen habe ich gehört, dass Verhoeven die Nordmanntannen beerntet hat und aus den Samen Profit schlagen will. Das war zuviel. Verstehen Sie, das hat das Fass zum Überlaufen gebracht.«

»Gesa Hendricks' Pläne sind bis zu Ihnen nach Georgien gedrungen? Wie geht denn das?«

»Ich habe viele Geschäftskontakte hier, ich höre fast alles aus der Branche. Und dann hieß es, demnächst kämen Qualitätssamen aus Borshomi auf den Markt, die hier in Deutschland geerntet worden sind. Es war nicht schwer, die Zusammenhänge rauszubekommen.«

»Sie waren wütend. Was ist dann passiert?«

»Das habe ich Ihrem Kollegen schon alles gesagt!«

Zagrosek nickte. »In der Nacht auf den zehnten November haben Sie die Tannenspitzen abgeschlagen. Und dann?«

»Dann bin ich zurückgeflogen. Am nächsten Morgen.«

»Wie ging es Ihnen danach? Sie hatten sich an Konrad Verhoeven gerächt, ihm das Weihnachtsgeschäft kaputt gemacht. Ihm drohte die Pleite. Haben Sie sich besser gefühlt? Das wäre . . .«, Zagrosek zögerte, »verständlich.«

Guram stützte den Kopf in die Hände.

Kleinschmidt setzte sich an den Tisch, zwinkerte und nickte Zagrosek zu. In früheren Zeiten war das ein Zeichen der Anerkennung zwischen ihnen gewesen. Es läuft gut, hieß das. Gleich hast du ihn soweit. Und heute? Heute hieß es das gleiche. Kleinschmidt und er waren wieder ein Team. Zagrosek spürte eine angenehme Wärme im Bauch. Ja, sein Job machte ihm Spaß.

Doch Guram schwieg.

»Man könnte meinen, die Sache war erledigt«, sagte Zagrosek. »Ihr Leben zuhause ging weiter. Sie lieben Ihre Frau, Ihre beiden Söhne. Wir hätten Sie vermutlich niemals erwischt. Aber nein, Sie kommen zurück. Sie hocken in der Kälte auf dem Heuboden der Martinis und beobachten Verhoevens Hof. Sie verprügeln und bedrohen Wolf Hendricks. Warum? Warum haben Sie alles aufs Spiel gesetzt?«

»Ich wollte ihn nur einmal sehen.« Die Antwort kam sehr schnell. »Konrad Verhoeven. Was für ein Mensch er war. Was für ein Schwein. Aber ich hatte Angst. Wenn ich mich nun in ihm täuschte? Ich wusste, es ist leichter, mich an meinem Hass festzuklammern.« Guram schüttelte den Kopf. »Aber ich konnte so nicht mehr weiterleben. Ich weiß selbst nicht, warum.« Er rieb sich über die Augen. »Ich bin gekommen, um Verhoeven einmal zu sehen. Aber da war er schon . . .«

Die Tür ging auf und Maxi steckte den Kopf herein. »Ich hab die Flugdaten.«

»Komm rein«, sagte Kleinschmidt und stoppte die Aufnahme.

Die Sekretärin legte ein paar Ausdrucke auf den Tisch. Zagrosek überflog Abflug- und Ankunftszeiten zwischen Tiflis und Düsseldorf mit Zwischenstopp in München. Gurams erster Hinflug war am neunten November gewesen, am Tag vor der Zerstörung der Tannen. Der Rückflug ging am Tag danach. Dann war er am vierzehnten Dezember erneut in Düsseldorf gelandet.

»Die anderen Fluggesellschaften hast du kontaktiert?«

Maxi nickte. »Er ist nur Lufthansa geflogen, nur auf diesen Verbindungen.«

Zagrosek dankte ihr und sie verließ den Raum.

Lammert und Nellessen sahen hinein. »Wir brauchen euch für eine Minute«, sagte Lammert.

Zagrosek und Kleinschmidt traten auf den Flur.

»Guram Tsiklauri war an Konrad Verhoevens Todestag in Georgien«, sagte Kleinschmidt.

»Vergesst Tsiklauri. Es gibt eine neue Spur.« Lammert räusperte sich.

»Die Taschenlampe von Wolf Hendricks?«, fragte Zagrosek.

»Das Labor hat verwertbare DNA gefunden. Getrocknetes Blut. Hautpartikel. Leider auch eine Menge Erde und Dreck. Die Auswertung dauert.«

»Lars Schäffer hat mir diesen Hinweis auf Hendricks' Taschenlampe gegeben«, sagte Zagrosek. »Wie geht es ihm? Können wir mit ihm sprechen?«

»Nicht vor morgen früh. Er hat eine schwere Gehirnerschütterung«, meinte Lammert. »Aber ihr könnt mit Wolf Hendricks reden.«

»Wo ist er?«

»Er sitzt in Raum hundertdrei. Eine Streife hat ihn hinter Büttgen aufgegriffen.« Lammert sah Zagrosek an. »Er ist unverletzt.«

»Tom, das läuft ohne dich«, meinte Nellessen.

»Schon okay. Ich hab's im Griff.«

Zagrosek täuschte sich. Als sie den Vernehmungsraum betraten, und er Wolf Hendricks vor sich sah, fühlte Zagrosek schlagartig die Panik und die Ohnmacht in sich aufsteigen, die er vor der heranrollenden Fräse empfunden hatte. Er bebte innerlich vor Wut und konnte sich nur mit Mühe beherrschen, nicht auf Hendricks loszugehen.

Von der Seite spürte er Kleinschmidts Blick. Sein Teampartner legte eine Hand auf Zagroseks Schulter. »Tom, setz dich da rüber«, sagte Kleinschmidt ruhig und dirigierte Zagrosek zum anderen Ende des Tisches. Er selbst setzte sich Wolf Hendricks gegenüber.

Hendricks saß in sich zusammengesunken und schien ihre Ankunft kaum zur Kenntnis zu nehmen. Erst als Kleinschmidt das Aufnahmegerät aufstellte und einschaltete, erwachte er für eine Sekunde aus seiner Apathie, Angst und Misstrauen im Blick.

»Herr Hendricks, wir verdächtigen Sie der Absicht, Lars Schäffer zu töten und seine Leiche verschwinden zu lassen. Dabei haben Sie den möglichen Tod unseres Kollegen Tom Zagrosek bewusst in Kauf genommen. Außerdem halten wir Sie für schuldig an Konrad Verhoevens Tod.«

Kleinschmidt klärte Wolf Hendricks über seine Rechte auf. Auf die Frage, ob er einen Anwalt anrufen wolle, schüttelte Hendricks den Kopf.

«Dann gehen wir zurück zu der Nacht vom vierten auf den fünften Dezember«, fuhr Kleinschmidt fort. »Sie haben Konrad Verhoeven bewusstlos geschlagen und ihn dem Feuer überlassen. Wir haben die Tatwaffe, Ihre Taschenlampe, zur Untersuchung ins Labor gegeben. Es wird sich herausstellen, dass Blut und DNA daran von Ihrem Schwiegervater stammen. Auch damals hatten Sie einen Plan, die Leiche verschwinden zu lassen. Sie sollte bis zur Unkenntlichkeit verbrennen.«

Bei seinen Worten hatte Wolf Hendricks sich aufgerichtet. »Das ist nicht wahr. Ich hatte keinen Plan. Ich wollte nur die Bäume vernichten. Ich dachte, solange die Tannen dort sind, würde Konrad das Grundstück niemals verkaufen. Ich war so wütend an dem Tag ... Am Morgen war der Termin mit Hünges gewesen. Konrad hatte mich weggeschickt wie einen Kellner. Er hatte alles vermasselt, den Bürgermeister verprellt.« Wolf fuhr sich über das Gesicht. »Ich wollte nur den Hof retten. Ich dachte, wenn die Tannen weg sind, lässt mich Konrad den Vertrag mit dem Investor machen. Vier Wochen zuvor die abgeschnittenen Tannenspitzen, nun ein Brandanschlag auf eine andere Kultur. Ich war sicher, dass niemand mich verdächtigen würde.«

»Warum sollen wir Ihnen das glauben?« Kleinschmidt musterte Hendricks kühl. »Vielleicht haben Sie Verhoeven ja in dieser Nacht dorthin gelockt? Und das alles kaltblütig geplant?«

»Nein! Ich kann es beweisen. Ich hatte einen Helfer, einen Polen. Er hat das Feuer gelegt. Er war in alles eingeweiht. Und er kann bestätigen, dass Konrad uns dort überrascht hat.« Er blickte Kleinschmidt verzweifelt an. »Konrad stand auf einmal da. Er wirkte nicht ganz klar im Kopf, redete wirres Zeug, rief immer wieder einen Namen: Marissa. Ich wusste nicht, ob er mich erkannt hat. Ich konnte das Risiko nicht eingehen, ich musste mich doch schützen. Aber ich hab das nicht geplant. Ich wollte Konrad nicht töten.«

Kleinschmidt verschränkte die Arme. »Sie haben sich in Ihrem Schwiegervater getäuscht. Er hat Hünges an dem Tag grünes Licht gegeben. Er wollte verkaufen.«

Wolf Hendricks Augen weiteten sich. »Aber das ... Nein, das glaube ich Ihnen nicht!«

»Konrad Verhoeven hat am Tag zuvor erfahren, dass er Krebs hat und nicht mehr lange leben wird. Ganz offensichtlich hat er sich entschieden, Ihnen die Leitung des Betriebes zu übertragen und nicht seiner Tochter.«

Wolf Hendricks sackte zusammen. Zagrosek glaubte einen Moment, er würde vom Stuhl kippen. Als Kleinschmidt ihm das Vernehmungsprotokoll zur Unterschrift vorlegte, zitterten Hendricks' Hände so stark, dass er kaum seinen Namen schreiben konnte.

Anna füllte heißes Wasser in die Teekanne. Gesa saß am Tisch zwischen Wolfs und Konrads leeren Plätzen.

»Wo ist Felix?«, fragte Anna. »Soll ich ihm Kakao machen?«

»Er spielt in seinem Zimmer.«

»Und was ist mit Juliane? Kommt sie noch rüber?«

»Nein, sie hat nur die Tiere versorgt. Nach den Feiertagen werden sie vom Schlachter abgeholt.«

»Wie geht's denn Gisela Martini?«

Gesa seufzte leise. »Körperlich wieder gut. Aber sie verkraftet es nicht, dass Walther sie allein zurück gelassen hat. Sie sagt, sie wollten gemeinsam sterben.«

Anna schüttelte voller Verachtung den Kopf. »Den Hof im Stich lassen.«

Gesa sagte nichts. In Annas Welt waren die Menschen für den Hof da, nicht umgekehrt.

Gesa ging zum Schrank und nahm zwei Teetassen heraus. Wieder einmal hatte Anna Gesas gesamte Ordnung durcheinander gebracht. Die restlichen Tassen standen kreuz und quer, die Paare passten nicht zueinander. Gesa zwang sich dazu, den Schrank zu schließen, ohne die Tassen umzustellen. Immer hatte sie auf alles geachtet und trotzdem war ein Unglück nach dem anderen geschehen!

»Juliane zieht nach London«, sagte sie zu ihrer Mutter. »Für eine Weile zumindest. Sie spielt da in einer Theatergruppe mit.«

»Das wollte sie immer schon, in der Welt rum kommen«, sagte Anna. Es klang nicht unfreundlich. »Aber was wird aus Gisela?«

„Sie zieht in ein Seniorenwohnheim. Der Hof wird verkauft, ein Investor baut Haus und Scheune um. Die Gebäude werden in mehrere Wohneinheiten unterteilt. Solche Objekte sind sehr begehrt, sagt Juliane. Wohnen nach modernstem Standard, aber mit Bauernhof-Atmosphäre.«

Anna ging hinaus und kam mit einer Dose Weihnachtsplätzchen zurück. »Du musst Wolf welche mitbringen, wenn du wieder hinfährst.« Bisher vermied Anna das Wort Gefängnis.

»Ich glaube nicht, dass ich ihm was zu Essen bringen darf«, sagte Gesa.

Anna nahm den Teefilter heraus. »Diese Kommissare können mir allerhand erzählen, aber niemals hat Wolf Konrad niedergeschlagen. Ich wette, sie waren alle ganz konfus, so eingeschlossen in den Flammen. Wahrscheinlich hat Wolf Konrad nicht mal gesehen.«

»Mama, an Wolfs Taschenlampe waren Spuren . . .«

»Ach, das ist doch . . . Die glauben, die können alles beweisen mit ihren DNA-Auswertungen oder wie sie das nennen.«

Gesa sah den engen, kahlen Raum in der Untersuchungshaft vor sich, der für Besuche von Angehörigen genutzt wurde. Ein Wachmann hatte an der Tür gesessen und jedes Wort mitgehört, das sie redeten. Aber sie hatten nicht viel gesagt. Gesa hatte Wolf angesehen, wie dringend er einen Schluck gebraucht hätte. Seine Augen waren ruhelos durch den Raum geirrt. Sie hatten stumm aneinander vorbei gesehen, und Gesa hatte Wolfs Hand festgehalten.

Später, wenn ein Urteil gefällt worden war, würde Gesa Wolf fragen, warum er das getan hatte. Später.

Anna nahm die Vanillekipferl einzeln heraus und legte sie in eine Schale. Eine dicke Schicht Puderzucker verdeckte die verbrannte Oberfläche. Anna nahm ein Kipferl und biss hinein. Der Zucker staubte hoch.

Gesas Augen füllten sich mit Tränen. Anna setzte sich neben sie und nahm sie in den Arm. Einen Moment lang saßen sie schweigend da, das Kipferl krachte zwischen Annas Zähnen.

Gesa schob Annas Arm zur Seite, stand auf und ging auf den Hof. Sie suchte eine der übrig gebliebenen Coloradotannen aus und trug sie nach oben ins Wohnzimmer. Anna brachte einen Ständer und die Kiste mit dem Baumschmuck aus dem Keller. Sie schmückten wortlos, mischten die Kugeln, rot, golden, silbern, lila, kunterbunt, so wie Felix es sich immer wünschte. Ganz unten in der Schachtel lag seit Jahren eine flache Packung. Gesa riss sie auf und warf zarte silberne Lamettafäden auf jeden Ast. Konrad hatte Lametta gehasst.

»Mama, Oma! Was macht ihr?«, klang Felix Stimme über den Flur. Er öffnete die Tür und stand mit offenem Mund vor dem bunten Glitzerbaum.

»Oh. Der ist schön! Darf ich den Engel oben drauf machen? Bitte, Oma!«

»Ja, diesmal darfst du.«

Sie aßen Fertigpizza, die Gesa in der Tiefkühltruhe gefunden hatte. Anschließend packte Felix seine Geschenke aus, und Gesa überreichte Anna die Tischsets aus dem Geschenkeladen in Büttgen. Anna schenkte ihr eine Designer-Pfeffermühle und ein Eau de Toilette. Felix durfte sich eine Sendung im Fernsehen aussuchen. Gesa und Anna saßen mit ihm auf dem Sofa. Gesa betrachtete die Lämpchen der Lichterkette im Baum.

»Ich muss noch mal weg«, sagte sie mit einem Blick zu Anna.

»Was? Jetzt? Wohin denn?«

»Nach Düsseldorf.«

»Du willst ins Krankenhaus.«

Gesa nickte.

Gesa lief über den Stationsflur und las die Zimmernummern auf den Schildern. In der Zweiundfünfzig sei er, hatte eine Krankenschwester ihr gesagt. Gesa steckte die Hände in die Manteltasche. Es war Heiligabend und sie hatte nicht mal ein kleines Geschenk für Lars.

Sie klopfte an die Zimmertür und trat ein. Lars lag am Fenster, es war dunkel, nur eine Leselampe am Bett brannte.

Er wandte den Kopf zu ihr. »Gesa.«

Sie näherte sich ihm.

»Setz dich.« Er klopfte auf die Bettdecke neben sich.

Gesa betrachtete seinen Kopfverband. »Lars, es tut mir so leid, was passiert ist.«

Lars lächelte schwach. »Ach was, eigene Blödheit. Einem Bullen sollte so was nicht passieren.«

Gesa schwieg.

»Schön, dich zu sehen. Was macht Wolf?« Lars schloss kurz die Augen. Es wirkte, als müsse er vor jedem Satz neue Kraft schöpfen. »Hat er gestanden?«

»Ja«, sagte Gesa.

Lars versuchte, sich aufzusetzen. Gesa stützte ihn und stopfte das Kopfkissen in seinen Rücken. Mit einem Seufzer sank er hinein. »Ich hatte ihn schon lange unter Verdacht. Wolf hat einen verdammt starken Willen, das hab ich gleich gespürt. Und klare Vorstellungen für die Zukunft. Und dann seine Reaktion, als ich mir seine Taschenlampe ansehen wollte . . .« Lars rieb sich über die Augen. »Kein Wunder, dass er mich aus dem Weg schaffen wollte. Und dann so eine Steilvorlage – ich lieg bewusstlos vor seiner Nase . . .«

»Mach keine Witze darüber«, sagte Gesa leise. »Hast du Schmerzen?«

»Sie haben mich mit Schmerzmitteln voll gepumpt. Muss wohl eine heftige Gehirnerschütterung sein. Und die Wunde war schwierig zu nähen.« Lars winkelte die Beine an. »Ich bin nur froh, dass meine Zehen dran sind. Muss mich noch bei Tom Zagrosek bedanken.«

»Wenn er dich nicht gefunden hätte . . . Wolf hätte dich getötet.«

»Ich habe gedacht, er schafft es. Es war so knapp.« Lars schloss wieder die Augen. »Das Komische ist, jetzt fühle ich mich wie befreit. Vorher wollte ich unbedingt mein Leben ändern. Ich war wie besessen davon, ganz neu anzufangen. Ich wollte dich aus deinem Leben herausreißen, obwohl du gar nicht bereit dafür warst.«

Gesa legte ihre Hand auf seinen Unterarm. »Mach dir nicht so viele Gedanken. Das strengt dich nur an. Du musst erst mal wieder zu Kräften kommen. Wir können ja später darüber reden.«

»Nein«, sagte Lars, »nicht später. Ich will dir jetzt sagen, was ich fühle. Die ganzen Möglichkeiten, die ich glaubte, zu haben ... Dieser Druck, das Beste aus meinem Leben zu machen ... der ist weg. Ich bin einfach dankbar, noch am Leben zu sein. Ich fühle mich so ruhig, zu zuversichtlich. Das wird sich alles finden.«

Gesa sah nach draußen. Vor dem Fenster stand eine Buche, dahinter brannte eine Straßenlaterne.

Sie verstand, wovon Lars sprach. Doch ein Gefühl der Zuversicht hatte sie niemals verspürt. Um sie herum hatte sich alles verändert, ohne dass Gesa aktiv dazu beigetragen hatte. Ihr altes Leben gab es nicht mehr. Wolf würde nach seiner Haftstrafe nicht zu ihr zurückkommen, das spürte sie, und sie war erleichtert darüber. Mit Anna allein konnte sie den Hof nicht halten. Sie hatte ein paar Optionen. Ihre Pläne mit den Samen umsetzen. Von den ersten Gewinnen einen Vorarbeiter einstellen. Vielleicht eine Reise machen. Sie hatte Juliane versprochen, sie in London zu besuchen. London! Sie würde mit Felix gemeinsam fliegen, in den Sommerferien. Ihre Gedanken sprangen hin und her, nur um die Frage zu umgehen, die sie nicht zu stellen wagte.

Lars blickte aus dem Fenster, schien in Gedanken weit weg zu sein.

Und dann fragte Gesa doch. Sie hörte selbst die Unsicherheit in ihrer Stimme. Ihre Worte würden etwas in Gang setzen. Etwas, das sie vielleicht nicht kontrollieren konnte.

»Lars? Willst du immer noch mit mir zusammen sein?«

Er lächelte unsicher. »Warum fragst du?«

Gesa sah ihm in die Augen. »Ich hab immer gedacht, wenn ich mich still verhalte, wenn ich nicht selbst handle, dann komme ich gut durch mein Leben. Ohne Konflikte, ohne Fehler. Aber das war ein Irrtum. Ich habe alles nur schlimmer gemacht.« Sie zögerte, spürte, wie ihr Tränen in die Augen traten. »Sogar jetzt noch habe ich Angst vor Konrad. Angst, dass er immer da wäre, wenn wir ... zusammen sind.«

Lars wandte langsam den Kopf ab. Er blickte nach draußen. »Was siehst du da vor dem Fenster, Gesa?«

»Äste.«

»Sag's mir genauer. Was siehst du?«

»Schwarze, kahle Äste einer Buche.«

Lars nahm ihre Hand und streichelte zärtlich ihre Finger. »Ich nicht. Ich sehe nicht die Äste, sondern die Zwischenräume. Die Äste sind nur dunkle Striche. Linien, die etwas formen. Räume. Siehst du, wie sie sich ständig im Wind verändern?«

Nun sah Gesa es auch. Es waren Räume voller Licht. Sie nickte. Das war es, was sie brauchte. Eine neue Sicht auf die Dinge. Veränderung.

Sie beugte sich zu ihm hinunter und legte ihren Kopf an Lars' Schulter.

Lars umarmte sie. »Ja. Ich will dich noch immer«, flüsterte er.

Gesa küsste ihn.

Zagrosek und Vera liefen am Zaun der alten Nordmanntannen entlang. Sie hatten fast schon die gesamte Kultur umrundet.

»Warum muss ich mich am Heiligen Abend hier durch den Matsch quälen?«, fragte Vera.

Zagrosek blieb stehen. »Hier ist es.«

»Was?«

»Hier hab ich deine Nachricht bekommen. ‚Das Leben ist zu lang, um auf dich zu warten'.«

»Und?«

»Hier ist meine Entscheidung gefallen.« Zagrosek suchte ihren Blick. »Für ein Haus. Vielleicht nur eine Doppelhaushälfte. Mal sehen, was so was kostet.«

Vera sah ihn eine gefühlte Ewigkeit an. In ihren Augen las Zagrosek spontane Freude, dann Unglauben und ein wenig Angst.

»Hier?« Vera blickte sich um. Eine Schar Krähen zog einen Kreis, landete in sicherer Entfernung.

»Hier kommt ein Neubaugebiet hin. Jedes Haus kriegt einen handtuchgroßen Garten mit einer Kinderschaukel drin. Eine ganze Siedlung voll junger Paare, die munter für Nachwuchs sorgen. Da vorne, da wo jetzt die verbrannten Bäume stehen, wächst eine große Wiese. Da gibt es einen Spielplatz und eine Grillstelle, die jeder nutzen darf. Einmal im Jahr wird ein Nachbarschaftsfest gefeiert, und alle bringen Bier mit. Die Männer grillen zusammen Steaks. Die Frauen unterhalten sich über die Kindergärten in der Nähe. Ich gebe zu, man kann es sich schwer vorstellen. Aber in den nächsten Wochen werden die alten Tannen gefällt.«

»Eigentlich schöne Bäume«, meinte Vera langsam. »Vielleicht können wir eine retten für unseren Garten.«

Als Zagrosek Veras Hand nahm und an seine Lippen drückte, entstand für eine quälende Sekunde das Bild von Konrad Verhoevens verbrannter Leiche in seinem Kopf. Würde er hier leben können?

Vera legte ihre Hand auf seine Wange. »Und wenn die Kinder der jungen Paare Oma und Opa zu uns sagen?«

Zagrosek vertrieb den Toten mit einem Lachen. Er hatte in den Jahren bei der Mordkommission viele Leichen gesehen. Manchmal verfolgte ihn ein Bild, manchmal tauchte eine böse Erinnerung wie aus dem Nichts auf. Aber bisher war es ihm immer gelungen, sie wieder zu vertreiben.

Sein Handy klingelte.

Es war Kleinschmidt. »Hey, ihr Heimatlosen, wo bleibt ihr denn? In zehn Minuten holt Dagmar den Braten raus.«

Zagrosek zwinkerte Vera zu. »Keine Sorge. Wir sind unterwegs.«

Mein herzlicher Dank

gilt allen, die meine Arbeit an diesem Roman unterstützt haben.

Ich danke Guido Adler von der Düsseldorfer Mordkommission und Dr. Peter Gabriel vom Institut für Rechtsmedizin der Universität Düsseldorf.

In die Welt der Weihnachtsbäume führten mich Christine Blödtner-Piske und Rainer Piske vom ‚Nadel Journal' ein – danke für die unglaublich tolle Unterstützung. Ich danke auch den Baumschulern Sören Schneider und Frank Ostermann für ihre kreativen Ideen, Dr. Renate Schötschel für medizinischen Rat, Julia Juchems und Christian Vormann von der Feuerwehr, Klaus Grützmacher vom Amt für Verkehrsangelegenheiten der Stadt Neuss, Schützenbruder Johannes Brux, sowie den ‚Büttgen-Experten' Kerstin und Henning Krause.

Nicht zuletzt danke ich Anja Feldhorst und allen meinen TestleserInnen – ohne Euch wär's nicht gegangen!

Ich danke meiner Familie für ihre Liebe – und Geduld mit mir in stressigen Schreibphasen. Und speziell meinem Vater Bernhard Friedrich, der mich im weihnachtlichen Meerbuscher Tannenwald auf die Idee zu diesem Krimi brachte.

Und wo, bitteschön, liegt Herkenbroich?

Haben Sie die Landkarte aufgeschlagen? Dann legen Sie den Zeigefinger auf Büttgen und führen ihn ein wenig nach Westen, oberhalb der L 381, nein, etwas höher . . . mehr nach links . . . stopp! Zurück! Sie sind ja schon in Kleinenbroich! Sie sagen, dazwischen ist nichts? Da seien nur Felder?

Zugegeben: Herkenbroich existiert nicht. Es gibt auch weit und breit keine 25 Meter hohen Tannen, und selbstverständlich ist dort kein Neubaugebiet geplant. (Obwohl, wer weiß?)

Viele Orte in diesem Krimi sind real (ich danke dem ‚Haus der Geschenke' in Büttgen und dem ‚Florian' in Pempelfort), aber ich habe mir auch Freiheiten genommen, wenn es die Handlung erforderte. Dank beispielsweise an ‚Hermkes Bur' in Neuss, das meinen Kommissaren zuliebe ausnahmsweise schon mittags geöffnet hatte.

Natürlich sind alle Ereignisse und Charaktere in diesem Roman Produkte meiner Phantasie – bis auf eine Person: Christine Blödtner-Piske vom ‚Nadel Journal' (www.nadel-journal.com) – einfach, weil man sie besser nicht erfinden kann!

Susanne Kliem,

1965 am Niederrhein geboren, wuchs in Krefeld auf. Sie arbeitete als Pressereferentin für Fernsehserien von ARD, ZDF und für das Festival ‚Theater der Welt'. Sie war journalistisch tätig, verfasste Synchrondrehbücher und schrieb als Ghostwriterin Ratgeber rund um das Thema Karriere.

Ihre Leidenschaft fürs Theater und die langjährige Arbeit als Regieassistentin und Regisseurin an deutschen Bühnen inspirierten sie zu ihrem Krimi-Debut ***»Theaterblut«***, das 2009 im Leporello Verlag erschienen ist.

Im gleichen Jahr erhielt ihre Krimi-Kurzgeschichte ***»Sekt im Wasserglas«*** den **Krefelder Kurzkrimipreis** (2. Platz) und wurde in dem Erzählband ***»Niederrhein-Leichen«*** veröffentlicht.

Susanne Kliem lebt mit ihrer Familie in Berlin. Sie ist Mitglied im Autorennetzwerk »Syndikat« und bei den »Mörderischen Schwestern«.

DRAMA HINTER DEN KULISSEN

Susanne Kliem

Theaterblut

TATORT DÜSSELDORF

ISBN 978-3-936783-30-8 · 320 Seiten · € 9,90

Blut, überall Blut. Im Düsseldorfer Schauspielhaus wird Margaret Lindner, Star des Ensembles, ermordet aufgefunden. Einen Tatort wie diesen hat selbst Tom Zagrosek, erfahrener Kriminalhauptkommissar im KK11, noch nicht gesehen. Doch die Leiche weist keine Schnitt- oder Stichwunden auf . . .

Mit seiner neuen Kollegin, der jungen, ergeizigen, sehr hanseatischen Wiebke Blessing, beginnt Zagrosek im Theatermilieu zu ermitteln. Schon bald schwant ihnen: Das städtische Kulturleben ist nicht so harmonisch, wie es scheint. Hinter der Fassade von Provinz-Glamour und Kulturbeflissenheit verbergen sich Interessen, Intrigen und verzweifelte (Lebens-)Lügen.

TATORT NIEDERRHEIN

Herausgegeben von Ina Coelen & Jepe Wörz

Niederrhein-Leichen

KREFELDER KURZKRIMI-PREIS 2009
DIE BESTEN KRIMINALGESCHICHTEN

ISBN 978-3-936783-35-3 · 224 Seiten · € 9,90

Über 150 Autorinnen und Autoren aus dem gesamten deutschsprachigen Raum haben spannende, teilweise auch raffinierte Kriminalgeschichten eingeschickt, die am Tatort Niederrhein spielen und in deren Zentrum Gewaltverbrechen wie Mord, Erpressung oder Betrug stehen. Es sind humorvolle Geschichten dabei, aber auch Milieubeschreibungen und Storys, welche die psychologischen Momente aufzeigen, die einen Täter antreiben. Und auch die klassischen Whodunits fehlen nicht, in denen ein Kommissar oder ein anderer Ermittler den Fall löst.

Die Jury für den Krefelder Kurzkrimipreis stand vor der mörderisch schwierigen Aufgabe, die 21 besten Kurzkrimis auszuwählen und die Preisträger zu ermitteln.

Ulla Lessmann

Das Lachsmesser im Marzipanschwein

– Morde und andere Zufälle –

ISBN 978-3-936783-39-1 · 272 Seiten · € 9,90

Plötzlich geschieht ein Unglück – oder war's Mord? Wenn eine Kellnerin ihren Gästen den Tod wünscht, eine Werbetexterin ihre Chefin hasst, eine ehrgeizige Mutter alle anderen Muttis verabscheut und eine Malerin alle konkurrierenden Maler, wenn ein Einkaufsleiter spurlos in einer Kundentoilette verschwindet, eine Bibliothekarin zwischen Bücherregalen und ein Rentner unterm Kanaldeckel abtaucht, können die Folgen sehr leicht tödlich sein – sogar für die Mörderin. Ulla Lessmanns bitterböser Witz, ihre psychologisch stimmigen Charaktere, ihr scharfer Blick auf die Absurditäten menschlicher Beziehungen, machen ihre raffinierten Kriminalgeschichten zu einem äußerst spannenden und unterhaltsamen Vergnügen.

»Ein sensibles Gespür für das Groteske des Alltags zeigt sich in allen Werken von Ulla Lessmann.«

Radio Köln

»Treffsicher entwirft sie Charaktere, die beides, zum Lachen und zum Heulen, vertraut und abschreckend sind.«

Kölner Stadtrevue

»Nichts und niemand ist vor dem frechen Griffel der Autorin sicher. Spießer und Fortschrittliche, Tussis und Macker, Kleinkarierte und Großkotzige kriegen ihr Fett weg.«

EMMA

LEPORELLO
KRIMI

DER NEUE RUHRPOTT-KRIMI

Christiane Dieckerhoff

Blütenträume

ISBN 978-3-936783-41-4 · 272 Seiten · € 9,90

Kowalski mischt den Ruhrpott auf

Polizeifunk abhören ist illegal. Aber wie sonst soll ein aufstrebender Junggreporter an Titelgeschichten kommen? Egal, ob die Lohngelder der Zeche König Ludwig geklaut werden, oder Falschgeld auftaucht – immer ist Kowalski der Polizei um eine Bleistiftlänge voraus. Als ein Nachtwächter ermordet wird, gerät Kowalski dadurch ins Visier des Mörders.
Eine dramatische Jagd beginnt, die den Leser in die Zechensiedlungen, auf die Trabrennbahnen und in die Fußballstadien des Ruhrgebiets der sechziger Jahre führt.

LEPORELLO
KRIMI